KB147477

어드벤처 온 트레인 1

하일랜드 팰컨 도난 사건

마야 G. 레너드 · 샘 세지먼 지음 ㅣ 엘리사 파가넬리 그림 ㅣ 임영애 옮김

어드벤처 온 트레인 1
하일랜드 팰컨 도난 사건

펴낸날 초판1쇄 2023년 05월 03일

글 마야 G. 레너드·샘 세지먼
그림 엘리사 파가넬리
옮김 임영애
펴낸이 김은정
펴낸곳 봄이아트북스

출판등록 제406-251002019000142호
주소 경기도 파주시 문발로220, 1층 1-5-1호
전화 070-8800-0156
팩스 031-935-0156
홈페이지 bomiart.com

ISBN 979-11-7063-048-7 (43840)

• 값은 뒤표지에 있습니다.
• 잘못 만들어진 책은 구입처에서 교환해드립니다.

시아버지 존, 남편 샘, 아들 셉과 아더에게
이 책을 드립니다.
– 마야 G. 레너드

제가 하는 모든 일을 진심으로 지지해 주시는
부모님께 이 책을 드립니다.
– 샘 세지먼

증기 기관차와 사모예드가 등장하는 아주 재미있는 청소년 추리 소설. 나는 이 소설에 푹 빠졌다!
– 피터 브르넬, 《Cogheart(동심)》 저자

마야 G. 레너드와 샘 세지먼은 기차에서 벌어지는 미스터리한 사건을 기발한 재치와 넘치는 긴장감으로 멋지게 풀어냈다.
– 로스 웰포드, 《햄스터와 함께한 시간 여행》 저자

단서, 삽화 및 음모로 가득 찬 흥미롭고 속도감 넘치는 추리 소설이다.
– 서적상

2020년 가장 재미있고 향수가 묻어나는 흥미진진한 책 중 하나가 될 긴장감 넘치는 추리 소설이 나왔다.
– 로렌 생 존, 《Kat Wolfe Investigates(캣 울프가 조사한다)》 저자

기차에서 벌어지는 미스터리한 사건! 빠져들 수밖에 없는 소재, 긴박하게 전개되는 이야기, 기차를 좋아하는 아이들과 기차에 대한 향수가 있는 어른들을 위한 완벽한 소설이다.
– 로스 몽고메리, 《Perijee and me(페리제와 나)》 저자

엉뚱하고 무모하며 그리고 달콤한 이 책의 모든 페이지를 사랑했다! 등장인물들의 세세한 분석, 속도감 있는 사건 전개, 쫄깃 초조하게 다음 장을 기다리게 하는 손에서 놓을 수 없는 흥미진진하고 유쾌한 소설이다. 대박 예감!
– 리즈 하이드, 《Bearmouth(베어머스)》 저자

기차에 대해 말하자면,
무엇이 기차를 이길 수 있을까요?
기차로 여행하는 것은 자연과 인간, 마을과 교회와 강을 보는 것입니다.
말 그대로 삶을 보는 것입니다.

－아가사 크리스티

차례

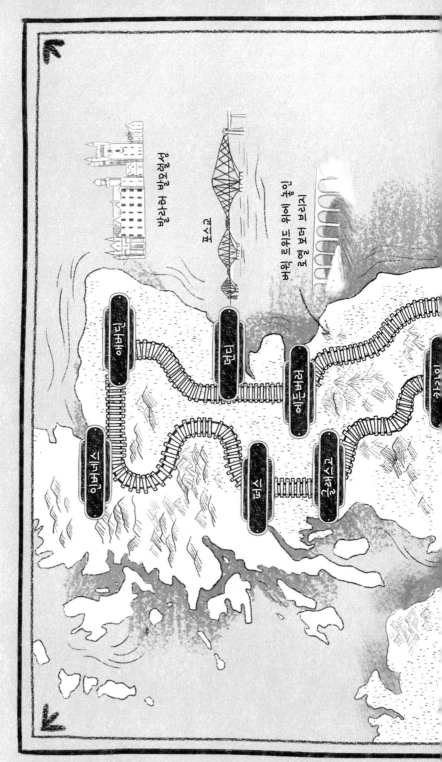

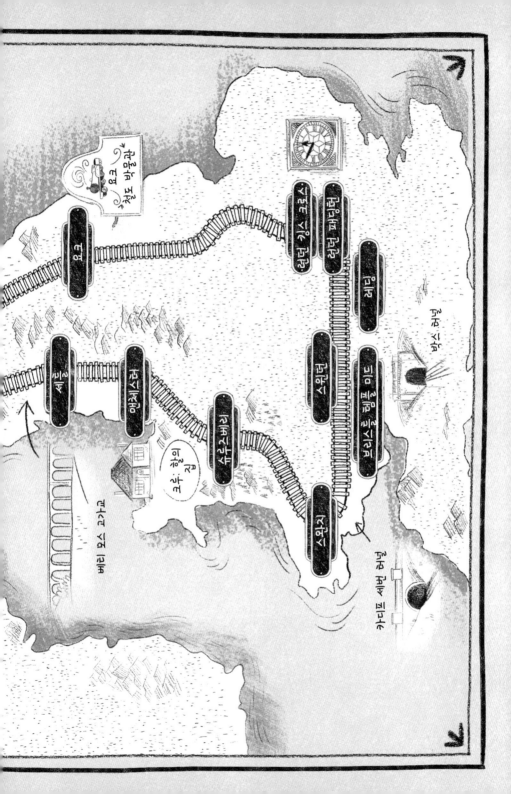

chapter 01

승차권

해리슨 벡은 노란 점퍼 주머니에서 펜을 꺼낸 뒤 집게손가락을 이용해 잽싸게 펜촉을 아래로 향하게 하여 테이블 위에 펼쳐진 신문 중앙 여백에 낙서했다. 아빠의 이마에 잡힌 주름이 해리슨을 초조하게 만들었다.

콜린 벡은 불만스러운 한숨과 함께 스포츠면이 펼쳐진 신문을 내려놓고 기차역 시계를 가리켰다. "여기가 당신 오빠가 말한 그 카페 맞지? 5시에 만나기로 했는데, 왜 안 오는 거지? 지금 5시야." 그는 역을 바쁘게 오가는 사람들을 바라보았다. "베버리, 당신 오빠 어딨지?"

"여보 초조해하지 말아요." 베버리 벡이 그녀의 남편을 조용히 타일렀다. "너무 신경 쓰면 속이 더 안 좋아지잖아요." 그녀는 그의 소매를 잡고 말했다. "오빠는 곧 올 거예요."

할(해리슨의 애칭)은 엄마의 피곤해하는 얼굴을 살펴보면서 낙서하던 펜을 들었다. 엄마는 아빠의 파란색 코트를 덮고 있었지만, 출산이 임박해서 볼록 튀어나온 배가 다 가려지지 않았다. 누구도 할에게 여동생을 원하는지 묻지 않았지만, 할의 의사와는 상관없이 곧 동생이 생긴다. 할은 펜을 놓으며 엄마에게 말했다. "엄마, 저 나타니엘 삼촌이랑 가기 싫어요. 엄마랑 같이 있고 싶어요. 그리고 저는 기차 좋아하지도 않아요. 기차는 너무 지루해요."

"알아, 아들." 엄마가 할의 머리를 쓰다듬으면서 말했다. "그렇지만 이번 기회에 삼촌과 같이 지내는 것도 좋을 것 같아. 삼촌 재밌는 사람이야."

할은 얼굴을 찡그렸다. 어른들이 '이건 너에게 좋을 거야' 하고 얘기할 때면, 그 속뜻은 따분하거나 짜증 나는 일이거나 혹은 따분하면서 짜증 나는 경우가 대부분이었다.

"엄마랑 같이 있으면 대기실에서만 기다리고 있어야 하는데, 네가 여름방학을 보낼 장소는 아닌 거 같아. 삼촌이랑 있으면 오히려 더 즐겁게 지낼 거야."

"엄마랑 같이 있고 싶은데." 할은 기차역 유리 지붕을 통해 구름 낀 하늘을 보았다. 할은 크리스마스 때만 보는 삼촌과 기차 여행을 하기 위해 짐을 싸는 일 따위는 하고 싶지 않았다. 킹스 크로스역의 높은 벽돌 아치 건물 안을 감싸고 있는 커다란 흰색 격자 조형물은 역 내부를 벌집처럼 보이게 했고, 바쁘게 움직이는 모든 사람들은 마치 일벌 같았다. 벌집의 벌처럼 들끓는 사람들이 각자 가방을 끌거나 서류 가방을 들고 분주하게 오고 갔다. 철제 선반 옆에 서 있는 한 남자가 신문을 사람들에게 건네면서 선반에 신문을 쌓아 놓고 있었다. 할이 신문에서 '보석 도둑 또다시 출몰!'이라는 머리기사를 흘끗 보았고, 정장을 입은 한 여성이 신문 한 부를 사서 겨드랑이에 끼고 걸어갔다. 그때 저쪽에서 두 마리의 닭둘기가 바닥을 쪼아 대면서 할 쪽으로 다가왔다.

"저리 가 쓰레기들아!" 아빠가 발을 차면서 툴툴거렸다.

할은 아빠를 보며 인상을 썼다. 놀란 눈을 한 새들에게 반쯤 먹은 햄샌드위치의 끝부분을 뜯어 식탁 밑으로 머리를 숙여 던져 주었다. 비둘기들이 손가락만 한 빵을 집고 줄다리기하기 시작했다. 짙은 회색 스웨이드 가죽 아디다스 운동화를 신은 사람이 우리 테이블 옆에 멈추어 섰다. 선명한 세로 주름이 있는 밤색 헤링본 바지가 보였다. 삼촌 말고는 우리에게 올 사람은 없었다. 엄마가 일어서면서 철제 의자가 콘크리트 바닥을 긁는 소리를 냈다.

엄마는 자리에서 뒤뚱뒤뚱 일어나 소리 지르며 삼촌을 껴안으려고 팔을 뻗었다. "오빠!"

"베버리 조심해! 넘어지겠다." 넷(나타니엘의 애칭) 삼촌은 낡아 빠진 여행용 가방과 우산을 내려놓으며 엄마를 안았다. "잘 있었어? 건강하지?"

"응." 엄마가 할을 쳐다보며 대답했다. "잘 지내고 있어."

"나타니엘, 오랜만이야." 아빠가 일어서서 악수하며 말했다. "이번 여행에 할을 데리고 가 준다니 정말 고마워."

할의 눈이 삼촌에게서 아빠에게로 갔다. 삼촌은 단정한 짧은 머리에 뿔테 안경을 끼었으며, 체형은 마르고 꼿꼿했다. 삼촌의 크림색 우비와 겨자색 스웨터는 삼촌이 입은 바지 그리고 신발과 찰떡이었다. 반면, 아빠는 둥글둥글한 것들이 뒤죽박죽 섞여 있는 것 같았다. 부드러운 둥근 얼굴에 볼링공처럼 반질반질한 대머리 뒤로 희끗희끗한 머리카락이 성기게 나 있었다. 아빠의 어깨는 둥글게 앞으로 굽어 있었고, 남색 체크무늬 셔츠를 갈색 고무줄 바지에 쑤셔 넣었는데, 그것이 아빠의 지나치게 불룩한 배를 한층 더 돋보이게 했다.

"앞으로 조카와 더 친해지겠는걸." 삼촌이 할에게 악수를 청했다. "해리슨, 크리스마스 이후로 많이 컸네. 증기 기관차를 타고 떠나는 새로운 모험이 흥분되지 않니?"

할은 삼촌과 악수하며 고개를 끄덕이기는 했지만, 긍정의 대답은 하지 않았다. 그랬다면 그것은 거짓말이기 때문이다. 괴짜 삼촌과 함께 세상에서 가장 느린 기차를 타고서 스코틀랜드를 일주하는 것은 할이 생각하는 모험과는 거리가 멀었다.

"할을 데리고 가는 거 정말 괜찮겠어?" 할의 가방을 어깨에 메어 주면서 엄마가 말했다. "할에게 네가 일할 때는 방해하지 말라고 당부했어."

넷 삼촌은 여행 작가다. 엄마가 분만하려고 병원에 입원해 있는 동안 출장에 할을 데리고 가겠다고 했다.

"정말로 괜찮으니까 우리 걱정은 하지 마!" 넷 삼촌이 조심스럽게 엄마의 배를 어루만지며 대답했다. "너는 순산하는 것에만 집중하고, 나흘 후 패딩턴역에서 예쁜 아기랑 다시 만나자."

"할, 엄마는 괜찮을 거야. 아빠가 잘 돌봐 줄 테니까 너는 걱정하지 마." 엄마는 할의 뺨을 어루만지며 부드럽게 말했다. 엄마는 목에 걸려 있는 은목걸이를 풀어서 할에게 주면서 말을 이어 갔다. "자, 받아. 할아버지가 준 행운의 동전으로 만든 목걸이야. 크리스토퍼 성인이 새겨진 동전이란다. 여행자의 수호신인 크리스토퍼 성인이 여행하는 동안 너를 안전하게 지켜줄 거야."

할이 동전을 받았다. 한 손에는 지팡이를 들고 있고, 한쪽 어깨에 어린아이가 앉아 있는 크리스토퍼 성인이 새겨진 동전이었다. "그런데 엄마에게 이 동전이 필요하면 어떻게 해요?"

"네가 집으로 돌아와서 엄마에게 돌려주면 되지." 엄마는 할에게 목걸이를 걸어 주면서, 배낭 밑에 눌려 있는 할의 모자를 꺼내고 점퍼 매무새를 빠르게 가다듬어 주었다. 그리고 할의 잿빛 금발 머리를 쓰다듬었다. "삼촌 말 잘 들어야 해, 알겠지?"

"알겠어요, 엄마"

"나타니엘, 하일랜드 팰컨의 여정이 어떻게 되는 거야?" 아빠가 물었다.

"동쪽 해안 쪽으로 해서 발모럴까지 갔다가 내일 발모럴성에서 점심을 먹고, 스코틀랜드 쪽으로 돌아서 다시 서쪽으로 내려오는 여정이야."

할의 아빠가 고개를 끄덕였다. "며칠 동안 사람들이 크루(영국 잉글랜드 체셔주에 있는 할의 집이 있는 도시. 역자 주)역을 장식하고 있었어. 오늘 아침에 기차를 탔을 때 아주 장관이었지."

"여행하는 동안 많은 화려한 행사가 있을 거야. 네 인생에 잊지 못할 여행이 될걸." 삼촌이 할에게 윙크했다.

"아들아, 네가 이번 여행에 참여할 수 있다는 것은 정말 큰 행운이야!" 아빠가 할의 어깨를 가볍게 쳤다. "아빠가 어릴 때, 하일랜드 팰컨이 크루를 지나갈 때면 손을 흔들었던 기억이 난다. 정말 멋진 증기 기관차란다."

"할, 보고 싶을 거다. 삼촌 말씀 잘 듣고 나흘 후에 보자." 엄마가 할을 안으며 말했다.

"자, 그럼 즐기러 가 볼까." 삼촌은 여행용 가방을 들고 우산을 옆구리에 끼우면서 할의 손을 잡았다. "이제 움직여야 해. 기차를 놓칠 순 없잖아."

할은 말하기가 힘들어서 작별 인사도 제대로 못 했다. 삼촌이 할을 역 중앙으로 데리고 가자, 엄마 아빠는 우리를 향해 손을 흔들면서 미소를 지었다. 그러곤 아빠가 엄마를 보호하듯 팔을 둘러 감싸고 뒤돌아서 사람들 속으로 사라졌다. 그냥 그렇게 엄마 아빠는 가 버렸다.

"승차권이 필요할 거야." 삼촌이 할의 팔을 놓으면서 우비 주머니를 뒤졌다.

부모님의 자취를 좇기 위해 두리번거렸지만, 무표정한 낯선 사람들만 보일 뿐이었다. 할은 속이 텅 빈 느낌이었다. 삼촌이 하얀 사각형 모양의 종이를 할에게 주었다.

"해리슨 준비됐니?" 삼촌의 목소리는 엄마의 목소리처럼 부드러웠다.

"준비됐어요."

사람들이 먼저 자리를 차지하려고 서로 밀치며 승강장 입구에 모여들었다. "레드카펫 위를 걸을 때는 어슬렁거리며 느릿느릿 걸으면 안 돼. 그곳은 스포트라이트를 받는 사람들을 위한 곳이야." 넷 삼촌이 레드카펫 쪽으로 가면서 말했다.

레드카펫과는 전혀 어울리지 않는 모자 달린 노란색 점퍼와 낡은 청바지를 내려다보며 할은 당황했다.

"승차권 보여 주세요." 제복을 입은 차장이 말했다. 할은 본인의 이름이 있는 승차권을 내밀었다. 그 순간, 카메라 플래시가 터졌고 차장이 미소를 지었다. '해리슨 벡 군, 하일랜드 팰컨의 마지막 여정에 참여하게 된 걸 환영합니다.'

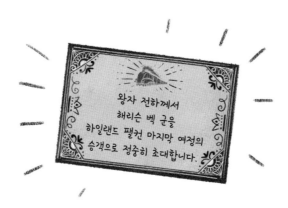

왕자 전하께서
해리슨 벡 군을
하일랜드 팰컨 마지막 여정의
승객으로 정중히 초대합니다.

chapter 02

하일랜드 팰컨

할이 처음으로 본 것은 바퀴가 달린 화려한 온실 객차였다. 그 객차의 아랫부분은 니스 칠이 되어 있는 나무로 되어 있었고, 위쪽 절반은 반짝이는 사각형 유리창들이 아치 모양으로 둘러진 금색 막대로 제자리에 고정되어 있었다. 내부에는 화려하고 독특한 열대 식물로 가득했다.

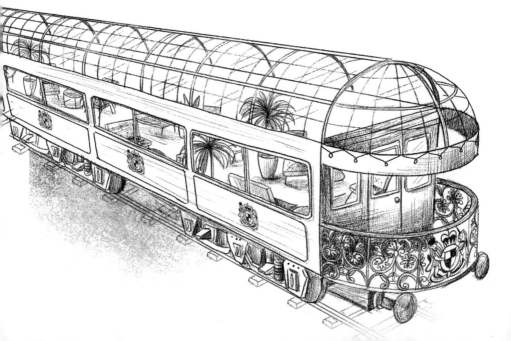

"무슨 기차에 이런 온실이 있을 수가 있는 거예요?"

"전망차라고 하는 거야." 삼촌이 웃으며 말했다. "증기 기관차가 선로 위를 칙칙폭폭 소리를 내며 나아가는 동안, 우리는 잉글랜드 전원 지대가 펼쳐진 늦여름의 녹음을 보며 감탄하고 혹은 북해의 모습을 조용히 바라보게 될 거야. 아마도 언뜻 크라켄도 볼 수 있을걸?"

"크라켄은 상상의 동물이잖아요." 할은 바다 괴물의 존재를 믿지 않았다. 어쨌든 할은 열두 살이 되어 가고 있었다. 넷 삼촌은 조금 놀라는 기색이었다.

"그런가? 그렇다면 이건 어때? 어두워지면 전망차의 소파에 누워서 별을 볼 수도 있어."

환호성이 들려 돌아보니 레드카펫 위를 물망초를 연상케 하는 파란색 드레스를 입은 한 여인이 뽐내며 걷고 있었다. 그녀는 자기 어깨너머 카메라를 응시한 채 고개를 뒤로 젖히고 붉은 입술을 삐죽 내밀고서 웃고 있었다.

"시에라 나이트? 시에라 나이트 씨가 여기서 뭐 하는 거예요?" 할이 깜짝 놀라 시에라 나이트를 쳐다보는 사이에 삼촌은 레드카펫을 성큼성큼 걸어갔다. 할은 삼촌을 따라잡으려고 뛰어갔다. "시에라 씨는 유명한 배우잖아요!"

"시에라 나이트 씨도 이 기차의 승객 중 한 명이야. 그녀도 이번 영국 일주 여행에 초대받았어."

"시에라 씨가 우리랑 같은 기차에 타는 거예요? 말도 안 돼요!" 할의 베스트 프렌드인 벤은 시에라 나이트의 덕후다. 벤이 이 얘기를 들으면 죽을 듯이 부러워하겠지? "넷 삼촌! 영국 일주 여행 동안 어떤 일이 있는 거예요? 우리는 무얼 해야 하죠?"

"우리는 그냥 하던 대로 지내면 돼. 지금까지 만들어진 기차 중에 가장 고급스러운 하일랜드 팰컨에서 먹고 자고 그리고 문젯거리가 될 만한 것에서 멀찌감치 떨어져 있으면 되는 거야. 서민에게는 어떤 공식적인 의무는 없어. 모든 공식적인 일은 왕자님 부부가 하는 거야. 서민이라 다행이야."

"왕자님 부부요?"

"엄마가 나랑 같이 왕실의 증기 기관차를 탄다고 얘기 안 했니?"

"듣지 못했어요. 가족들이랑 같이 있으면서 아빠가 엄마를 돌보는 것을 돕고 싶었어요."

"엄마를 돕는 게 뭔지 아니?" 삼촌이 할의 어깨에 손을 올리고 가까이 다가가 말했다.

"제가 다른 곳에 가 있는 거 아닌가요?" 할은 바닥을 보며 얘기했다.

"아니야. 네가 나와 함께 방학을 재밌게 보내고, 집에 가서 엄마에게 우리가 같이 지낸 이야기를 해 주는 거야. 우리가 돌아갔을 때 엄마를 위해 할 일은 흘러넘치도록 많아. 엄마를 기쁘게 하는 것은 네가 행복하다는 것을 알 때가 아닐까?"

할은 마지못해 고개를 끄덕였다.

"그러니깐 기운을 내. 이제부터 즐길 시간이야. 저기 전망차의 베란다를 봐!" 삼촌이 우산으로 전망차에서 뻗어 나온 단상을 가리켰다. "저 정교한 금속 세공 그리고 황실의 문양에 새겨진 꽃무늬를 봐! 환상적이지 않니?"

할은 금속 세공을 보면서 삼촌이 약간 이상하다고 생각했다. "음, 그렇네요. 환상적인 금속 세공이네요."

"왕자님 부부가 발모럴성에서 탑승한 이후부터 하일랜드 팰컨은 역을 지나갈 때마다 마치 걷는 것처럼 속도를 줄일 거야. 그러면 왕자님 부부는 베란다에 서서 그들의 결혼을 축하하러 모인 하객들에게 손을 흔드는 거지."

삼촌이 손가락을 들었더니 짐꾼이 빠르게 왔다.

"네, 선생님!" 짐꾼이 머리를 숙이며 인사를 했다.

"9번 객실로 부탁드립니다." 삼촌은 할이 메고 있는 배낭을 들어 그의 여행용 가방 옆에 두었다. "해리슨, 삼촌은 기차에 타기 전에 항상 기관차에 먼저 가 본단다." 삼촌은 우산 끝을 들어 올렸다. "기관차로!" 승강장을 따라 지나가면서 삼촌이 손을 뻗었다. "저기 봐! 특별 객차(풀먼, 기차에서 대단히 안락한 설비가 갖춰진 객차. 역자 주)야. 화려함의 극치지."

할은 이 정도로 기차를 사랑하는 어른을 본 적이 없었다. 삼촌이 열정적으로 기차에 관한 이야기를 할 때 할은 자신도 모르게 미소가 흘러나왔다.

삼촌이 갑자기 멈추는 바람에 할은 삼촌 등에 부딪혔다.

"저 빨간색 보이지? 저것을 클라레라고 불러. 정확하게는 빨간색이 아니라 포도주 색이야. 왕실 소유물에만 칠하는 상징적인 색이지. 다른 기차에선 저 색을 볼 수가 없어."

할이 자세히 보니 짙은 붉은색이 부와 권력을 암시하는 것 같기도 했다.

"이 객차는 킹 에드워드 살룬이라고 불리는 객차인데, 전쟁 전에 조지 5세 왕을 위해 만들어졌어. 저 객차 안에는 카드 테이블이 있는 휴게실과 다트판과 당구장이 있는 게임 룸 외에도 멋진 도서관도 있어." 삼촌이 계속 이어서 얘기했다.

"다트 판이요? 기차가 움직이는데 위험한 거 아닌가요?"

"맞아, 그래서 훨씬 재밌지. 여기가 우리가 아침, 점심, 저녁을 먹는 식당차야. 그리고 식당차의 이중문을 통해 기차에 탈 거야."

주머니 끝단과 깃 끝단 그리고 단추가 모두 금색으로 되어 있는 적자색 양복을 입은 큰 키의 남자가 다가왔다.

"브레드쇼 선생님!" 그 남자는 인사를 하기 위해 챙이 있는 모자를 조금 내렸다가 올렸다. "반갑습니다. 선생님을 또 모시게 되어 기쁩니다."

"고든 씨, 안녕하세요. 이 아이는 제 조카 해리슨 벡이예요. 해리슨, 이분은 왕실 열차의 객실 총지배인 고든 굴드 씨야."

"벡 도련님, 환영합니다." 고든 굴드의 미소가 가지런한 이빨을 드러냈다.

"고든 씨, 해리슨에게 기관차를 보여 주고 싶은데 시간 괜찮죠?"

"빨리 다녀오신다면 괜찮습니다."

"금방 갔다 올게요." 삼촌은 할의 등을 밀어 식당차에서 떠나게 했다. "우리 침대가 있는 객실은 이곳 승객용 객차 안 어딘가에 있을 거야."

"저건 뭐예요?" 할이 금빛 테두리의 창문이 있는 객차를 가리켰다.

"왕실 객차야." 삼촌이 말을 이어 갔다. "우리 같은 사람은 접근조차 할 수 없는 곳이지. 발모럴까지는 비어 있을 거야."

할은 금빛 테두리 창문 중의 하나에 자신이 비추어진 모습을 보았다. 반곱슬의 금발, 평범한 얼굴, 노란 점퍼…….

그때 창문의 커튼이 살짝 움직였다.

"으악!" 할은 커튼 사이로 손가락, 납작코, 초록색 눈동자를 얼핏 보고 깜짝 놀라 움찔했다. 그러곤 그것들은 사라졌다.

"괜찮아?"

"네." 할은 얼굴을 붉혔다. "음…… 그런데 어떻게 객실 총지배인이 삼촌의 이름을 알아요?"

"이번이 하일랜드 팰컨을 타는 첫 번째 여행은 아니야. 나는 여행 기자이고, 기차가 나의 전문 분야야. 나는 이 놀라운 기계를 사랑한단다." 삼촌은 손가락으로 관자놀이를 두드리며 얘기했다. "나는 역사적인 모든 경로를 다 외웠어. 잠이 오지 않는 날에는 역들을 하나씩 읊곤 한단다. 그러면 노선의 끝에 다다르기 전에 잠이 들곤 해."

"기차에 관해 글을 쓰는 게 삼촌의 진짜 직업이에요?"

"전에 하일랜드 팰컨에 관해서 썼어. 그래서 여기 다시 초대된 거야." 삼촌은 기관차의 굴뚝 주위를 비둘기 깃털 같은 회색 연기 줄기가 춤추듯 뻗어 있는 기차를 응시했다. "나에게 하일랜드 팰컨과 작별 인사를 할 기회가 주어진 것에 대해 감사해. 이 기차는 정말 특별하거든." 삼촌은 몸을 약간 떨었다. "자, 서둘러야 해. 여기 마지막 객차들은 승무원들을 위한 서비스 차량이고, 그리고 그곳엔 탄수차도 있어."

"탄수차가 뭐예요?"

"석탄과 물을 저장하는 화물차야."

할은 작은 컨테이너 크기의 탄수차 벽에 난 작은 문을 보았다. 문이 조금 열리면서 검은 머리와 녹색 눈동자를 가진 얼굴의 윗부분이 그를 쳐다보고 사라지는 것을 보면서 눈을 깜빡거렸다. 왕실 객차의 창문에서 보았던 얼굴이었다. "석탄이요?"

"그래 석탄. 증기 기관차가 무엇으로 움직이는 것 같아?"

"증기요?"

"그럼 증기는 어떻게 만들어지지?"

"석탄으로요?"

"맞아!" 삼촌이 앞으로 오라고 손짓했다. "이리 와, 하일랜드 팰컨의 정면을 봐야지."

위풍당당한 모습의 기관차는 반질반질한 클라레의 적자색이었고, 지붕은 눈처럼 하얀 흰색이었다. 기관차의 정면 아랫부분은 매의 부리처럼 유선형으로 돌출되어 있었다. 측면 양쪽의 외부 덮개 아래로 거대한 검은 바퀴 세 개가 드러났다. 기관차의 정수리에 숨어 있는 파이프에서 증기가 쉭쉭 소리를 내며 위협적으로 새어 나왔다. 낮은 수증기 구름이 기관차를 둘러싸고 있었다. 할은 펜을 꺼내 그림을 그리고 싶다는 충동을 느꼈지만 종이가 없었다.

"이것보다 더 이상적이고 완벽한 아름다움을 가진 기관차를 찾으려면 아마 꽤 오랜 시간이 걸릴 거야."

삼촌은 기관차의 앞부분으로 걸어가서 기차에 손을 올려놓고 말처럼 쓰다듬었다.

삼촌을 따라 하면서, 할은 금속으로 된 기차 표면이 따뜻하고 진동하고 있어서 놀랐다. 기관차가 마치 살아 있는 고대의 용이 힘차게 날아오를 준비를 하며 증기를 내뿜는 것 같았다.

chapter 03

다이아몬드 강아지

"**여**러분!" 차장이 나타났다. "7분 후에 호각을 불겠습니다."

"그레이엄, 고마워요." 삼촌이 인사를 했다.

그들이 승강장을 따라 급하게 뒤로 가는데, 번개가 빗발치듯 카메라 플래시가 여러 곳에서 터져서 할은 잠깐 앞이 안 보였다. 레드카펫 위에는 긴 꿩깃털이 달린 로빈 후드 모자를 쓰고 있는 은발의 여자가 서 있었다. 놀랄 만큼이나 많은 수의 진주가 꿰어 있는 목걸이가 그녀의 목과 트위드 사냥 재킷에 늘어뜨려져 있었다. 그녀는 장갑을 낀 손으로 원을 그리며 파파라치에게 차가운 미소를 지었다.

"넘어지지 않게 조심해!" 삼촌이 외투와 우산을 객실 총지배인에게 맡기며 식당차로 올라타면서 외쳤다.

할은 은발 여인 뒤에 다이아몬드가 박힌 목줄을 한 털이 보송보송한 다섯 마리 강아지들에게 눈을 떼지 못한 채 뒷걸음으로 기차 쪽으로 갔다. 어두운 갈색 앞머리에 붉은 얼굴의 남자가 강아지들을 통제하려 애쓰며 강아지들의 목줄을 잡고 있었다.

할은 강아지를 사랑한다. 생일과 크리스마스 때마다 부모님께 강아지를 키우게 해 달라고 졸랐지만 늘 안 된다고 하셨다. 강아지를 키우는 데는 돈이 많이 들고 책임감이 필요하다는 이유에서였다. 할이 동생이 생길 거란 얘기를 들었을 때, 사람은 강아지보다 더 큰 책임감이 필요한데 어떻게 아이 한 명을 더 가질 수 있느냐고 물었다. 상처를 줄 의도는 없었지만, 어쨌든 부모님은 할을 방으로 들어가라고 하셨다.

식당차 안에 들어오니 시간을 거슬러 올라간 것 같았다. 흰색 리넨 식탁보가 덮여 있는 세련된 테이블과 테이블 양옆으로 등받이가 높은 안락의자가 세트로 놓여 있고, 그러한 테이블이 통로를 사이에 두고 양쪽으로 배치되어 있는 것이 마치 폭이 좁고 긴 기이한 식당 같았다.

"뭐가 그리 재밌어?" 삼촌이 물었다.

"강아지를 다섯 마리나 키울 수 있을 만큼 부자가 되는 것을 상상해 봤어요." 할이 창문을 가리키며 말했다.

"아룬델 백작 부인인 엘리자베스 랜즈베리 부인이야. 영국에서 가장 부유한 여성 중 한 명인데, 최근에 켄트 공작부인의 행사에서 만난 적이 있어. 매우 인상적인 여인이야."

"랜즈베리 부인이 강아지들을 기차에 데리고 올까요?"

"그러지 않기를 바라는데…… 알레르기가 있거든." 삼촌이 새된 소리로 말했다.

"어니스트 화이트 씨!" 삼촌은 식당차 통로를 지나가다가 회색 양모 양복을 입은 노신사의 손을 잡았다. 어니스트 화이트는 테이블 중 하나에 앉아 반달 안경을 끼고 신문을 읽고 있었다.

"여기서 보게 되다니 반갑습니다."

"나타니엘! 반갑군요. 그런데 저쪽은 좀 소란스럽지 않나요?" 어니스트 화이트가 안경 너머로 할을 바라보았다. "당신의 아들입니까?"

"아니요, 제 조카 해리슨입니다."

"나에게도 할이라는 손자가 있어요."

어니스트 화이트가 할과 악수를 했다. "그는 칼레도니안 슬리퍼에서 일한답니다. 내 막내딸의 아들이지요. 막내딸은 스코틀랜드의 화물 열차 기관사랍니다."

"어니스트 씨가 왕실 투어에 참여하신 줄 몰랐어요. 은퇴하셨죠?" 삼촌이 그의 맞은편 의자에 앉았다.

"오…… 주님! 아니에요. 일하기엔 너무 늙었지요." 어니스트 화이트가 할을 쳐다봤다. "왕실 열차의 객실 총지배인으로 47년을 일했으니까요." 그가 한숨을 쉬었다. "내 인생을 이 기차와 함께했어요. 다들 내가 이 기차와 작별 인사하기를 원하는 걸 알고 있었지요. 그래서 초대장을 받았을 때 너무 기뻤답니다." 노신사의 눈이 충혈되었다. "이 여행에 참여하는 것은 내게 큰 의미가 있답니다."

빤히 쳐다보는 것 같아 어색해진 할은 어니스트 화이트가 읽고 있던 신문을 봤다.

랜즈베리 부인이 식당차를 휩쓸고 들어오자 소란이 일었다.

"형편없는 사람들 같으니라고!" 그녀는 손을 허공에 대고 휘저었다. "개들 사진을 한 장만 찍다니!" 그녀는 강아지 다섯 마리를 모두 기차에 태우기 위해 애쓰고 있는 남자를 버려두고, 식당차의 다른 문으로 사라졌다.

"사모예드다!"

할이 흥분해서 가장 가까이에 있는 강아지에게 손을 내밀자 강아지가 할의 손을 핥았다.

강아지들이 객차 구석구석을 누비며 코를 킁킁 들이댈 때마다 강아지들의 솜털 같은 하얀 꼬리가 흔들렸다. 강아지를 관리하는 사람이 강아지들이 다른 방향으로 가려고 하자 욕을 했다. 할은 도와주려고 테이블 아래에 있는 강아지 한 마리를 잡아당겼다. 갑자기 강아지가 튀어 올라 할의 얼굴을 핥았다.

"이리 와!" 강아지를 관리하는 사람이 소리치자 강아지들이 부스럭거리며 그에게로 갔다. 그가 강아지들을 객차의 문으로 몰며 랜즈베리 부인을 따라갔다.

"이름이 뭘까?" 할이 말했다.

"볼프강 에센바흐 남작과 그의 막내아들 마일로야!" 어니스트 화이트가 말했다.

희끗희끗한 흰머리가 있는 짙은 남색 양복 조끼를 입은 남자가 기차에 탈 때까지 할은 노신사가 말한 이름이 강아지 이

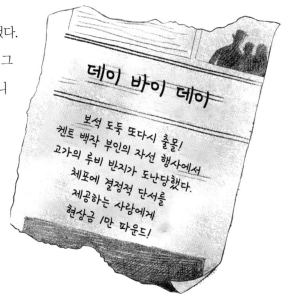

데이 바이 데이

보석 도둑 또다시 출몰!
켄트 백작 부인의 자선 행사에서
고가의 루비 반지가 도난당했다.
체포에 결정적 단서를
제공하는 사람에게
현상금 /만 파운드!

름일 거라고 생각했다. 그 뒤에는 키가 크고 무서운 얼굴에 체격이 좋은 남자가 따라 올라왔다. 고든 굴드가 두 사람을 환대하며 전망차 방향으로 안내했다.

"남작은 왕실의 오랜 친구이자 철도 애호가야." 어니스트 화이트가 속삭였다.

할은 다음에 올라온 승객은 알고 있었다. 스티븐 피클이라는 이름의 그는 지레일락스라는 기차 회사를 운영하는 부유한 기업가이지만, 텔레비전 리얼리티 쇼에 출연한 것으로 더 유명했다. 그의 팔짱을 끼고 있는 빨간 머리에 태닝을 한 여자는 그의 아내임이 틀림없다고 할은 생각했다.

할은 주머니 속의 볼펜을 만지작거리며 이 장면을 그리고 싶어 했다. 스티븐 피클은 피부색뿐만 아니라 두껍고 뚱뚱한 팔과 도톰하고 긴 손가락도 마치 소시지 같았다.

"믿을 수가 없군요. 누가 저런 기생충 같은 사람들을 초대한 걸까?" 어니스트 화이트가 조용히 언짢은 목소리로 말했다.

"안녕하십니까?" 스티븐 피클이 고개를 끄덕이며 그들에게 인사를 했다.

"안녕하세요, 저는 리디아 피클입니다." 그의 아내가 환하게 미소 짓자 그녀의 붉은 윗입술이 극장의 커튼처럼 올라가서 새하얀 인공 치아가 드러났다.

그때, 스티븐 피클의 휴대폰이 울렸다. 그는 전화기에 대고 소리를 질렀다.

"여보세요? 나 지금 바빠, 나중에 전화해!"

그녀의 인조 속눈썹이 삼촌을 향해 까딱이자, 삼촌이 그녀에게 손을 내밀며 악수를 청했다. "리디아, 만나서 반가워요. 저는 나타니엘 브레드쇼이고,

이 아이는 제 조카 해리슨 벡입니다."

고든 굴드가 식당차의 이중문을 닫고 청동 걸쇠로 문을 걸어 잠갔다. 날카로운 호각 소리에 승객 모두 고개를 들었다. "34분이 지났어."

어니스트 화이트가 시계를 확인하며 혀를 찼다. "출발 예정 시간보다 벌써 4분이 지났군."

기차가 움직이기 시작하자 할은 가슴이 철렁하는 느낌과 동시에 전율이 느껴졌다. 승강장의 사진사들이 그들 쪽으로 밀려왔다.

"해리슨, 전망차로 가자. 킹스 크로스역과 작별 인사를 해야지."

chapter 04

대망의 출발

할은 삼촌을 따라 킹 에드워드 살룬을 통해 도서관과 게임 룸을 지나 기차의 가장 끝부분에 있는 유리 객차로 서둘러 갔다. 기차 밖에 있는 사람들은 기차를 따라 뛰면서 손을 흔들었다. 시에라 나이트가 베란다에 서서 그들에게 키스를 보냈다. 기차가 킹스 크로스역을 떠나면서 기적을 두 번 울렸다. 여배우는 몸을 돌려 안으로 들어왔다. 다정해 보이는 금발의 여성이 시에라에게 음료를 주었다. 그녀는 반짝이는 팔찌 외에는 평범한 블라우스와 치마를 입었기 때문에 할은 본능적으로 그녀가 맘에 들었다. 할을 제외하고 그곳에 모인 사람들은 모두 마치 화려한 파티에 온 것처럼 입고 있었다.

여승무원이 하얀 천이 덮인 카트 옆에서 음료를 나눠 주고 있었다.

"나타니엘!" 카메라를 목에 멘 큰 키의 남자가 손을 뻗으며 객차를 가로질러 왔다.

"내 오랜 친구!" 그 남자가 삼촌의 손을 붙잡았다.

"아이작! 정말 반가워." 삼촌이 그에게 미소를 지었다. "해리슨, 이분은 왕실 사진사 아이작 아디바요 씨야. 우리가 알고 지낸 지도 여러 해가 됐지. 서덜랜드 공작부인의 여왕 50주년 기념 여행을 취재한 이후로 4년 만인가?"

"그때 그건 정말 훌륭한 기차였어."

"그래도 하일랜드 팰컨과는 비교가 되지 않지." 삼촌의 이 말을 시작으로 그들은 좋아하는 증기 기관차에 대해 본격적으로 이야기를 나누었다.

할은 주위를 둘러보았다. 모든 승객이 이 유리 객차에 모여 있었는데, 모인 사람들 모두가 어른이라 할은 실망했다. 할은 남작과 그의 아들 마일로를 보았다. 마일로는 콧구멍에서부터 윗입술에 이어진 상처가 있었는데, 그 상처로 인해 그가 으르렁거리고 있는 듯한 인상을 주었다. 자신을 보는 시선을 느낀 마일로가 할을 쳐다보자 할은 슬그머니 바닥을 내려다봤다.

"삼촌, 오렌지주스 마셔도 돼요?" 삼촌은 고개를 끄덕였다.

할이 객차를 가로지르며 왕실 객차에서 잠시 본 얼굴을 생각했다. 그 얼굴은 어른처럼 보이지는 않았다. 승무원이 주스를 주면서 미소를 지었다.

팅팅! 에센바흐 남작이 앞으로 나와 샴페인 잔을 치켜들고 승객들에게 우아한 독일어 억양으로 말했다.

"지금 이 자리에 왕자님이 계시지 않으므로 제가 대신해서 말씀드립니다. 저는 하일랜드 팰컨이라는, 우리 인류가 디자인하고 공학적으로 설계해서 성공적으로 만든 걸작품에 잔을 높이 들고 건배할 것을 제안합니다. 산업혁명의 상징인 기관차와, 그것이 여러분들의 위대한 나라 영국의 경제 기반 시설에 미친 영향을 축하합시다." 그는 숨을 고르기 위해 잠시 멈췄다.

"맞아요, 그래야 하죠!" 시에라가 잔을 높이 들고 춤을 추듯 빙그르르 돌아서 남작과 그의 아들 사이에 멈추어 섰다. "여기, 우리의 영국 일주 여행을 위하여 그리고 대단히 아름다운 기차와 그와 관련한 훌륭한 회사를 위하여 건배합시다!" 시에라는 자신의 자리로 돌아가기 전에 남작과 그의 아들에게 눈을 찡긋하며 계속 얘기하려고 입을 열었지만, 랜즈베리 부인이 끼어들었다. 백작 부인이 그녀의 검은 귀걸이를 흔들며 할 쪽으로 성큼 걸어왔다. 그러고는 연설하기 위해 샴페인 잔을 들어 올렸다.

랜즈베리 부인 옆에 서 있으니 사람들이 모두 자신을 쳐다본다고 느낀 할은 발을 질질 끌고 뒤로 걸어가 의자에 깊숙이 앉으며, 왜 어른들은 연설하는 걸 그렇게 좋아하는지 의아해했다.

"고인이 된 나의 사랑하는 남편 아룬델 백작 조지처럼 철도에 일생을 바쳐 헌신한 분들을 추모합시다. 인류는 증기 기관차를 만드는 놀라운 일을 해냈습니다. 이 역사적인 기차의 마지막 여정이 영국 사람들의 심장에 증기 기관차를 깊이 새겨 넣었으면 합니다. 증기 기관차가 세상을 영원히 바꾸어 놓은 획기적인 일을 했습니다." "하일랜드 팰컨을 위하여!" 그녀는 잔을 들었다.

"하일랜드 팰컨을 위하여!" 모두가 제창했다.

"원샷!" 단숨에 잔을 비운 리디아 피클이 소리쳤다.

할은 어리둥절했다. 그의 자리에서 음료수 카트의 하얀 천이 올라가는 것이 보였다. 할은 검은 머리카락, 갈색 피부, 초록 눈동자 그리고 자기 또래 여자아이의 얼굴 전체를 봤다. 그 여자아이가 사라질 경우를 대비하여, 이번엔 움직이지 않으려고 꼼짝하지 않았다. 할은 그 여자아이가 그 객차를 세밀히 관찰하는 것을 봤다. 그들은 눈이 마주쳤다. 메롱 하듯 그 아이가 혀를 내밀고 식탁보를 내렸다.

벌떡 일어난 할은 자신의 앞쪽으로 지나가는 스티븐 피클과 부딪쳤다.

"앗! 죄송합니다."

스티븐 피클이 할에게 소리치려는데, 마침 그의 전화벨이 울려서 전화를 받으려고 몸을 돌렸다. "여보세요? 아니야! 바쁘다고 말했잖아!"

"괜찮니, 꼬마야?" 리디아 피클이 코를 찡긋하고 윙크하며 할에게 미소를 지었다. "나도 계속 그런 실수를 하고 있어." 그녀는 표범 무늬 뾰족구두를 가리켰다. "아유, 참! 이 구두가 말썽이야!" 리디아 피클은 그녀의 빈 잔을 가슴 쪽으로 가져간 채 스티븐 피클의 팔을 잡았다. 그녀가 비틀거리자 그녀의 잔이 가슴 쪽에 꽂혀 있는 반짝거리는 브로치에 부딪혔다. 그 브로치는 다이아몬드가 박힌 화려한 나비 모양이었다.

할은 그녀를 지나쳐 음료수 카트를 봤다. 랜즈베리 부인이 객차 한가운데서 삼촌과 담소를 나누는 에센바흐 남작에게 다가갔다. 피클 부부도 그들과 합류했다. 기회를 포착한 할은 사람들 사이를 재빠르게 돌아다녔다.

"오렌지주스 더 마실래?" 승무원이 물었다.

할은 고개를 끄덕였다. "앗! 운동화 끈이 풀어졌네요." 할이 아래를 내려다봤다. 할은 운동화 끈을 묶는 척하며 그 여자아이가 그곳에 있기를 기대하고 하얀 천의 끝을 들어 올렸다. 그러나 그곳엔 아무도 없었다. 할은 일어서서 주위를 둘러보았다. "어디로 갔지?"

"여기 있었구나." 삼촌이 말했다. "자, 이제 우리 객실로 가자. 저녁 만찬을 위해 옷을 갈아입어야지."

"저녁 만찬을 위한 옷이요?" 할은 그의 배낭에 있는 청바지, 운동복, 스웨터를 떠올렸는데, 그것들은 이곳에서의 저녁 만찬에 어울리지 않는다는 것을 본능적으로 알아챘다.

"그래, 그리고 우리 아직 객실 구경도 안 했잖아." 삼촌이 흥분한 아이처럼 말했다.

"맞아요." 할은 삼촌을 따라 문 쪽으로 갔다.

"으악! 없어졌어!" 리디아 피클이 큰소리로 비명을 질렀다. 그녀는 털썩 주저앉아 바닥을 기어 다녔다. "내 브로치! 내 브로치가 없어졌어."

창밖을 보고 있는 어니스트 화이트 옆에 앉아 있던 스티븐 피클이 투덜거렸다. 아이작이 시에라의 사진을 찍을 때 창문 쪽에서 플래시가 터졌다. 객차의 다른 쪽에선 랜즈베리 부인이 유창한 독일어로 에센바흐 남작과 얘기하고 있었고, 마일로는 몹시 화난 표정으로 옆에 앉아 있었다.

"자, 가자!" 삼촌이 눈동자를 굴리며 입 모양으로 말했다.

할이 전망차를 떠나면서 한 번 더 뒤돌아 음료 카트를 봤다. 할은 생각했다. '그녀가 누구든, 내가 찾아낼 거야.'

요란한 파티에서 벗어나 킹 에드워드 살룬에 이르렀을 때 기차 바퀴의 규칙적인 소리를 들을 수가 있었다. 그는 당구대의 천을 손가락으로 만져 보면서 다트 판을 봤다. 그 아이도 다트를 할까? 궁금했다. 할은 갑자기 덜컹거리는 기차에서 다트 핀을 던지고 싶어졌다.

삼촌이 도서관을 지나가면서 가죽으로 제본된 책들의 제목을 자세히 봤다. 그곳을 지나면 카드 게임을 할 수 있는 테이블이 비치된 휴게실이 있는데, 각각의 카드 테이블에는 두 팩의 카드가 있었다. 할은 만약 같이 놀 또래 친구가 있다면 기차 여행이 그렇게 지루하지 않을 것 같다고 생각했다. 할은 그 아이가 왜 숨는지 궁금했다. 식당차에서 할은 어니스트 화이트가 버려둔 신문을 봤다. 보석 도둑에 대해 궁금해서 할은 지나가면서 그것을 집어 들었다. 식당차 끝부분에 간이 부엌이 있었고, 그곳을 지나 승객용 객실로 갔다.

"9번 객실, 여기가 우리 방이야."

삼촌이 말했다.

할은 얇은 나무 문을 밀어 아름답게 장식된 방으로 들어갔다. 방의 오른쪽 벽면을 따라 바다색 바탕에 금색 무늬가 많이 들어 있는 양탄자로 덮인 긴 의자가 있었다. 그 위에 할의 배낭, 삼촌의 여행용 가방과 코트가 있었다. "침대는 어딨어요?"

"객실이 눈을 즐겁게 해 주는 이름다운 보석 상자 같지 않니?" 삼촌은 문 뒤, 왼쪽 모서리에 숨겨져 있는 작은 도자기 세면대를 가리켰다. 엷은 금빛이 섞여 있는 아치 모양 수도꼭지가 세면대 위에 있었다. "냉수와 온수가 나오고, 앞뒤로 움직일 수 있는 면도 거울도 있네!" 삼촌은 면도 거울을 아코디언처럼 펼쳤다. "세면도구를 올려놓을 수 있는 유리 선반도 있고, 저기 옷걸이 봉 좀 봐! 셔츠나 외투를 걸 수 있는 금색 옷걸이가 일곱 개나 있어!" 삼촌이 아래쪽을 가리켰다. "여기 작은 삼단 서랍장도 있고."

삼촌이 그의 오른쪽으로 한 걸음 내디뎠다. "여기에 내가 꼭 필요한 가구가 있네." 삼촌이 걸쇠를 들어 올려 나무 책상 윗부분을 벽에서 내렸다. 책상 위 표면은 그 아래에 있는 의자와 같은 파란색 가죽으로 되어 있었다. 삼촌은 여행 가방을 책상으로 옮기고 의자를 책상 아래에 넣었다. "나는 여기서 잘게." 긴 소파 침대를 가리키며 삼촌이 말했다. "그리고 너는……." 삼촌이 운동화를 벗은 후 침대 위로 올라섰다. "…… 여기서 자면 되겠다." 삼촌이 침대 위 벽에서 빗장을 풀자 벽에 두 개의 가죽끈으로 고정된 또 하나의 침

대가 직각으로 내려왔다.

"와! 대박!" 할이 활짝 웃었다.

"좀 작지? 하지만, 네 기분이 어떤지 알 것 같다." 삼촌이 아래로 내려왔다.

"침대 아래에 서랍이 있으니 네 물건은 거기에 두면 되겠다." 삼촌은 정리를 끝내고 손을 활짝 폈다. "두 명의 여행자에게 이보다 더 무엇이 필요하겠니?"

"사실은……." 할이 어색해하며 말했다. "할 말이 있는데요…… 저녁 만찬에 어울리는 옷을 가지고 오지 않았어요."

"그건 내가 해결해 줄 수 있을 것 같은데." 삼촌이 책상 위에 있는 금색 버튼을 눌렀다. 비밀의 문이 열리면서 그곳에서 멋진 옷이 나오는 게 아닌가 생각했는데, 아무 일도 일어나지 않았다.

삼촌이 겨자색 스웨터를 벗었다. 할은 삼촌을 쳐다보고 있었다.

"삼촌은 왜 손목시계를 여섯 개나 차고 있어요?"

"여행할 때 하는 나만의 좀 특이한 버릇이야." 삼촌이 자신의 양쪽 팔에 세 개씩 차고 있는 시계를 내려다봤다. "이건 영국, 뉴욕 그리고 도쿄의 시간을 알려 주는 시계야." 삼촌은 먼저 왼쪽 팔에 찬 시계를 가리키며 말했다. "이건 베를린, 시드니, 모스크바의 시간이고." 그러곤 오른팔을 가리키며 말을 이었다. "

"그런데 왜요?"

"여행을 다니며 하나씩 샀지. 각각의 시계가 지금 내가 있는 시간과 장소뿐만 아니라 다른 세계를 계속 일깨워 준단다. 내가 있는 이곳 말고도 지구에 다른 장소들이 있고, 그곳에 멋진 사람들로 가득하다는 사실을 기억하고

런던

있다는 것은 참 유쾌한 일이야. 삼촌은 다른 장소의 사람들이 지금 무엇을 할까 생각하는 것이 즐겁고 좋아. 내가 별을 응시하고 있을 때, 그들은 장밋빛 손가락을 가진 여명의 신과 함께 새벽을 맞이하며 잠에서 깨겠지?"

할은 삼촌의 손목에 찬 시계들을 바라보았다. "그런데 삼촌, 스마트폰으로도 모든 지역의 시간을 알 수 있잖아요."

넷 삼촌이 바지 주머니에서 회색 아날로그 휴대폰을 꺼냈다. "삼촌은 스마트폰이 없어. 스마트폰은 진짜 지도를 보거나 사람들과 얘기하는 것을 방해하지. 나는 휴대폰 스크린이 아닌 진짜 풍경을 그리고 세계를 보고 싶어."

"선생님, 벨을 울리셨나요?" 노크 소리와 함께 고든이 문가에 서 있었다.

뉴욕

"해리슨에게 저녁 만찬을 위한 의복이 필요한데…… 조카가 깜빡하고 챙기지 못했어요. 만약 기차 안에 준비된 게 있다면 셔츠와 바지, 넥타이를 가져다줄 수 있을까요?"

할이 미안한 얼굴로 고든에게 미소 지었다.

"가져다드리겠습니다. 잠시만 기다려 주세요."

그 사이에 삼촌은 바지와 어울리는 재킷을 입고

모스크바

베를린

갈색 가죽 구두를 신었다.

할은 배낭을 열어 게임기와 충전기를 꺼냈다. 그리고는 긴 의자 아래 서랍을 열어서 청바지, 박스 티, 양말, 티셔츠, 밤색과 파랑색 줄무늬 스웨터를 넣고 발로 서랍을 닫으면서 주위를 둘러봤다. "삼촌, 플러그는 어딨어요?"

"플러그는 뭐에 쓰려고?" 삼촌이 실크 넥타이를 셔츠 깃에 매면서 물었다.

"게임기 충전하려고요. 크루에서 오는 동안 방전됐어요." 할이 충전기를 들어 올렸다.

"미안한데, 이 객차에서는 충전할 수는 없을 것 같은데. 전기 기기들보다 먼저 만들어진 기차라서."

"저기 전선은 뭐예요?" 천장 바로 아래 벽에 케이블을 가리키며 물었다.

도쿄

"저건 모든 객차에 다 이어져 있는 긴급 제동 장치야."

"그렇군요." 할이 한숨을 쉬며 그의 게임기를 바라보았다.

"고든이 오면 게임기를 주고 충전해 달라고 부탁해 봐. 그가 충전해서 내일 가져다줄 거야."

"제가 만약 오늘 필요하면 어떻게 해요?"

"게임을 할 수 없을 때는 집에서 주로 무엇을 하니?"

시드니

"축구를 하거나…… 그림을 그려요."

"그림 도구는 삼촌이 구해 줄 수 있을 것 같은데." 할은 실망한 채 소파에 앉았다.

"저쪽에 당구대와 다트 게임도 있어." 삼촌이 말했다. "네가 원한다면 삼촌이 한두 가지 카드 게임도 알려 줄 수 있고."

고든이 옷을 가지고 돌아와 오트밀 색 코르덴 바지, 타탄 체크무늬가 있는 남색 재킷, 흰색 셔츠를 소파 침대에 펼쳐 놓았다. 그러곤 주머니에서 밤색 나비넥타이를 꺼내서 셔츠의 목 부분에 올려놓았다.

"그거 제가 입을 거 아니죠?" 할이 질색하며 물었다.

"왕실 옷장에서 빌려 왔어요. 왕자님이 어렸을 때 딱 한 번 입었던 옷이에요."

"완벽하네요. 고든, 고마워요." 삼촌이 고든의 어깨 위에 손을 올려놓으며 말했다.

"알았어요, 감사합니다." 할이 웅얼거리며 대답했다.

"패딩턴에 도착하면 돌려주셔야 합니다." 고든이 떠나며 말했다.

"잠시만요…… 고든 아저씨." 할이 일어섰다.

"다른 아이가 기차에 있던데, 저에게 소개해 줄 수 있나요?"

"유감스럽게도 다른 어린 승객은 없습니다."

"제 말은, 꼭 승객이 아니라도 직원 중에도 없나요?"

"어린아이는 왕실 기차에서 일할 수 없습니다. 벡 도련님이 하일랜드 팰컨의 유일한 어린이랍니다."

chapter 05

멋지게
차려입고

고든 굴드는 거짓말쟁이야! 삼촌의 도움으로 간질거리는 체크무늬 재킷을 입으며 할은 생각했다.

"나비넥타이는 매기 싫은데."

"왕실 기차에 탔으니 이런 경험도 해 보는 거지. 언제 또 나비넥타이를 매 보겠니?" 삼촌이 나비넥타이를 집어 들면서 웃으며 말했다. "왕자가 되면 어떨까 생각해 본 적 없어?"

할은 밤색 나비넥타이를 보면서 인상을 찌푸렸다. 삼촌이 할의 셔츠 깃을 세우고, 날렵한 손놀림으로 나비넥타이를 능숙하게 매 줬다. 할은 세면대 위의 거울로 자기 모습을 봤다. 귀족처럼 보였다. 만약 학교에 이렇게 입고 나타나면 틀림없이 아이들의 놀림거리가 될 것이다.

"변장했다고 생각해 봐. 너는 이제부터 스파이야." 삼촌이 눈썹을 꿈틀거리며 말했다. "그의 이름은 해리슨 벡!"

'이제부터 나는 스파이야.' 할은 거울을 보며 생각했다. '그리고 그 아이가 누구인지 그리고 왜 고든이 거짓말을 하는지 내가 밝혀내겠어.' 할이 삼촌을 돌아보면서 말했다. "있잖아요, 삼촌. 해리슨이라고 부를 필요 없어요. 그냥 할이라고 불러도 돼요. 친구들도 그렇게 불러요."

"그래, 고마워. 할, 이제 좀 더 친해진 거 같은데." 삼촌의 얼굴이 빛났다. "이제 먹으러 가 볼까? 엄청나게 배고프다."

식당차는 분주했다. 부엌에서 흘러나오는 맛있는 음식 냄새가 할의 입에 침이 고이게 했고, 배는 아우성쳤다. 삼촌은 사진사인 아이작이 앉아 있는 자리로 곧장 갔다. 시에라와 그녀의 친구는 피클 부부와 같이 식사 중이었다. 어니스트는 통로 저쪽에 혼자 앉아 있었고, 남작과 그의 무뚝뚝한 아들은 가장 먼 곳에 있었다. 기차가 흔들릴 때마다 식기들이 서로 부딪치고 달그락거렸지만, 누구 하나 개의치 않았다.

"왜 시에라 나이트 씨가 이 여행에 참여했어요?" 김이 나는 수프를 보며 할이 물었다.

"시에라 씨는 왕자비님의 친구야." 아이작이 수저를 집으며 대답했다. "왕자비님과 그녀는 6~7년 전에 함께 일했어. 그리고 새로운 영화에서 그녀가 맡은 배역이 2차 세계대전 당시 여성 기관사래. 그래서 배역에 관해 연구하기 위해 이번 여행에 함께하고 싶다고 했대."

"실제로는 1980년 때까지 여성 기관사는 없었어, 놀랍지?" 삼촌은 고개를 흔들었다.

"시에라 누나의 친구도 배우예요?" 할이 물었다.

"그녀는 시에라 씨의 친구가 아니라 루시 미도우즈라고 시에라의 개인 비서야."

할은 주위를 둘러봤다. 시에라가 창문을 주시하고 있었다. 시에라가 무엇을 보고 있을까 궁금해하고 있었는데, 그녀가 입술을 오므리는 것을 보고 창문에 비친 자기 모습을 보고 있다는 걸 알았다.

"오! 루시." 시에라가 루시의 손을 잡았다. "엔진에 기대어 카메라를 주시하는 내 모습을 상상해 봐. 기차는 나에게 여행의 자유를 줬어." 시에라가 선언하듯 얘기하곤 스스로 만족해하며 미소 지었다. "멋지지 않아? 좋은 대사지? 받아 적어. 시나리오 작가에게 보내야겠어."

루시 미도우즈는 충실하게 그녀의 카디건에서 메모지와 펜을 꺼냈고, 맞은편에서 스티븐 피클이 수프를 쩝쩝 소리 내며 먹고 있었다.

"내가 그 나비 모양 브로치를 얼마나 좋아했는데." 리디아 피클이 씩씩거리며 말했다. "이제까지 그런 모양의 브로치를 본 적이 없어. 큰 나비 모양에 다이아몬드가 가득 박혀 있다고. 보석상이 그건 세상에서 단 하나뿐이라고 말했단 말이야. 얼마나 반짝반짝 빛이 났었는데." 리디아 피클은 잘 관리받은 손으로 그녀의 이마를 쳤다. "너희들 계속 찾아봐 줄 거지? 그거 정말 비싼 거야."

"당연하지. 우리 둘이 눈여겨서 살펴볼게. 곧 찾을 수 있을 거야."

"전망차에서 샴페인을 마실 때는 분명히 브로치가 있었어." 리디아 피클은 아랫입술을 내밀고 슬픈 표정으로 눈을 깜박거렸다.

"당신이 브로치 달지 않은 거 아니야?" 스티븐 피클이 투덜거렸다.

"브로치를 달았다고! 너도 봤지?" 리디아가 항의하듯 말했다.

할은 리디아 피클의 나비 브로치를 기억해 냈다. 그 브로치는 크고 반짝여서 못 보는 게 더 힘들었다.

"그 다이아몬드 브로치 도난 보험에 들었지?" 롤빵을 뜯으며 스티븐 피클이 말했다.

"당연하지!" 리디아 피클은 입술을 깨물고 시선을 돌렸다.

하일랜드 팰컨이 스티버니지(영국 잉글랜드 하트퍼드셔주에 있는 도시. 역자 주)를 덜컹거리며 통과하고 있을 때, 전망차에서 음료를 나눠 주던 승무원이 소고기 스테이크와 고기용 식기가 있는 카트를 끌고 들어왔다. 할은 카트의 하얀 천의 움직임을 눈여겨봤다. 승무원이 그들에게 음식을 제공하러 왔을 때, 할은 카트의 흰 천 아래로 발을 밀어 보았다. 아무것도 없었다.

"안녕하세요?" 승무원이 삼촌과 아이작에게 음식을 제공할 때 할이 그녀에게 상냥하게 미소 지었다. "성함이 어떻게 되세요?"

"에이미입니다."

"에이미 누나, 요크셔푸딩(식전에 먹거나 고기 요리와 곁들여 먹는 빵. 역자 주) 하나 더 추가해도 될까요?"

"물론이죠, 도련님."

왕자의 멋진 재킷과 나비넥타이가 어떤 긍정적인 작용을 한 것 같았다.

"에이미 누나, 뭐 하나만 물어봐도 될까요?"

"네, 도련님."

"제 또래의 소녀가 기차에 있는 거 봤나요?"

"아니요! 도련님이 유일한 어린이 승객이세요. 승무원 객차에 어린이는 탑승할 수 없어요." 그녀는 두 번째 요크셔푸딩을 그의 접시에 올려 주고 카트를 남작과 그의 아들이 있는 옆 테이블로 빠르게 밀었다.

할은 눈을 가늘게 뜨고 요크셔푸딩을 내려다봤다. '그녀는 거짓말을 하고 있어. 어린이 탑승 금지라고? 이 기차에는 비밀이 있어.'

"여기 요크셔푸딩이 네 엄마가 만든 것만큼 맛있지는 않을 거야. 어떤 사람도 네 엄마보다 빵을 잘 만들지는 못하지." 삼촌이 말했다.

"엄마가 만든 게 최고예요!" 할은 인정하며 말했다. "어쨌든 이거 다 먹을 거예요. 요크셔푸딩 정말 좋아하거든요." 할은 에이미를 주시했다. 그녀는 냅킨을 펴서 목 쪽에 두르고 있는 남작에게 음식을 제공하고 있었다.

"에센바흐 남작이 유럽에서 가장 화려한 모형 철도를 가지고 있는 거 알아? 대부분을 직접 만들었다고 하던데……."

삼촌이 소곤거리며 말했다.

아이작이 고개를 끄덕였다. "그런 걸 가지고 있다니 정말 자랑스럽겠어. 그것을 볼 때마다 얼마나 즐거울까? 혹시 바바리아에 있는 호엔슈반가우성 근처에 가게 되면 모형 철도 구경하러 방문해 봐. 남작이 주말에는 대중에게 공개한대."

"남작은 왕족과 먼 친척뻘이라는데." 삼촌이 말했다. "남작의 회사를 여러 번 방문했는데, 그의 아들은 본 적이 없어."

할은 통로 저쪽에서 어니스트 화이트가 일어서는 것을 봤다. 어니스트는 발포 고무 커버가 있는 마이크를 쥐고 창문의 상단을 밀어서 열었다. 그는 테이블과 객차의 벽 사이 창틀에 마이크를 고정하고 마이크의 다른 끝자락을 휴대용 녹음기에 연결했다.

"어니스트 할아버지는 뭐 하는 거예요?"

"증기 기관차의 달리는 소리를 녹음하는 거야."

"왜요?"

"세상에 단 하나뿐인 소리잖아. 그에게 있어서 그 소리는 중요한 추억이거든. 화이트 씨는 증기 기관차 A4 퍼시픽이 달릴 때의 소리가 베토벤 교향곡처럼 아름답다고 말하기도 했어."

넷 삼촌은 의자 깊숙이 앉아 눈을 감고 기차 소리를 듣고 있었다.

할도 삼촌을 따라 의자 깊이 앉아 눈을 감았는데, 들리는 소리는 리디아 피클의 목소리뿐이었다.

"지난주에 잡지에서 네가 체드와 결별했다는 것을 읽었는데." 리디아가 시에라에게 말했다. "지금 내가 너와 만찬을 즐기고 있다니……." 그녀는 믿을 수 없다는 듯 머리를 흔들었다.

"너 리버풀 출신이라는 게 사실이야? 리버풀 사투리는 하나도 안 쓰는데?"

시에라는 억지 미소와 함께 고개를 조금 끄덕였다.

리디아는 시에라의 손을 잡고 고음으로 꽥꽥거리며 리버풀 응원가를 불렀다. "예! 예! 배가 머지강을 건넌다!"

스티븐 피클이 리디아의 형편없는 리버풀 응원가에 웃음을 터뜨렸다.

어니스트 화이트는 시끄러운 소리에 얼굴을 찌푸리며 고개를 흔들었다.

"아무도 피클 씨 부부를 좋아하지 않는 것 같아요." 할이 조용히 말했다.

"피클 씨는 철도 회사를 통해서 많은 돈을 벌지만, 그것을 개선하는 데 돈을 거의 안 써서 사람들을 화나게 했어." 삼촌이 말했다.

"누가 의자가 있는 기차가 필요하지? 누가 에어컨디셔너가 필요한 거야? 누가 정각에 운행되는 기차가 필요한 거지?" 아이작이 윙크하며 스티븐이 텔레비전에 나와서 했던 말들을 따라 했다.

"그렇다면 왜 스티븐 피클을 이 여행에 초대한 거예요?"

"글쎄." 삼촌이 앞쪽으로 가까이 왔다. "피클 씨가 지금 우리가 여행하는 노선의 상당수를 소유하고 있어. 그를 초대하지 않는 건 그에게 모욕이지. 내 생각엔 모두가 그가 오지 않기를 바랐을 것 같은데."

"사실 피클 씨는 자기 사진이 신문에 나오길 원해." 아이작이 할을 이해한 다는 표정으로 말했다. "왕족들과 나란히 서 있는 자기 사진 말이야."

디저트로 이튼 메스(딸기, 머랭, 휘핑크림을 섞어 만든 영국 전통 디저트. 역자 주)가 왔고, 할은 이튼 메스 안에 있는 달콤한 딸기 덩어리를 허겁지겁 먹었다.

"랜즈베리 부인은 어딨어요?" 할이 주위를 둘러보며 물었다. "랜즈베리 부인은 저녁을 안 먹나요?"

"랜즈베리 부인은 개인 식당에 있어." 삼촌이 대답했다.

"그녀는 개인 식당에서 고인이 된 남편을 추모하는 개인적인 의식을 치르고 있어. 그리고 내 생각에……." 삼촌이 가까이 다가와 속삭였다. "그녀는 남편의 재를 하일랜드 팰컨의 증기와 숯에 뿌리고 있을걸?"

"헉!" 할은 놀라 외쳤다.

"그녀의 시종이 시중들고 있을 거야."

"강아지를 돌보고 있는 사람 말하는 거예요?"

"그가 랜즈베리 부인의 시종이 되었을 때는 자신을 기다리고 있는 것이 백작 부인뿐만 아니라 다섯 마리의 강아지가 더 있다는 것은 알지 못했을걸." 삼촌이 익살스럽게 웃으며 말했다.

"백작 부인은 틀림없이 강아지를 사랑하는 사람일 거예요." 할이 말했다.

"백작 부인은 남편이 사망한 후에 강아지들을 키우기 시작했어. 집안일이 하나 더 추가된 거지." 아이작이 얘기했다.

'만약 랜즈베리 부인과 그녀의 시종이 여기 식당차에 있다면, 틀림없이 강아지들은 아무도 없는 객실에서 자기들 맘대로 뛰어놀고 있을 거야.' "저 먼저 일어나도 돼요? 음…… 저는 방으로 돌아가서 짐 정리 좀 하고 싶은데요."

삼촌은 냅킨으로 입을 닦으며 고개를 끄덕였다. "나는 식사 후에 여기서 커피 좀 마시고 가도 상관없지?"

"네, 저는 상관없어요." 할이 일어섰다.

할은 강아지들의 킁킁거리는 소리와 낑낑거리는 소리를 들으며 서둘러 승객용 객차를 지나갔다. 마지막에서 두 번째 문(2번 방) 뒤에서 긁는 소리, 크게 낑낑거리는 소리와 흥분해서 요란하게 짖어 대는 소리가 들렸다. 할은 주변을 둘러보고 손잡이를 돌려 보았다. 뜻밖에도 문이 열렸다.

다섯 마리의 눈처럼 하얀 강아지들이 돌진하여 뛰어올라 할을 문 쪽으로 밀어붙이고 핥으려고 하자 할은 웃었다. 그중 한 마리는 즐겁게 짖어 댔다.

"쉿 조용!" 할이 객실에 재빨리 들어가 앉으며 속삭였다. "너희들 조용히 해야 해!"

강아지들이 할 근처에 옹기종기 모여 할의 어깨에 머리를 디밀며 요란 법석을 떨었다. 할은 한 마리씩 쓰다듬어 주려고 했지만 강아지들이 덮쳐서 바닥에 쓰러지고 말았다. 강아지들이 장난감을 찾은 듯 할의 갈비뼈 부분에 젖은 코를 찔러 대고 할의 얼굴을 핥았다. "그만해!" 할은 웃으면서 일어나려고 했다. "앉아!"

놀랍게도 다섯 마리의 강아지들이 모두 바로 엉덩이를 깔고 앉았고, 눈을 반짝이며 할을 향해 숨을 헐떡거렸다.

할은 손을 내밀어 다이아몬드가 박힌 강아지 목걸이에 매달려 있는 은색 이름표를 읽었다. "자, 보자." 가장 가까이 있는 강아지는 오트밀 색이었는데, 다른 강아지보다 털 색이 어두웠다. "네가 트라팔가…… 그리고 너는 바이킹." 바이킹이 자기 이름을 듣고 대답하듯 짖었다. "네가 섀넌이구나." 은빛이 도는 눈부신 털을 가진 강아지에게 말했다. "와! 너 정말 예쁘다!…… 피츠로이?" 그는 카펫을 파헤치려고 애쓰는 네 번째 강아지의 이름표를 어렵게 잡았다. "그리고 너는 이름이 뭐야?"

가장 마지막 강아지는 다섯 마리 중에 가장 작았다. 다른 모든 강아지의 눈동자 색은 흑색이거나 갈색이었는데, 마지막 강아지의 눈동자는 바다처럼 푸른색이었다. 그 강아지는 깊고 푸른 눈으로 할을 쳐다봤다. 할이 자기 무릎을 손으로 톡톡 쳤더니, 그 강아지가 머리를 그의 무릎에 올려놓았다. 할은 그 강아지의 이름표를 들어 올렸다. "베일리." 할이 베일리의 머리를 쓰다듬었다. "얘들아 만나서 반가워." 바이킹이 낑낑거렸다. 할은 강아지들 각각을 손짓하면서 이름을 다시 불렀다. "트라팔가, 바이킹, 섀넌, 피츠로이 그리고 베일리."

다섯 마리의 사모예드가 할에게 미소를 지었고 할도 미소로 답했다.

"내 이름은 할이야." 할이 가슴을 두드리며 자신을 소개하자 베일리가 할의 얼굴을 핥았다. "방이 이게 뭐야? 너희들 방을 엉망으로 만들었구나, 그렇지?"

카펫과 의자에는 온통 강아지 털투성이였다. 이층 침대의 위 칸이 내려져

있었는데, 랜즈베리 부인의 시종 침대로 꾸며져 있었다. 창문 아래쪽에 다섯 개의 강아지 물그릇이 있었고, 세면대에는 강아지 과자가 그리고 그 위 유리 선반에는 '가이에스타라'라고 소용돌이꼴의 글자가 쓰여 있는 라벨이 붙은 팔각형 병이 여덟 개 놓여 있었다.

　　피츠로이가 객실 문 쪽으로 걸어가서 문을 긁었다. "피츠로이, 그러면 안 돼." 할이 피츠로이를 꾸짖었다. 베일리가 할의 무릎 위에 올라와 웅크리고 앉았다. "안녕, 꼬마 아가씨!" 할이 베일리의 머리를 쓰다듬었고 베일리가 코를 들어 할의 손바닥에 비볐다. 할이 자기 얼굴을 베일리의 폭신폭신한 목에 묻었을 때 발걸음 소리가 다가오는 게 들렸다. 할은 심장이 요동치는 것을 느꼈다. 베일리를 밀치고 비틀거리듯이 일어나 주위를 둘러봤다.

그곳엔 숨을 곳이 없었다.

chapter 06

유령의 식사

할은 문을 바라보며 사과할 준비를 하고 심호흡했다. 그러나 발걸음 소리가 지나갔다. 할은 블라인드를 들어 올려 복도를 내다보았다. 에이미가 음식이 담긴 쟁반을 들고 왕실 객차 쪽으로 가고 있었다. '왕실 객차엔 아무도 없어. 왕실 객차는 발모럴성까지 비어 있어! 에이미가 누구에게 음식을 가져다주는 걸까?' 할은 몰래 나와서 까치발로 조용히 에이미의 뒤를 쫓았다.

왕실 객차에 깔린 두꺼운 크림색 융단 덕에 할의 발걸음 소리가 들리지 않았다. 할은 민트색 실내 장식품과 광택이 나는 목제 가구가 있는 라운지에 있었다. 에이미가 객실 반대편 끝으로 사라졌을 때 할은 가장 가까운 긴 의자 뒤에 숨어 있었다. 할은 조심스럽게 문 쪽으로 가서 문을 아주 조금 열어 별실 옆에 있는 긴 복도를 들여다보았다. 에이미는 복도를 반쯤 내려가서 쟁반을 바닥에 내려놓았다. 에이미는 문을 세 번 두드린 다음 할이 있는 방향으로 돌아섰다.

놀란 할은 반대 방향으로 달렸다. 왕실 객차에서 잡힌다면 심각한 곤경에 빠질 것이다.

'그 방에 누군가 있어! 진정해, 이 바보야!'

승객용 객실로 들어서면서 할은 속도를 늦췄다. 사모예드가 있는 객실을 살금살금 지나갈 때 할은 강아지들이 사납게 날뛰는 소리를 들었다. 문이 조금 열려 있었다. 강아지 사료 알갱이들이 팝콘이 터지듯 카펫 바닥에 떨어지자마자 강아지들이 게걸스럽게 먹었다. 강아지들의 눈이 초롱초롱 빛났다. 랜즈베리 부인의 시종은 문간을 등지고 강아지 사료 봉지를 쥐고 서 있었다.

"좋아, 누가 이 육즙이 줄줄 흐르는 구운 소고기를 먹을 테냐?" 바이킹이 그에게 뛰어올랐다. "잘했어, 바이킹. 그래! 한 번에 꿀꺽 삼켜 버려."

이어서 트라팔가가 뛰어오르자 그 남자는 트라팔가를 걷어찼다. "저리 꺼져. 이건 너를 위한 것이 아니야!" 트라팔가가 앓는 소리를 내며 구석으로 가서 다리를 핥았다.

분노의 불꽃이 할의 가슴에 타올랐다. 할은 그 남자에게 소리를 지르고 싶었지만 에이미가 금방 도착할 것 같았고, 할은 이 객차 끝에서 잡히고 싶지 않았다.

"꼬마야, 너 여기서 뭐 하고 있는 거야?" 할은 몸을 돌렸다. 세 번째 객실 밖에 스티븐 피클이 서 있었다.

"저는…… 저는 강아지들을 보고 싶었어요."

"랜즈베리 부인이 자기 방을 몰래 엿보는 아이를 좋아할 것 같아?"

"아니요, 제 말은…… 제가 몰래 엿보는 게 아니라……." 할은 스티븐 피클을 지나쳐 그곳에서 빠져나가려 했다.

"무슨 일이야?" 에이미가 복도에 들어섰을 때, 랜즈베리 부인의 시종이 문 밖으로 나오며 말했다. 할은 포위되고 말았다.

"로완." 스티븐 피클이 불만스럽게 말했다. "이 꼬마가 개를 보러 왔다는데."

할은 에이미를 바라보며 고개를 끄덕였다. 에이미는 할 수 있는 한 멀리 뒤에서 맴돌고 있었다.

로완은 길쭉한 코로 할을 향해 찡긋거렸다. "꼬마야, 개들은 장난감이 아니야." 그는 자신의 올백 머리를 매만지며 말했다. "저리 가!" 로완은 객실로 들어가며 문을 닫았다.

"혼나기 싫으면 빨리 네 방으로 돌아가." 스티븐 피클이 소시지 같은 손가락을 흔들며 할을 쫓아 버렸다.

할은 마음속으로 좋아하지 않는 사람들의 목록에 스티븐 피클을 추가하면서 서둘러 자리를 떠났다.

객실로 돌아온 할은 책상에 앉아 있는 삼촌을 봤다. 삼촌은 수첩을 펴고 손에 펜을 들고 있었다. 삼촌은 책상 위 벽에 영국 지도를 고정해 놓고, 하일랜드 팰컨의 경로를 빨간색으로 표시해 놓았다. 할은 자신의 침대가 이불과 뽀송뽀송한 베개로 꾸며져 있는 것을 보았다.

"이제야 나타났구나!" 삼촌이 할을 올려다보며 말했다. "기차 탐색하고 왔니?"

"강아지들을 보러 갔었어요." 할은 다른 사람이 말하기 전에 삼촌에게 먼저 말하는 것이 좋다고 생각했다. "그런데 스티븐 피클 씨가 제가 몰래 엿본다고 저를 내쫓았어요." 할은 책상으로 다가갔다. "왜 다른 색 잉크로 글을 쓰는 거예요?" 그는 삼촌의 수첩을 가리켰다. "그거 암호예요?"

할은 삼촌이 수첩에 휘갈겨 쓴 것을 내려다보았다.

"속기라는 거야. 신문방송학을 공부할 때 배운 건데, 글을 더 빠르게 쓸 수 있어. 그리고 일반적으로 언론인들만이 해독할 수 있단다." 삼촌은 만년필 뚜껑을 덮었다. "전기가 없으면 노트북은 실용적이지 않아." 삼촌은 방 주위를 손짓했다. "글을 쓸 때마다 다른 색의 잉크를 사용하면, 나중에 읽을 때 내가 언제 휴식을 취한 건지 혹은 주제가 변경된 부분을 쉽게 알아볼 수 있어. 내 일을 하는 데 필요한 것은 공책과 펜 두 개만 있으면 돼. 아 참! 이거." 삼촌은 가방에 손을 넣어 여권 크기의 겉표지가 빨간 가죽인 책을 꺼냈다. "이건 너를 위해 준비했어."

할은 가죽끈으로 고정한 책의 끈을 풀어 책장을 휙휙 넘겼다. 그것은 모든 페이지가 백지인 작은 스케치북이었다. "삼촌, 고마워요."

"잠옷 입고 양치질하고, 침대로 올라가 잘 준비해. 네 엄마에게 8시에 재우겠다고 약속했는데 벌써 약속을 어겼어."

할은 침대에 올라가자마자 스케치북을 펼쳤다. 할은 펜을 들어 반짝반짝 빛나는 눈 한쌍을 그렸다.

chapter 07

포스만

동 해안 간선으로 가는 하일랜드 팰컨은 덧없는 꿈처럼 머리 위로 증기를 뿌리며 잠들어 있는 승객들을 어둠 속으로 인도했다. 자정이 조금 지나서 제동 장치가 부드러운 소리를 내며 석탄과 물을 공급하기 위해 대피선에 멈췄다. 연료를 가득 채운 하일랜드 팰컨은 파이프에서 신선한 증기를 내뿜고 철컥 소리를 내며 간선으로 돌아가 스코틀랜드 방향으로 순조롭게 나아갔다.

"할, 일어나. 이거 봐야 해."

날이 밝았다. 할이 눈을 깜빡이며 잠에서 깨니 삼촌이 침대 아래서 손짓을 했다. 젖혀진 커튼 사이로 수평선까지 뻗은 광활한 푸른 바다가 펼쳐졌다. 할은 창문 쪽으로 얼굴을 대고 창밖을 여기저기 쳐다보았다. 하일랜드 팰컨은 앞뒤 양쪽으로 끝없이 길게 뻗은 붉은 격자 모양으로 만들어진 커다란 철교 위를 달리고 있었다.

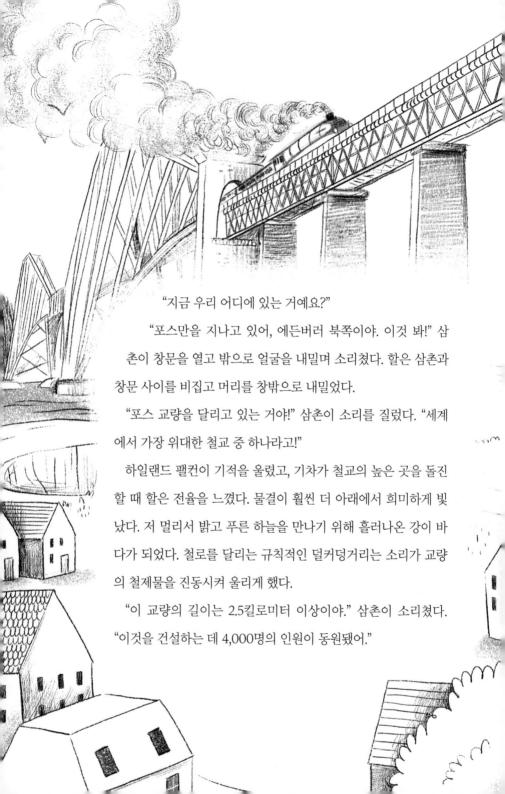

"지금 우리 어디에 있는 거예요?"

"포스만을 지나고 있어, 에든버러 북쪽이야. 이것 봐!" 삼촌이 창문을 열고 밖으로 얼굴을 내밀며 소리쳤다. 할은 삼촌과 창문 사이를 비집고 머리를 창밖으로 내밀었다.

"포스 교량을 달리고 있는 거야!" 삼촌이 소리를 질렀다. "세계에서 가장 위대한 철교 중 하나라고!"

하일랜드 팰컨이 기적을 울렸고, 기차가 철교의 높은 곳을 돌진할 때 할은 전율을 느꼈다. 물결이 훨씬 더 아래에서 희미하게 빛났다. 저 멀리서 밝고 푸른 하늘을 만나기 위해 흘러나온 강이 바다가 되었다. 철로를 달리는 규칙적인 덜커덩거리는 소리가 교량의 철제물을 진동시켜 울리게 했다.

"이 교량의 길이는 2.5킬로미터 이상이야." 삼촌이 소리쳤다. "이것을 건설하는 데 4,000명의 인원이 동원됐어."

둘은 머리를 넣고 창문을 닫았다. "너 얼굴 검댕이 뒤집어썼다!" 삼촌이 웃으며 할의 얼굴을 거울 쪽으로 향하게 했다.

할도 웃었다. "삼촌도 그래요."

삼촌이 할에게 뜨거운 수건을 건네고 삼촌도 얼굴을 닦았다.

"정오 즈음에 발모럴성에서 가장 가까운 역인 발라터에 도착할 거야. 아마도 2시까지는 점심을 못 먹을 테니 아침을 든든하게 먹자."

식당차에서 스티븐 피클이 고든 굴드와 얼굴을 맞대고 있었다.

"만약 리디아가 브로치를 잃어버렸다면……." 스티븐이 자기 말을 강조하기 위해 매 단어를 말할 때마다 고든의 어깨를 찔렀다. "지금은 발견됐어야 해. 우리 객실에는 없으니 틀림없이 누군가 훔쳐 간 거야."

"무슨 문제 있나요?" 삼촌이 물었다.

"확실히 문제가 있지." 스티븐 피클이 으르렁댔다. "여기 객실 총지배인에게 기차를 조사해야 한다고 말했어. 기차의 부정직한 직원 중 한 명이 내 마누라의 다이아몬드 브로치를 훔쳤다고 말하고 있었어."

"여기 있는 모든 승무원은 왕과 왕실을 오랫동안 섬

긴 사람들입니다." 고든이 더듬거리며 말했다. "그들 모두 완벽히 신뢰할 수 있는 사람들이에요."

"누군가 그것을 훔쳤어." 스티븐이 뒤로 물러서며 눈을 가늘게 뜨고 할을 쳐다봤다. "내가 범인을 잡으면 그놈의 모가지를 비틀어 버릴 거야." 스티븐은 발소리를 크게 내며 선글라스를 끼고 있는 자기의 아내가 있는 식탁 맞은편에 쿵 소리를 내며 앉았다.

할과 삼촌이 아침 식사를 주문할 때, 창문 밖으로 너도밤나무 울타리로 둘러싸인 밀밭이 굽이치듯 밀려갔다. 할이 포스 교량을 그리고 있는데, 랜즈베리 부인이 강아지 무리와 식당차에 도착해서 자리를 찾으며 모든 사람에게 쾌활하게 인사를 했다. 랜즈베리 부인이 지나갈 때 식탁 아래로 손을 뻗어 베일리의 형클어진 털을 만졌다. 할은 스케치북을 넘겨 깨끗한 면에 베일리를 그리기 시작했다.

"정말 짜증 납니다." 스티븐이 접시에 식기를 부딪치며 랜즈베리 부인에게 못마땅한 듯이 큰소리로 말했다. "우리는 절도 사건의 피해자인데, 그 누구도 조치를 취하지 않고 있어요. 지금 내 아내의 상태가 말이 아닙니다."

리디아가 선글라스를 벗지 않은 채 고개를 끄덕였다. "리디아, 어디 아파?" 랜즈베리 부인이 리디아의 어깨에 손을 올려놓으며 물었다.

"배가 아파요." 리디아가 대답했다. "내 반짝이는 나비 브로치 기억나죠? 내가 어제저녁에 차고 있던 다이아몬드로 덮여 있는 나비 브로치 말이에요. 없어졌다고요. 누군가 훔쳐 간 거 같아요."

"그거 하나가 집 한 채 값이라고요." 스티븐이 툴툴거렸다.

"어머나! 어떡해!" 랜즈베리 부인이 손을 입가에 대며 말했다. "정말 확실해?"

"확실하다고요!" 스티븐이 그의 아내를 대신해 대답했다. "더 열받는 게 뭔지 아십니까? 누군가 그것을 보험 목록에 올리는 것을 잊어버렸다는 겁니다. 아무튼, 누구도 우리 물건을 슬쩍 훔쳐서 달아나게 그냥 내버려 두지 않을 겁니다!"

랜즈베리 부인이 입술을 오므리고 주위를 둘러봤다. "아직 아무에게도 얘기하지 않았는데, 나한테 일어난 괴이한 일을 얘기해도 될 것 같아." 랜즈베리 부인은 잠시 말을 멈췄다. "나 역시 어떤 값비싼 보석을 잃어버린 것 같아. 그게 휴대용 화장품 상자에 있었는데, 지금은 없어져 버린 것 같아."

"말도 안 돼! 그렇다면, 기차에 도둑이 있는 거잖아요." 리디아 피클이 헐떡거리며 말했다.

"내 시종인 로완 벅이 오늘 아침에 샅샅이 뒤졌어. 물론 나에게 보석이 많아서 때때로 한두 개 잃어버리는 것은 흔한 일이야. 그런데 네 얘기를 듣고 나니…… 글쎄, 지금은 왠지 의심스러운데."

"무엇이 없어졌는데요?"

"진주 귀걸이. 고풍스러운 다이아몬드로 장식한 블루베리 크기의 이름다운 천연 진주 한쌍이야. 어제 저녁 식사 때 차고 있었어."

"오!" 리디아 피클이 비명을 질렀다. "그때가 바로 내 브로치가 없어진 때야. 어제 저녁 식사 전에!"

스티븐이 그의 자리에서 할 쪽으로 돌아서 할을 가리켰다. "너 어제저녁에 랜즈베리 부인의 객실 밖에서 배회하고 있었지? 내가 너를 봤어."

모든 승객이 순간 조용해졌고, 일제히 할을 쳐다봤다. 할은 얼굴이 새빨개지는 것을 느꼈다.

"내가 저 꼬맹이가 엿보는 것을 봤어."

"저는……." 할의 목소리가 나오지 않았다.

"꼬마야, 너 내 방에서 뭔가 가져갔니?"

랜즈베리 부인이 물었다. "그냥 재미로 그랬겠지만, 만약 네가 가져갔다면 지금 당장 자백하는 게 좋을 거야."

할은 고개를 저었다. "저는 강아지를 좋아해요. 그래서 백작 부인의 강아지들을 보고 싶었을 뿐이에요."

"거짓말이야." 스티븐이 말했다.

랜즈베리 부인이 눈을 가늘게 떴다. "자자, 여러분. 우리 너무 앞서 나가지 맙시다." 삼촌이 일어서서 차분하고 이성적으로 말했다. "발라터에 도착하자마자 당신들이 주장하는 도난 사건을 경찰에 신고하고, 경찰이 그 문제를 수사하도록 합시다."

"내가 너를 계속 지켜볼 거야." 스티븐이 할에게 으르렁거렸다. "도둑질하는 버릇없는 놈 같으니라고."

"피클 씨, 만약 한 번만 더 나의 조카에게 터무니없는 비난을 퍼붓는다면 당신을 협박죄로 신고할 겁니다." 삼촌이 조용히 냅킨을 접었다. "이제 이걸로 그 문제를 마무리 지읍시다."

스티븐이 뭔가를 말하려다가 이내 입을 다물었다. 포크를 들어 접시에 있는 블랙푸딩(영국과 아일랜드 등에서 먹는 선지 소시지, 영국식 피순대. 역자 주)을 찔러 댔다.

"고든." 삼촌이 총지배인을 불렀다. "아침 식사는 우리 객실로 부탁할게요."

"물론입니다."

"삼촌, 저 아무것도 안 훔쳤어요. 맹세할 수 있어요." 그들이 객실에 도착하자마자 할이 말했다.

"당연히 네가 그런 거 아니란 거 알고 있어. 스티븐은 교양이 없는 데다가 약한 사람을 괴롭히는 불량배 같은 사람이야. 리디아가 브로치를 어딘가 잘못 놨을 거야. 그들의 객실에서 곧 발견될 테니 두고 보면 알게 되겠지."

아침 식사는 어제 왕실 객차 문밖에 에이미가 놓고 간 것과 같은 접이식 쟁반에 도착했다.

"만약 기차 안에 보석 도둑이 있으면 어떻게 해요?" 할이 어니스트의 신문을 집어 들며 말했다. "여기 보세요. 런던 상류층에서 보석을 훔치는 도둑이 있다고 쓰여 있어요. 만약 그 도둑이 여기 있다면 어떻게 해요?"

"음…… 만약 그렇다고 하더라도 우리는 걱정할 필요가 없어." 삼촌이 오렌지주스를 부으며 말했다. "우리는 도둑이 훔칠 만한 값어치 있는 물건도 없잖아."

"그런데 도둑이 있으면…… 우리가 잡으려고 노력해야 하지 않을까요?"

"할, 몇 시간 후면 왕자님과 왕자비님이 그들의 왕실 경호원과 함께 이 기차에 승차할 거야. 어떤 정신 나간 사람이 이런 곳에서 도둑질하겠니?" 삼촌이 그의 토스트를 한 입 베어 먹었다. "삼촌을 믿어. 이 기차에는 도둑이 없어."

chapter 08

무임승차

아침 식사를 끝내고 할은 무릎에 떨어진 빵 부스러기를 털며 일어섰다. "다트 게임할 사람이 있는지 봐야겠어요." 할은 볼펜을 스케치북 뒤에 꽂았다.

"삼촌이 같이 안 가도 되겠어?" 삼촌이 가방에서 수첩을 꺼냈다. "나는 어제 출발에 관한 일들을 기록해야 하거든."

"네, 괜찮아요." 할이 스케치북을 들고 미소 지었다. "다트 게임을 할 사람이 없으면 그림 그릴 거예요."

"기차가 곧 테이강을 지나 던디를 통과할 거야. 그곳 다리에서 볼 수 있는 멋진 풍경이 있어. 곧 나타날 테니 주의해서 계속 살펴봐."

"잘 살펴볼게요." 할은 스케치북을 청바지 뒷주머니에 넣었다.

"만약 피클 씨가 또 너를 괴롭히면 삼촌 불러."

"그 아저씨 피해 다닐 거예요."

"랜즈베리 부인의 강아지들도 피하는 게 좋을 거야."

할은 문을 닫고 다트가 있는 게임 룸 방향으로 몇 발자국 가다가 멈추고, 살금살금 뒤로 걷다가 몸을 왕실 객실 쪽으로 돌려 뛰어갔다.

'이 기차에 보석 도둑이 있어.' 할은 자신에게 속삭였다. '그리고 내가 정확히 어디에 숨었는지 알지.'

할은 달리면서 에이미가 음식 쟁반을 배달하는 것에 대해 생각했다.

'에이미가 공범일까? 만약 그렇다면, 그 아이와 훔쳐 간 보석은 아마도 왕실 객실에 있을 거야. 만약 내가 도둑을 잡고 보석을 찾는다면 보상금을 받을 거고, 그러면 강아지를 키울 수 있을 거야.'

할은 왕실 객차와 연결된 청동 틈새로 손가락을 집어넣어 걸쇠를 옆으로 밀었다. 롤러는 기름이 잘 발라져 있어서 소음을 만들어 내지 않았다. 에이미가 쟁반을 내려놓은 곳까지 푹신한 카펫 위를 까치발을 하고 가면서 할의 심장은 터질 것 같았다. 할은 문에 귀를 대었지만, 자신의 심장 박동 소리가 너무 커서 아무것도 들리지 않았다. 할은 조용히 손잡이를 돌렸다. 그 방은 어두웠고 베이비파우더와 향수 냄새가 났다. 구겨진 침구가 침대 위에 나뒹굴어 있었고 침대 옆 협탁 위에 오렌지주스가 반쯤 남은 잔이 있었다.

할이 방으로 발을 내디뎠을 때, 바닥에 펼쳐진 카드를 밟았다. 누군가 혼자서 하는 카드놀이인 페이션스를 하고 있었다. 그 객실은 비어 있었다. 할은 침대 모서리에 앉아 스케치북을 꺼내어 방의 구조를 빠르게 그렸다.

그때 뒤에서 틱 소리와 함께 문이 열렸다.

"잡았다!" 누군가 소리쳤다.

할은 놀라서 기절하는 줄 알았다. 검은색 티셔츠와 파란색 멜빵 작업복 바지를 입고 문 앞에 서서 팔짱을 끼고 있는 사람은 식당차에서 할에게 혀를 내밀었던 그 소녀였다. 소녀의 엉덩이 쪽에는 공구 벨트가 묶여 있었다. 스패너 하나, 스크루드라이버 두 개 그리고 스위스 군용 칼 한 개가 보였다. '저걸 이용해서 랜즈베리 부인 방에 들어갔구나! 저 아이가 자물쇠를 땄어!'

"아니야, 내가 너를 잡았어." 스케치북을 바지 뒷주머니에 쑤셔 넣으며 할이 말했다.

할보다 키가 큰 소녀가 반항적인 눈빛으로 할을 노려보았다. "너 누구야? 그리고 내 객실에 몰래 들어와서 뭐 하는 거야?"

"이 객실은 네 것이 아니야. 왕가의 것이지. 누구도 여기 들어와선 안 돼."

"너도 여기 들어왔잖아." 소녀가 고개를 갸웃거리며 말했다. "그리고 허락 없이 왕실 객차에 침입하는 너를 내가 잡았지. 넌 큰 곤경에 처하게 될 거야."

"흥! 너는 감옥에 가게 될 거야." 할이 손을 내밀었다. "브로치하고 귀걸이 내놔! 경찰에게 네가 몰래 여기에 들어왔다고 얘기할 거야."

"뭐라고?" 소녀가 인상을 썼다.

"네가 어제저녁에 스티븐 피클 부인과 랜즈베리 부인에게 훔쳐 간 보석들 말이야."

"도난 사건이 있었어?"

할은 고개를 끄덕였다. "발모럴에 도착하면 경찰에게 신고할 거래."

"아! 미쳤어." 소녀는 숨죽여 욕을 했다.

"지금 자수하는 편이 훨씬 나을걸."

소녀의 눈동자가 흔들렸다. "나 도둑 아니야. 이 멍청아!"

"나 멍청이 아니야!"

"내가 도둑이라고 생각한다면 넌 멍청이야."

"네가 도둑이 아니라면 왜 숨어 있는 거야?"

"나…… 무임승차했어."

"뭐라고?" 할은 말문이 막혔다. 할은 그 아이가 그런 말을 할 거라곤 생각도 못 했다.

"하일랜드 팰컨의 마지막 운행을 놓치고 싶지 않았는데, 아빠가 이번 여정에 어린이는 탑승할 수 없다고 말했어." 소녀가 할을 비난하는 투로 쳐다봤다. "너를 보니 그 말이 사실이 아닌 게 확실하지만."

"원래 나도 여기 오기로 되어 있지는 않았어." 할이 말했다. "엄마가 병원에 있어서 삼촌이 데리고 왔어."

"엄마가 아프니?"

"응…… 아니, 아기를 낳으려고." 할은 가슴이 조이는 것을 느꼈다. 할은 엄마에 관해서 얘기하고 싶지 않았다. "너 무임승차했다고? 어떻게 그럴 수 있지?"

소녀는 눈을 찡그리고 할을 의심스럽게 쳐다봤다. "아무에게도 말하지 않는다고 약속해."

"누구에게 무엇을?" 할이 눈을 깜빡였다.

"아빠가 곤경에 빠질 수도 있어. 잘릴 수도 있단 말이야."

"너에게 음식을 가져다준 승무원은 알고 있잖아."

"에이미 언니? 그래, 에이미 언니는 비밀을 잘 지켜."

"나도 비밀 잘 지켜."

"그럼 맹세해. '나……' 너 이름이 뭐야?"

"해리슨 벡."

"따라 해. '나 해리슨 벡은 맹세코 누구에게도 레니가 하일랜드 팰컨에 있다는 것을 말하지 않겠다고 맹세합니다.'라고."

"레니?"

"말린의 애칭이야." 레니가 할의 앞에 다가섰다. "내 이름에 문제 있어?"

할이 고개를 흔들었다.

"좋아, 그럼 따라 해."

"나 해리슨 벡은 맹세코 누구에게도 레니가 하일랜드 팰컨에 있다는 것을 말하지 않겠다고 맹세합니다."

레니는 자기의 손에 침을 뱉고 악수하기 위해 손을 내밀었다.

"우리 아빠는 이 기차의 기관사야." 레니는 침이 묻은 손을 작업복에 닦으며 자랑스럽게 말했다. "모한짓 싱, 우리나라 최고의 증기 기관차 기관사야."

"네 아빠가 기관사라고?" 할은 감탄했다. "그래서 너를 태웠구나!"

"아니야! 아빠는 절대 규칙을 위반하지 않아. 아빠를 배웅하려고 우리 가족 모두가 버킹엄셔까지 운전해서 왔어. 그곳은 하일랜드 팰컨을 보관하는 곳이야. 기관차에서 잘 가라고 아빠를 안아 주고 헤어지고 나서 엄마한테는 아빠가 생각을 바꾸고 나를 데려가겠다고 말했다고 거짓말했어. 그러곤 런던으로 가는 하일랜드 팰컨의 탄수차에 숨었어. 킹스 크로스역에 도착했을 때 아빠에게 사실대로 말했고." 레니는 웃으며 침대 위로 올라가서 위아래로 쿵쿵 뛰었다. 레니의 길게 땋은 검은 머리가 성난 뱀처럼 이리저리 움직였다. "나는 아빠가 이 여행에 참여하는 것을 허락할 줄 알았지. 어쨌든 나 혼자 토키까지 갈 수는 없으니깐."

"네 아빠 화나지 않았니?"

"조금." 레니가 어깨를 으쓱했다. "나도 아빠처럼 기차를 사랑하거든. 기차를 사랑하는 것은 유전이야." 레니가 바닥에 앉았다. 그러자 레니의 작업복 윗주머니에서 장난감 쥐가 날아올랐다. 레니는 그것을 집어서 다시 주머니에 넣었다.

"그거 테디 베어야?" 할이 놀렸다. "너 몇 살이야?"

"열두 살 하고 석 달이 지났어." 레니가 할을 노려봤다. "그리고 이거 테디 베어가 아니라 페니 마우스야. 아빠가 내가 처음으로 하일랜드 팰컨의 기관차에 탔을 때 준 선물이야. 그래서 하일랜드 팰컨의 마지막 여행에 페니 마우스도 와야 한다고 생각했어. 넌 몇 살이야?"

"열한 살이야." 할이 레니 옆에 앉았다. "그리고 나도 집에 푸무라는 장난감 강아지가 있어. 진짜 강아지는 키울 수가 없거든." 할이 멋쩍은 듯이 웃었다. "네 생쥐를 비웃을 마음은 없었어. 그거 나도 봐도 돼?"

레니가 할에게 생쥐를 주었다. 코는 말총 수염을 모아서 검정 봉제 덩어리로 만들었고, 꼬리는 검정 가죽 줄로 만들었다. "페니 마우스는 증기 기관차 탄수차에 살면서 치즈를 먹어. 내가 어릴 때는 페니 마우스 꼬리를 빨곤 했어."

"우웩." 할은 그것을 돌려주었다.

"자, 나한테 보석 도둑에 대해 말해 봐." 레니가 침대 옆에서 다리를 흔들며 말했다.

할이 뒷주머니에서 스케치북을 꺼내 어니스트의 신문 1면을 펼쳤다. "어제 저녁에 누군가 리디아 피클 씨의 다이아몬드 브로치를 훔쳤어. 그다음엔 오늘 아침 식사 때, 랜즈베리 부인이 누군가 자신의 객실에 침입해서 진주 귀걸이를 훔쳐 갔대. 내 생각에는 상류 사회 파티에서 보석을 훔치는 도둑 같아." 할이 그 기사를 가리켰다. "그리고 기차 도둑은 신문에 쓰여 있는 그 도둑이랑 같은 사람일 거야."

"와우!" 레니가 신문을 뺏었다. "손가락에 끼고 있는 루비 반지를 훔쳤대. 누구든 도둑을 잡으면 상금이 1만 파운드라고 쓰여 있어."

레니는 심드렁한 얼굴로 고개를 저었다. "그걸로는 증기 기관차 한 대도 못 사."

"너 기차 사고 싶어?" "아무 기차 말고 A4 퍼시픽 같은 그런 특색 있는 기차를 원해. 1만 파운드로는 클래식 기차의 엔진 명판도 못 살 것 같은데."

"너 참 특이하다."

"아니야, 난 단지 기차를 너무 사랑하는 것뿐이야. 너는 안 그래?"

"한 번도 그것에 대해 생각해 본 적 없는데." 할은 주위를 둘러봤다. "그런데 이 기차는 매우 멋지다고 생각해."

"매우 멋져?" 레니는 실망스러운 표정이었다. "이 기차는 역사상 가장 훌륭한 기차 중의 하나야. 그리고 가장 빠른 증기 기관차로서 세계 기록도 보유하고 있어. 그런데 그런 A4 퍼시픽의 마지막 여행에 참여하면서, 단지 매우 멋지다고?" 레니는 고개를 저었다. "너 뭔가 문제가 있구나." 레니가 벌떡 일어나서 할의 손을 잡고 침대에서 끌어 내렸다. "날 따라와!"

chapter 09

흔들리는 기차에서
잘 걷는 방법

레니는 할을 자기 뒤로 끌어당기며 문밖을 내다보고 복도가 비었는지 확인했다. 기차의 앞부분으로 향하자 카펫이 리놀륨 바닥으로 바뀌었다. 구운 베이컨과 커피 그리고 엔진 오일 냄새가 났다.

"여기서부터 서비스 차량이야." 커다란 찬장, 요리와 식기구를 옮기는 반출구 그리고 흰 수건과 침구류가 쌓여 있는 선반을 지나가면서 레니가 할의 손을 놓았다. "이건 식품 보관 창고야." 레니가 어깨너머로 할을 쳐다보며 웃었다. "갑자기 과자가 먹고 싶을 때, 그럴 때를 대비해서 알고 있으면 좋지."

갑자기 기적이 울렸다. 급행열차가 빠르게 지나가자 기차가 흔들려 할은 중심을 잃고 식품 창고 문에 팔을 세게 부딪혔다. "아야!"

"쉿, 조용히 해!" 레니가 손가락을 입에 댔다.

"너는 심지어 흔들리지도 않고 잘 걷네." 할이 팔꿈치를 비비며 말했다.

"기차에서 잘 걷는 거?" 레니는 잘 안다는 듯 말했다. "그건 흔들리는 배에서 멀미도 안 하고 잘 걷는 능력과 같아. 근데 배가 아니라 기차라는 것만 다르지."

"그런 게 진짜로 있는 거야?"

"나도 잘은 몰라." 레니가 어깨를 으쓱했다.

"스케이트를 타는 것처럼 다리를 구부려 봐. 그렇게 하는 게 도움이 될 거야."

할이 무릎을 구부리고 레니의 뒤를 따라가며 어기적어기적 걸었다.

"그렇게 많이 구부리지 말고." 레니가 킥킥 웃었다.

복도는 보관용 상자로 가득한 방으로 이어졌다. 한쪽 벽에 유니폼 두 벌이 걸려 있었고, 유니폼 재킷이 걸려 있는 벽 옆에 짐을 싣는 카트가 고정되어 있었다. 파란 정장에 금빛 테두리가 있는 모자를 쓴 남자가 전화 교환대 옆 나무 의자에 앉아서 솔로 구두 한쌍을 닦고 있었다. 할은 그 남자가 킹스 크로스역에서 호각을 가지고 있던 승무원임을 알아보았다. 레니는 팔을 내밀어 할이 뒤로 물러나도록 했다.

"앗, 그레이엄 아저씨." 레니가 속삭였다. "눈 감아 주세요."

그 기차 승무원은 미소를 지으며 눈을 감고 계속 구두에 광을 내고 있었다.

"아저씨는 저를 못 본 거예요." 레니가 속삭이며 할에게 까치발로 객차를 지나가도록 손짓했다.

"나는 아무것도 못 봤어. 심지어 네가 기차에 탔는지도 몰랐는데." 그레이엄이 웃었다.

"승무원 대부분은 내가 여기 있는 거 알아." 레니는 앞으로 가면서 설명했다. "그런데 아빠가 그들에게 나를 보면 못 본 체하라고 얘기했어." 레니는 할을 봤다. "원래 나는 승객과 얘기하면 안 돼." 촘촘히 쌓인 삼층 침대가 있는 한쌍의 객실을 지나쳤다. "그리고 승객들은 결코 서비스 차량에 접근할 수 없어. 승무원들은 그걸 좋아하지 않지. 승무원들은 승객들에게 마술과 같은 잊을 수 없는 경험을 제공하기 위해 열심히 일하고 있어. 마술사도 절대로 자신들이 어떻게 속임수를 쓰는지 밝히지 않잖아?" 레니가 앞을 가리켰다. "저곳이 승무원들이 휴식을 취할 때 가는 곳이야. 만약 승객들이 뭔가 요청하려고 승무원들을 계속 괴롭힌다면 그들은 쉴 수가 없어."

스티븐 피클이 고든 굴드에게 말하는 태도와 랜즈베리 부인이 뭔가 요구하려고 돌아다니는 것을 생각하니 할은 레니의 말을 완벽하게 이해할 수 있었다.

다음 객차는 두 개의 테이블과 긴 나무 의자가 있는 열려 있는 공간이었다. 에이미가 구석에 있는 조리대에서 그들을 등지고 서서 차를 만들고 있었다.

"에이미 언니, 안녕!"

"너! 방에서 나와 여기서 뭐 하는 거야? 숨어 있겠다고 약속했잖아." 에이미가 긴장한 채 주위를 둘러봤다. "오! 벡 도련님." 에이미는 레니를 노려봤고, 할은 불편하게 발을 꼼지락거렸다.

"언니, 너무 화내지 마요." 레니가 유쾌하게 말했다. "해리슨이 내가 있는 곳을 찾아냈어요. 할이 증기 기관차를 좋아하는지에 대해 확신이 없다고 해서, 그래서 내가 할을 데리고……."

"말린!" 에이미의 목소리가 심각해졌다. "장난하는 게 아니야, 나 직장을 잃을 수도 있다고."

"아무에게도 말하지 않겠다고 약속했어요." 할이 말했다. "여기 와서는 안 된다는 것도 알고 있어요. 그렇지만 모든 것을 비밀로 하겠다고 약속했어요."

에이미가 한숨을 쉬며 조리대 쪽으로 돌아서 차에 우유를 넣었다. "네 아빠 1시간 전에 교대 근무 시작했어."

"고마워요. 에이미 언니, 언니가 최고야!"

"내가 바보지 어쩌겠어." 에이미는 그들이 허둥지둥 도망치자 혼잣말로 투덜거렸다.

노란색 삼각형 안쪽에 검은색 번개 표시가 있는 그림 아래 발전기실이라고 쓰인 간판이 있는 문 안에서 윙윙거리는 위협적인 소리가 새어 나왔다. 발전기실 옆에는 천창만 있는 거대한 컨테이너가 있는데, 문에 맹꽁이자물쇠가 채워져 있었다.

"수화물 보관소야." 레니가 그곳을 빠르게 지나가며 얘기했다. "네 가방도 저기 어딘가에 있을 거야."

"내 가방은 없어." 여행용 가방과 큰 가방으로 높이 쌓인 컨테이너 안을 바라보며 대답했다. "나는 배낭만 가져왔어. 엄마가 짐을 싸는 것을 도와줬으면 좋았을 텐데. 이상한 것만 가지고 왔어."

"왜 엄마가 도와주지 않았어?"

"전날까지 아무 말도 없다가 갑자기 삼촌과 기차 여행을 한다고 들었어. 엄마는 병원 입원에 필요한 짐을 싸느라 너무 바빠서 나를 도와줄 시간이 없었거든. 엄마 아빠는 태어날 여동생 걱정만 하는 것 같아."

"나는 여동생 세 명이 있어. 누탄이 태어난 날, 나는 오후 내내 옆집 티렐 아저씨와 있어야 했어. 그 아저씨는 좀 이상한 사람이야. 낮에는 밖으로 나가지 않다가 밤이 되면 박제할 죽은 동물들을 주우러 나가. 그런데, 그 아저씨가 다람쥐 껍질 벗기는 기술을 알려 줘서 친해졌어."

할이 인상을 찡그렸다. "다람쥐 껍질 벗기느니 하일랜드 팰컨을 타는 게 낫겠다."

"세상 다른 어느 곳에 있는 것보다 하일랜드 팰컨에 있는 게 당연히 제일 좋지." 레니가 미소 지었다.

"오빠가 되는 거 어때? 기대돼?"

"모르겠어, 생각해 본 적 없어."

"너는 생각을 많이 하지는 않는구나, 그렇지?" 레니가 웃었다. "맏이가 되는 건 힘든 일이야. 부모님의 관심에서 소외되고, 모든 걸 동생과 나누어야 하고 그리고 항상 모범이 되어야 한다는 말을 들어야 해."

"왕실 열차에 무임승차하는 것처럼?" 할이 웃었다.

"나 진지하게 얘기하는 거야. 레니가 할을 장난스레 밀쳤다. "동생이 생기면 모든 게 달라지는 것을 알게 될 거야. 동생이 놀아 달라고 항상 보챌 거야. 내 동생들도 그렇거든."

"나는 여자들이랑 안 놀아."

"여자들이랑 노는 게 어떤 건데?"

해리슨이 어깨를 으쓱했다. "공주 놀이 이런 거?"

레니가 할의 팔을 쳤다.

"아야!"

"내 여동생 프리야와 나는 항상 공주 놀이하는데, 동생이 나를 왕자같이 입히곤 자기와 싸우게 만들어. 누가 이길 것 같아?"

"너?" 할의 눈동자가 레니의 공구 벨트 쪽으로 향했다.

"아니, 프리야. 왜냐하면 프리야는 무용 수업을 들어서 발이 진짜 튼튼해.

프리야는 네가 먼저 주먹을 휘두르기 전에 네 무릎 뒤를 한 방에 날려 보낼 수도 있어. 프리야는 무용 수업을 전투 발레라고 말했어.”

"그렇구나. 그럼 프리야 곁에서 가능한 한 멀리 떨어져 있도록 해야겠는걸.” 할이 고개를 끄덕였다.

레니는 객차 끝에 있는 문의 손잡이를 잡더니, 그 아래 잠금장치를 돌리며 웃었다. 레니는 그것을 잡아당겨 문을 열었다. 할은 훅 밀려드는 차갑고 강한 바람을 맞았다. 빠른 속력으로 달리는 기차의 덜커덩거리는 소리에 할의 머리가 울렸다. 할의 눈앞에 보이는 것은 기관차의 적자색 금속인 클라레였다.

레니는 객차와 탄수차 사이를 재빠르게 뛰어넘어 금속 문을 열고 그 안으로 사라졌다.

할은 객차 밖의 금속 손잡이를 잡고서 아래를 봤다. 틈이 좁아 뛰어넘기에 충분했다.

레니의 머리가 금속 문밖으로 다시 나타났다. "빨리 와 느림보야."

"나는 안…… 될 것 같아." 할이 더듬거렸다.

"발레 무용수라고 상상해 봐." 레니가 소리치며 사라졌다.

숨을 크게 쉬고 손잡이를 놓고 점프했다. 할은 떨어지는 것 같이 느꼈지만 쿵 하는 소리와 함께 탄수차 복도에 무릎을 비틀거리며 착지했다. 기차가 포효하는 소리가 탄수차의 금속 벽을 흔들 때 심장이 쿵쾅거렸다. 할은 불안하게 서 있었다. 그곳은 어둡고 천장이 낮았으며 검댕과 연기 냄새가 코를 찔렀다. 할이 기관차의 발판 쪽으로 발을 내딛자 세찬 바람에 머리카락이 마구 휘날렸다. 눈앞에 보이는 생생한 전경에 숨이 멎을 것 같았다.

chapter 10

기관실

할은 기관사 옆에 서 있는 레니를 봤다. 기관사는 유리가 없는 창문 밖으로 몸을 내밀고 앞의 철도를 보고 있었다. 레니는 기관사의 팔을 잡아당기며 말을 했다.

"아빠, 이 아이는 내 친구 해리슨이에요."

기관사가 돌아봤다. 그는 부드러운 갈색 눈동자와 거칠고 주름진 이마를 가지고 있었다. 남색 터번을 두르고 레니처럼 파란색 멜빵 작업복 바지에 밝은 청색 셔츠를 입고 있었다.

"친구? 무슨 친구?" 그는 할을 쳐다보며 눈살을 찌푸렸다. "레니, 승객들 눈에 띄지 말라고 얘기했지?"

레니는 애교스러운 표정으로 아빠에게 미소를 지었다. "해리슨 혼자 외로워 보였단 말이에요."

"아니요, 그렇지 않아요." 할이 대꾸했다.

"할이 내가 숨은 곳을 찾아냈어요." 레니는 인정하듯 말하며 어깨를 으쓱했다.

기관사가 한숨을 쉬었다. "말린, 너 때문에 아빠가 못살겠다." 기관사의 단정하고 희끗희끗한 턱수염 밖으로 따뜻한 미소가 번졌다. "해리슨, 만나서 반갑구나. 나는 모한짓 싱이란다. 세상에서 가장 말 안 듣는 아이의 아빠지. 그리고 이분은……." 모한짓 싱은 자신의 뒤에 등을 구부리고 있는 사람의 어깨를 두드렸다. "이분은 하일랜드 팰컨의 화부 조이 브레이 씨야."

조이는 석탄이 이동하는 통에 삽을 넣어서 이리저리 돌리고, 검은 돌을 불타오르는 용광로같이 생긴 화실에 떨어뜨리며 할에게 고개를 끄덕였다. 할은 조이의 볼과 이마에서 열기를 느꼈다.

"사랑하는 딸 레니야." 레니의 아빠가 말했다. "조이가 일하고 있는 동안 그의 의자에 앉아 있어. 그리고 해리슨도 저기서 멀리 떨어져 있도록 하고. 곧 물을 부을 거야."

레니는 기관실을 가로질러 뛰어가서 화부의 의자 옆에 섰다. "정말 멋지지 않니?" 레니가 할에게 보란 듯 얘기했다. 할은 스케치북과 펜을 꺼내며 고개를 끄덕였다. 레니의 아빠가 빨간 레버를 당길 때, 할은 금속으로 된 운전석에 기대어 자기 앞에 있는 스파게티 면처럼 늘어진 커다란 은색 관을 그렸다.

"그건 조절 장치야." 레니가 할의 귀에 대고 말했다. "피스톤으로 들어가는 증기의 양을 제어하는 장치야."

"5킬로미터까지 물이 차 있어." 레니의 아빠가 어깨너머로 조이에게 말했다.

"알겠습니다." 조이가 고개를 끄덕였다.

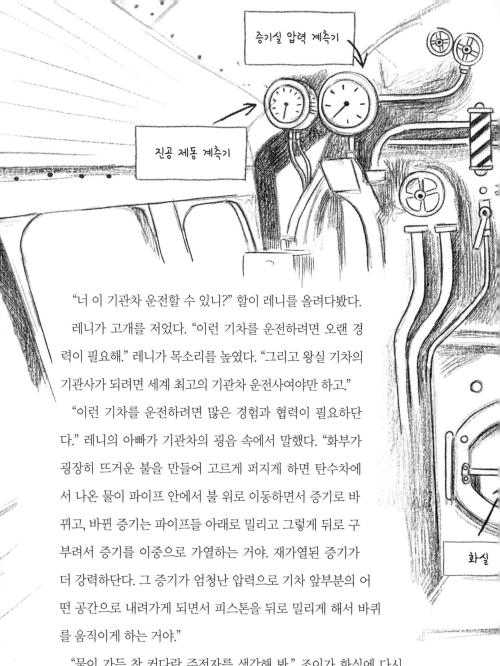

증기실 압력 계측기

진공 제동 계측기

화실

"너 이 기관차 운전할 수 있니?" 할이 레니를 올려다봤다.

레니가 고개를 저었다. "이런 기차를 운전하려면 오랜 경력이 필요해." 레니가 목소리를 높였다. "그리고 왕실 기차의 기관사가 되려면 세계 최고의 기관차 운전사여야만 하고."

"이런 기차를 운전하려면 많은 경험과 협력이 필요하단다." 레니의 아빠가 기관차의 굉음 속에서 말했다. "화부가 굉장히 뜨거운 불을 만들어 고르게 퍼지게 하면 탄수차에서 나온 물이 파이프 안에서 불 위로 이동하면서 증기로 바뀌고, 바뀐 증기는 파이프들 아래로 밀리고 그렇게 뒤로 구부려서 증기를 이중으로 가열하는 거야. 재가열된 증기가 더 강력하단다. 그 증기가 엄청난 압력으로 기차 앞부분의 어떤 공간으로 내려가게 되면서 피스톤을 뒤로 밀리게 해서 바퀴를 움직이게 하는 거야."

"물이 가득 찬 커다란 주전자를 생각해 봐." 조이가 화실에 다시

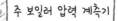

주 보일러 압력 계측기

석탄을 집어넣으며 말했다.

"석탄을 계속 채워 넣어야 하나요?" 할이 물

었다.

"매시간마다 약 1톤가량을 넣어 주어야 해." 조이가

말했다. "그러나 마구잡이로 집어넣어선 안 돼. 통과하는

공기가 골고루 열을 받도록 석탄을 잘 펴 가면서

넣어야 하지."

"조이가 기차가 움직일 수 있는 동력을 만들면

내가 운전을 하는 거란다." 레니의 아빠가 말했다.

"이 레버가 기차의 속도를 조절하는 조절 장치이

고 그리고 이건 브레이크야. 갑자기 속도를 줄여야

할 때 사용하지. 증기 기관차를 멈추려면 긴 길이

의 선로가 필요하단다." 기관사가 할의 머리 위쪽에 있는 계측

기를 두드렸다. "한쪽 눈으로 항상 보일러 압력을 확인하는 동시에

과열되어 폭파되지 않도록 탄수차에 물이 얼마나 남아 있는지도 확

인해야 한단다."

"증기 기관차가 폭파된다고요?"

레니의 아빠가 고개를 끄덕였다. "만약 압력이 지나치게 높으면 그

렇게 될 수도 있어. 하지만 우리가 그렇게 되도록 내버려 두지 않지.

증기가 밖으로 빠져나가게 하는 방법이 있단다." 레니의 아빠는 쉭쉭 소리를 내는 복잡한 파이프들 가운데 사슬로 된 손잡이를 가리켰다. "그것을 당겨 봐!"

할이 사슬 손잡이를 당겼다. 증기가 분출되고 분출된 증기가 기적 쪽으로 돌진하자, 날카롭고 승리에 찬 곡조가 잠깐 기관차가 내는 칙칙폭폭 소리를 삼켜버렸다. 할은 희열을 느끼며 레니를 쳐다보고 다시 사슬 손잡이를 당겼다.

기관사가 철로 앞을 보면서 손목시계를 봤다. "수로에 물이 채워지고 있어." 기관사가 조이에게 소리쳤다.

조이는 고개를 끄덕이며 용광로의 통풍구를 삽의 옆 부분으로 두드려 닫고, 레니에게 삽의 손잡이를 건넸다. "이것 좀 잡고 있을래?"

레니가 자랑스럽게 그것을 잡았고, 조이는 손에 묻은 먼지를 털고 기관실 구석으로 걸어갔다.

"800미터!" 기관사가 소리쳤다.

조이는 무릎을 구부리고, 구석에 있는 커다란 크랭크(L자형 손잡이) 옆에서 준비하고 있었다.

"할, 이것 봐." 레니의 눈이 커졌다. "물탱크를 다시 채우려고 하고 있어."

레니는 운전석에서 내려와 앞을 가리켰다. 할은 기관차 앞부분의 유선형 돌출부를 내려다보았다. 그곳에서는 증기와 연기의 입김이 내뿜어졌다.

"저건 탄수차에서 나온 물이 끓어서 증기가 되는 탱크야!" 레니가 소리쳤다. "일단 증기가 피스톤을 밀면 굴뚝 밖으로 나가. 그러면 조금씩 탄수차의 물은 다 사용되고 다시 채워 넣어야만 해."

"준비됐나?" 레니의 아빠가 소리쳤다.

"예이!" 조이가 외쳤다.

할은 주기적인 패턴으로 앞으로 다가오는 철도 침목의 변화를 봤다. 철로 사이에 앞쪽으로 길게 뻗어 있는 것은 희미하게 일렁이는 물이 들어 있는 긴 수로였다.

"떨어뜨려!" 레니의 아빠가 소리쳤다.

조이는 커다란 크랭크축을 두 손으로 힘차게 돌렸다. 발밑에서 물 튀는 소리가 크게 들리고 굉음을 내는 지진이 느껴졌다. 기관차의 양쪽에서 엄청난 양의 물이 튀겨 마치 연못을 통과해서 가는 것 같았다.

"와우우우우우우우우우우우." 레니가 바람을 가르며 소리쳤다.

할은 눈을 크게 뜨고 심장을 요동치게 하는 모든 장면을 놓치지 않으려고 애썼다. "무슨 일이야?"

"탄수차 밑에 커다란 국자 같은 모양의 기구가 있어." 레니가 아래쪽을 가리켰다. "하일랜드 팰컨이 철로 사이 긴 수로를 지나갈 때, 조이 아저씨가 크랭크로 그 국자 같은 것을 낮추면 기차의 속도로 인해 물이 탄수차로 올라가는 거야." 레니가 탄수차의 물 높이 측정기를 가리켰다. "저것 봐!"

할은 측정기의 바늘이 서서히 올라가는 것을 봤다. 조이의 눈은 파이프에 고정되었고, 파이프에서 배수로 쪽으로 물이 흘러나오기 시작했다.

"물이 가득 찼다!" 조이는 크랭크 손잡이를 반대로 돌려서 국자 모양의 그것을 들어 올렸다. 물을 가득 채우고 기차가 질주하면서 물 뿜는 소리는 잦아들었다. 조이가 소매로 이마를 닦았고, 레니의 아빠는 미소를 지었다.

"우리가 막 1만 1,000리터가 넘는 물을 얻었어. 그건 10초당 12톤에 해당하는 거야." 레니가 말했다.

할은 조이와 레니의 아빠를 경외심을 가지고 쳐다보았다.

조이가 윙크하며 엔진을 두드렸다. "증기 기관차는 물 먹는 하마와 같아."

레니가 삽을 주었고, 조이는 석탄을 화실에 집어넣는 주기적 작업으로 돌아왔다.

"하일랜드 팰컨 정말 대박이야! 정말 끝내줘!" 할이 흥분해서 큰소리로 말했다.

"내가 말했지?" 레니가 씩 웃었다.

"그런데 이해 안 되는 게 있어요. 이 기관차의 엔진이 이렇게 잘 작동되는

데 왜 이번 여정이 마지막인 거죠?"

"너무 오래되기도 했고, 달리는 데 너무나 많은 비용이 든단다." 레니의 아빠가 구불구불한 철로를 보며 말을 했다. "그리고 우리와 교대해 줄 기관사와 화부가 더 있어야 해. 다니엘과 케리 한 조가 지난밤에 근무하고 지금은 숙면을 취하고 있어. 요즘은 좀 더 효율적인 엔진을 가지고 있는 기차가 많단다." 레니의 아빠는 고개를 흔들었다. "그렇지만 그 어느 것도 이 증기 기관차의 위엄을 따라올 수는 없지."

"하일랜드 팰컨이 다른 기차보다 훨씬 더 좋아요." 할이 말했다. "사람들이 그것을 알아야만 해요. 만약 그들이 증기 기관차가 얼마나 위대한지 안다면 모두 증기 기관차에 타고 싶어 할 거예요. 이것 봐요! 얼마나 빨리 가는지 보면⋯⋯." 할이 코를 킁킁거리며 말했다. "근데 저만 냄새가 나는 건가요? 아니면 다른 사람에게도 구운 콩 냄새가 나나요?"

"두 번째 아침 식사 시간이란다." 스패너를 잡으며 조이가 말했다. 그는 파이프들 뒤에서 은박 포일로 싼 세 개의 둥근 것을 뒤섞고 툭 쳐서 삽에 떨어뜨렸다. "조심해! 아주 뜨거워!" 포일 가장자리를 끌어당기며 그가 말했다.

"구운 감자예요?" 할이 말했다.

레니가 탄수차에 있는 작은 찬장에서 철제 접시 세 개를 꺼내서 조이가 감자를 놓을 수 있게 바닥에 내려놨다. 바삭바삭한 양피지 같은 감자 껍질이 갈라지며 쉬익 소리와 함께 김이 빠져 나갔다. 레니가 공구 벨트에서 스위스 군용 칼을 꺼내 감자에 십자 칼집을 깊숙이 내어 버터 한 덩어리를 눌러 넣는 모습을 보니 할의 입에 침이 고이기 시작했다.

레니의 아빠가 보일러를 열어 상단에서 구운 콩 캔을 꺼냈다. 캔 안에 있는

흐물흐물한 오렌지 소스가 거품을 내며 끓고 있었다. "보일러 온도가 1,500도까지 올라간단다." 레니의 아빠가 말했다. "그 열기를 이런 식으로 낭비해서 유감이긴 하지만 말이야."

조이가 찬장에서 새 삽을 꺼내 천으로 닦은 다음 화실 문을 열어 불 위에 올려놓았다. 레니가 달걀 세 개를 건네자 조이가 삽 위에 달걀을 놓고 깼다. 지글지글 끓으면서 투명한 달걀흰자가 하얗게 변했다. 버터가 잘 녹아든 감자와 잘 익은 콩이 놓인 접시에 완벽하게 아랫부분만 튀겨진 달걀이 더해졌다.

"우리는 나눠 먹자." 레니가 탄수차에 기대어 앉으며 스위스 군용 칼집에서 포크를 꺼내어 할에게 건넸다. 할은 레니 옆에 앉았다. 할에게 식사가 이렇게 흥분된 적은 단 한 번도 없었다. 할은 달걀노른자를 적신 감자와 콩을 떠서 입 안으로 넣고는 뜨거운 열기에 숨을 헐떡였다. 그것은 할이 먹어 본 것 중에 가장 맛있는 음식이었다.

"이제야 내가 왜 무임승차까지 하게 됐는지를 알겠지?" 레니가 말했다.

할은 달걀노른자를 턱에 흘리며 고개를 끄덕였다.

레니가 할에게서 접시를 받아들고 미소를 지었다. "자, 그럼 이제부터 어떻게 보석 도둑을 잡을까?"

chapter 11

까치의 정체

음식을 게걸스럽게 먹은 할은 레니가 접시를 깨끗하게 핥아먹는 것을 보며 미소 지었다.

"용의자에 대해서 생각해 봤어? 혹시 네 공책에 적어 놓은 것 있니?" 레니가 할에게 물었다. "우리가 먼저 해야 할 일은 각각의 승객들과 그들의 동기를 생각해야 해. 텔레비전에서 탐정이 하는 것처럼 말이야."

"공책이 아니라 스케치북이야."

"검은 고양이라든가 핑크 팬더처럼 우리도 도둑에게 별명을 붙이자." 레니는 고개를 기울이며 생각했다.

"까치라고 하는 거 어때?" 할이 제안했다. "까치는 반짝이는 물건을 몰래 가져가는 걸 좋아하잖아."

"그거 정말 기발한데." 레니는 까치라는 별명이 만족스러워 보였다. "그거, 네 공책에 적어 놔."

할은 스케치북을 열어 비어 있는 페이지에 반짝이는 보석을 부리로 물고 있는 까치를 그렸다.

"야, 그림 잘 그리는데. 나 좀 보자." 레니가 할의 스케치북을 뺏었다.

"안 돼, 나는……." 할이 다시 뺏으려 했지만 레니가 벌써 페이지를 넘겼다.

"나잖아."

"그래." 할은 얼굴이 타는 듯 빨개진 것을 느끼며 기관실 바닥을 바라봤다.

"이제까지 나를 그린 사람은 없었어." 레니는 그림에서처럼 혀를 그림 쪽으로 내밀었다. "잘 그렸다." 레니가 웃으며 다음 장으로 휙 넘겼다.

"누구야?"

할은 스케치북을 빼앗아 덮었다. "우리 엄마야."

"아…… 알았어." 레니는 화제를 바꿨다. "우리가 사건을 해결하면 얼마나 멋질까? 생각해 봐!"

"꼭 우리가 사건을 해결해야 해." 할이 말했다.

"스티븐 피클 씨는 내가 도둑이라고 생각하고 있어."

"거대한 빨간 순무처럼 생긴 아저씨? 그 아저씨가 무얼 알고 있는데?"

할은 갑자기 방에서 너무 오랫동안 나와 있었다는 생각이 들었다. "너무 오래 있었어. 이제 돌아가야 할 것 같아."

"내가 데려다줄게." 레니가 지저분한 접시를 찬장에 치워 뒀다.

"싱 아저씨, 기관실을 보여 주셔서 감사합니다. 그리고 브레이 아저씨 잘 먹었습니다. 짱 맛있었어요."

레니의 아빠가 할에게 악수를 청했다. "네가 기관실에 왔었던 것과 레니가 무임승차한 것을 비밀로 했으면 좋겠는데…… 다른 사람들이 알면 문제가 될 수 있단다."

할이 고개를 끄덕였다. "아무에게도 말 안 하겠다고 약속할게요."

"고마워." 레니의 아빠는 미소 짓고 자신의 자리로 갔다.

레니와 할은 탄수차를 통해서 왔던 길로 되돌아갔다. 할은 이번에 객차를 뛰어넘을 때 전혀 두려움을 느끼지 않았다.

"네 삼촌은 어떻게 하일랜드 펠컨에 초대되었어?" 레니가 서비스 차량을 통해 되돌아갈 때 물었다. "네 삼촌, 상류 사회 사람처럼 보이지는 않는데."

"삼촌은 이 여행에 관해 텔레그라프(영국 온라인 일간 신문. 역자 주)에 기사를 쓰고 있어. 그리고 삼촌은 기차 여행에 관해 책을 많이 썼어."

레니가 멈춰 섰다. "네 삼촌 나타니엘 브레드쇼야?"

할이 고개를 끄덕였다.

"정말? 내가 가장 좋아하는 작가야. '용의 증기' 읽어 봤니?"

할이 고개를 저었다. "삼촌 책 안 읽어 봤는데."

레니가 충격받은 모습이었다.

"이제 읽을 거야." 할이 서둘러 말했다.

"틀림없이 네 삼촌이 까치를 잡는 데 도움을 줄 거야. 네 삼촌은 아마도 모든 종류의 단서를 이미 알아차렸을지도 몰라."

할이 고개를 저었다. "삼촌은 도둑의 존재 자체도 믿지 않아. 왕실 열차에 올라타서 보석을 훔칠 만큼 미친 사람은 없다고 말했어."

"할!" 레니는 앞으로 건너뛰었다. "음, 우리가 기차에 도둑질하는 까치가 있다는 걸 알게 됐으니깐 우리가 잡자. 이제부터 우리는 하일랜드 팰컨의 탐정들이야."

"레니!" 할이 서둘러 레니를 따라갔다. "네가 사람들의 눈을 피해 다닐 때, 그러니깐 우리가 떨어져 있을 때 나는 무엇을 할까?"

"너는 사람들에게 물어봐서 단서를 찾아내." 레니가 이마를 찡그리며 대답했다. "그리고 네가 찾아낸 것을 나에게 말해 주면 돼. 나는 이 기차에 대해서 완벽하게 알고 있으니깐 우리가 함께 탐정 일을 할 수 있어. 알겠니?"

"알겠어."

"우선 도난당한 보석에 대해 더 알아야만 해. 어떻게 생겼니? 정확히 언제 어디서 도난당한 거야?"

"랜즈베리 부인의 귀걸이는 못 봤어. 랜즈베리 부인이 말하기를 진주 귀걸이래. 그런데, 리디아 피클의 브로치는 봤어. 여기 봐, 내가 그려 볼게."

할은 바닥에 앉고 그 옆에 레니도 무릎을 꿇고 앉았다. 할이 스케치북을 꺼내서 그림을 그리기 시작하는데, 기차가 흔들거려서 볼펜이 덜컥거렸다. "못 그리겠어."

"스케치북을 바닥 평평한 곳에 놓고 배를 깔고 누워 봐." 레니가 말했다.

"팔의 긴장을 풀고 기차의 움직임에 몸을 맡겨 봐. 움직임에 저항하지 말고."

할이 잠시 멈췄다. "언제 브로치가 도난당했는지 알 것 같아."

"언제?"

"너도 거기 있었어." 할은 새로운 페이지를 넘겨서 다섯 개의 대각선을 그렸다.

"이 선들은 뭐야?"

"원근법을 나타내기 위한 선들이야." 한쪽 눈을 감은 할이 대답했다. 할은 전망차를 그리고, 그곳에 있는 사람들을 그렸다. 할의 펜이 그날의 장면을 종이 위에 미끄러지듯 그리는 동안 할은 종이를 거의 보지 않았고 마치 머릿속의 장면을 보고 있는 것 같았다.

"내가 여기 있었고 너를 보고 있었어." 할이 중얼거렸다. 할이 X자 표시를 하는 것을 보고 레니는 고개를 끄덕였다. "그런데 너 어디에 있었던 거야?" 레니가 빙긋 웃었다. "카트 뒤 흰 천과 에이미 누나의 다리 사이에 숨어 있었어."

"그리고 넷 삼촌이 왔고, 그러고 우리가 그 객차를 떠나려 할 때 리디아 피클 씨가 자기 브로치를 잃어버렸다고 울부짖으며 소리쳤어." 할의 펜이 그림 속에서 리디아 피클의 모습으로 갔다. "하지만 여기서 불과 몇 분 전에 브로치가 리디아 피클의 가슴 쪽에 달린 것을 내가 봤어."

레니가 할의 그림을 내려다봤다. "어떻게 그렇게 할 수가 있지?"

"그렇게 뭘?"

"그렇게 그리는 거." 레니가 할을 봤다. "마치 네

눈앞에서 벌어지는 일처럼."

할이 어깨를 으쓱했다. "만약 내가 본 것을 말로 전달해야 한다면 아마도
잘못 전달할 수도 있을 거야. 말하다가 이리저리 헷갈려서 정확하게 기억할

수가 없어. 그런데 내가 본 것을 그림으로 그리라고
한다면 정확하게 그릴 수 있어.” 할이 펜으로 자기의
머리를 두드렸다.

레니가 조용히 휘파람을 불었다. “우리가 이 사건에 있는 한 까치는
도망칠 수 없겠는걸.”

할은 마음이 따뜻해지는 자부심을 느꼈다. 이제까지 할의 그림에 관심
을 가진 사람은 엄마 말고는 아무도 없었다.

어디선가 소음이 들려왔다. 레니가 할을 식품 창고로 끌어당
겼다. 문틈으로 보니 차장인 그레이엄이 지나갔다.

“나와! 들키기 전에 객실로 돌아가야 해.” 레니가 조용

레니

히 말했다. "그림 좀 다시 보자." 그들이 걷는 동안 레니는 그림을 살펴봤다. "까치는 이 그림 안에 있는 사람 중의 한 명일 거야. 틀림없어. 잠깐, 어니스트 할아버지는 어딨어?"

"여기." 할이 원을 가리켰다. "그게 어니스트 할아버지의 뒤통수야. 어니스트 할아버지는 등받이 의자에 앉아 있었어." 할의 눈동자가 그림의 그 인물 건너편에서 흔들렸다. 할은 리디아 피클 주변에 있는 사람 중의 한 명이 넷 삼촌이라는 것에 주목했다.

"무죄라는 게 증명될 때까지 모든 사람을 의심해야 해." 레니가 말했다. "그게 바로 드라마나 영화에서 사건을 해결하는 방식이야." 레니가 스케치북을 할에게 돌려주고 왕실 객차로 이어지는 문을 밀어서 열었다.

"내가 뭔가 알아내면 너에게 얘기할게." 할의 말에 레니가 고개를 끄덕였다. "그리고 나는 기차 직원들이 뭔가 아는지 알아볼게." 할은 까치를 잡으려는 그들의 계획에 전율을 느끼며 서둘러 돌아갔다. 탄수차로 뛰어들 때의 거센 바람과 기관실 화실의 뜨거운 열기가 아직도 할의 얼굴에 생생하게 남아 있었고, 구운 콩의 맛도 여전히 혀에 느껴졌다. 할이 모서리를 돌자 스티븐 피클이 소리 지르는 것이 들렸다.

"당장 이 문 열어!"

삼촌이 그들의 객실 문을 등지고 복도에 있었다. 삼촌 옆엔 고든 굴드가 있었다.

"피클 씨, 당신이 화가 나는 것은 이해하지만⋯⋯." 고든이 말했다.

"우리는 승객의 사생활을 존중합니다."

"존중? 전망차에서 우리에게 부딪쳤을 때 그리고 아내의 브로치를 슬쩍했을 때 그 꼬마는 나의 아내에 대한 어떤 존중도 보여 주지 않았어!"

할이 인상을 썼다. 그들이 자신에 관해 얘기하고 있었다.

"그 꼬마가 브로치를 훔쳤다는 증거가 저 안에 있어!" 스티븐 피클이 문을 가리켰다.

"그렇다면 우리가 발모럴에 도착하면 경찰이 찾아낼 거예요." 삼촌이 침착하게 대답했다.

"그러면 그 꼬마가 증거를 숨길 시간을 주는 거야…… 혹은…… 혹은 그것을 창문 밖으로 던질지도 몰라!" 스티븐 피클의 둥근 얼굴이 흥분으로 빨개져서 흰색이 군데군데 섞여 있는 붉은색 살라미 소시지처럼 보였다. "저기 그 꼬마가 있네!" 스티븐 피클이 빠르게 지껄였다. "꼬마야! 너 왜 웃고 있는 거야? 어디에 있었어? 또 뭔가를 훔치러 다녔지?"

"저는 도둑이 아니에요!" 할이 자신은 웃고 있지 않다는 것을 증명하듯 단호하게 말했다.

"저 꼬마 주머니를 뒤져 봐!" 스티븐 피클이 먹잇감에 다가가듯 할에게 다가갔다.

"제 조카에게서 물러나세요!" 삼촌이 스티븐 피클을 뒤로 밀어 내며 할의 앞으로 뛰어들었다.

"피클 씨, 제발요." 고든 굴드가 스티븐 피클의 어깨를 잡자 화가 난 그는 어깨를 으쓱하며 고든의 손을 뿌리쳤다.

그때 에센바흐 남작이 객실 문을 열었다. "신사분들 무슨 문제가 있나요?"

"별거 아닙니다." 넷 삼촌이 강경한 어조로 대답했다. "피클 씨는 자신이 셜록 홈스라고 생각하는 것 같습니다".

"세상에 무슨 일이 일어난 거죠?" 진한 청색 숄을 어깨에 걸친 시에라 나이트가 복도로 나왔다. 루시 미도우즈는 대본을 들고 시에라 뒤에 있었다. "실례하지만, 좀 작은 소리로 얘기해 줄래요? 대사를 외우는 중이거든요." 시에라가 말했다.

"이 문을 열라고! 그렇지 않으면……." 스티븐 피클이 말하려 했으나 삼촌이 큰소리로 불쑥 끼어들었다.

"고든 씨, 피클 씨의 방문을 먼저 열어 주시면 좋겠는데."

"뭐라고? 절대 안 돼!" 스티븐 피클이 큰소리로 말했다. "나는 피해자지 도둑이 아니라고!"

"제가 당신의 방을 철저히 살펴본다면 당신 아내의 브로치를 확실히 찾을 수 있어요." 삼촌이 말했다.

"추측건대, 리디아 씨가 브로치를 어디 잘못 놓았을 거예요."

"터무니없는 소리!" 스티븐 피클의 얼굴이 시뻘개졌다.

"나는 누구도 내 방을 뒤지는 것을 허락하지 않겠어."

"말씀 잘하셨네요." 삼촌이 매섭게 말했다. "저도 똑같습니다."

복도 멀리 끝에서 강아지들이 짖는 소리가 들려왔고, 그 뒤를 기분이 언짢아 보이는 로완 벅이 뒤따랐다. 로완에게서 1미터 떨어진 곳에서 완벽한 자세를 취하며 랜즈베리 부인이 우아하게 걸어왔다. 복도는 사람들과 짖어 대는 강아지들로 북새통이었다.

"윽, 이곳에선 불가능하겠어." 시에라가 루시의 손목을 잡았다. "자, 우리 전망차로 가자." 그 둘은 사람들 속을 헤집어 나아갔다.

랜즈베리 부인 뒤로 마일로가 복도로 들어서는 것을 봤다. 눈썹을 치켜올린 그의 얼굴은 기이한 표정을 띠고 있었다. 스티븐이 시에라가 통과할 수 있게 옆으로 비켜 주었다. 그녀가 흥분한 강아지들 사이를 지나가려는데 갑자기 강아지들이 짖으며 시에라에게 덤벼들었다.

"어머나! 강아지들이 나를 공격하고 있어요!" 시에라가 울부짖었다.

"잠깐, 잠깐만요!" 할이 급히 앞으로 나아가 강아지들 앞에서 무릎을 꿇고 앉았다. "앉아!"

말이 끝나기 무섭게 다섯 마리의 강아지들이 모두 앉아서 곱슬곱슬한 꼬리를 흔들었다.

"착하지." 할이 시에라를 올려다보면서 강아지들의 머리를 쓰다듬었다. "강아지들이 누나를 좋아해서 그래요."

시에라는 확신이 없는 표정으로 강아지들을 지나쳐 마일로 쪽으로 서둘러 갔다.

남작의 아들은 시에라와 루시가 그를 지나칠 때 머리를 숙여 인사를 하며 손을 호주머니에 집어넣었다. 그 순간, 할의 눈에 반짝이는 어떤 것이 포착됐다. 마일로의 손가락 사이에서 뭔가가 반짝거렸다.

그건 보석 같았다.

chapter **12**

시간의 발명

"**자** 그럼." 삼촌이 할의 어깨에 손을 두르고 객실로 이끌며 말했다. "어디 갔다 왔어?"

할은 소파에 앉고 나서야 침대가 치워진 것을 알아차렸다. 할은 사실대로 말하고 싶었지만, 레니와 레니의 아빠와 한 약속을 깰 수는 없었다. 할은 침을 꿀꺽 삼켰다.

"아무 데도."

"아하!" 넷 삼촌이 책상 의자에 앉았다. "아무 데도…… 그래, 나도 어릴 적에 그곳에 가곤 했지." 삼촌은 미소를 지었지만 눈빛은 심각해 보였다. "할, 무슨 일을 하고 다니는지 나에게 말하는 게 좋을 거야."

"말할 수 없어요." 할은 눈앞이 흐려졌다. "말 안 하기로 약속했다고요."

삼촌은 눈을 깜빡이며 안경을 벗고 재킷 주머니에서 천을 꺼내 안경을 닦았다. "이렇게 하면 어떨까? 내가 네가 갔을 것 같은 곳을 묻고, 그것이 맞는다면 너는 고개를 끄덕이는 거야." 삼촌은 안경을 다시 쓰고 웃었다. "그러면 너는 약속을 깨는 게 아니잖아?"

할은 잠시 생각해 보더니 고개를 끄덕였다.

"나는 네가 저 방향 복도에 들어가는 것을 알아차렸어." 삼촌이 가리켰다.

"그 말은 네가 다른 객차의 객실에 있었다는 것을 의미하지. 왕실 객차이거나 서비스 차량이거나……." 삼촌은 기대에 찬 얼굴로 할을 봤다. "아니면 너는 기관실에 갔었을 수도 있고."

할은 미간은 찌푸리며 입가에 터져 나오려는 미소를 막으려고 애썼다.

"운 좋게 너를 기관실에 데리고 갈 만큼 친절한 사람을 만났다면, 아마도 물을 퍼 올리는 진귀한 장면을 목격했을 거야." 삼촌은 개암나무 열매 같은 눈동자를 반짝이며 할에게 다가갔다. 그리고 할은 자기 눈동자도 틀림없이 그렇게 반짝이고 있음을 느꼈다.

할은 아주 조금 고개를 끄덕였다.

"오! 할!" 넷 삼촌이 펄쩍 뛰며 숨을 할딱거렸다. "네가 얼마나 운 좋은지 너 알고 있니? 너는 내가 단 한 번도 그리고 아마도 앞으로도 절대 경험하지 못할 그런 경험을 한 거야. 앞으로는 철로 사이에 있는 긴 수로를 사용하는 일은 없어. 특별히 이번 여행을 위해 그곳에 물을 채운 거야. 나는 그것을 보려고 어깨까지 창문 밖으로 내밀었거든. 그런데 네가 기관실에 있었다니!"

"정말 엄청났어요!" 할은 소파에 올라 위아래로 뛰면서 말문이 터졌다. "기관사 아저씨가 저에게 기적을 울리도록 해 줬어요."

"그게 너였니?"

"네! 그리고 조이 아저씨가 보일러에 구운 감자와 콩을 주었어요." 기관사와 한 약속을 깼다는 사실을 깨닫고 할은 갑자기 움츠러들었다. "그런데, 저는 아무에게도 말 안 하기로 약속했어요."

"잘 들어." 넷 삼촌이 할 앞에 앉아 할의 오른손을 잡았다. "나, 나타니엘 피터 브레드쇼는 비록 너무너무 부럽지만 하일랜드 팰컨의 기관실에 할이 있었다는 사실을 어느 사람에게도 발설하지 않을 것을 엄숙히 맹세합니다."

할이 미소를 지었다. "고마워요."

삼촌이 다시 의자로 가 펜을 잡았다. "자, 이제 나에게 네가 본 모든 걸 얘기해 줘. 기사를 쓰는 데 귀중한 정보가 될 거야. 창문 너머로는 그렇게 많은 것을 볼 수 없었어."

할은 당황해서 혼란을 느꼈다. 할은 오직 약속의 반만 지켰을 뿐이었다. 레니를 배신할 수는 없었다. 화제를 바꾸며 할이 말했다. "삼촌, 음…… 아직 삼촌 책을 읽지 않아서 마음이 찝찝해요."

삼촌의 눈이 반짝였다. "네가 관심 있다면 구해 줄 수 있어."

"엄마가 '용의 증기'에 대해 말해 줬어요. 재밌을 것 같던데요."

"중국 여행을 다룬 책이야." 삼촌이 펜을 내려놓았다.

"지금 읽을 수 있어요?"

삼촌이 턱을 쓰다듬었다. "도서관에 있는지 확인해 보자."

"좋은 생각이에요." 할이 벌떡 일어났다.

그들이 도서관으로 들어갔을 때 도서관 안쪽에서 한 사람이 놀라서 가죽 장정으로 된 책을 떨어뜨렸다.

"미안, 마일로." 삼촌이 말했다. "놀라게 할 생각은 없었는데."

"괜찮습니다." 마일로가 떨어진 책을 집어 들었다. "생각에 잠겨 있어서 누가 들어오는지도 몰랐어요."

할은 인상을 썼다. '10분 전에 마일로는 자기의 객실로 가고 있었는데, 왜 지금 도서관에 있지?' 할이 마일로가 반짝이는 물체를 집어넣은 주머니를 유심히 봤지만 주머니 표면이 평평했다. '그것이 뭔지 몰라도 지금은 사라졌다.'

"할이 내가 쓴 책에 관심이 있다고 해서." 삼촌이 미소를 띠며 할을 바라봤다.

"네 삼촌 책들이 재밌다고 들었어." 마일로가 떨어진 책을 선반에 올려놓았다. "기차를 좋아하는 사람에게는 그렇지."

"기차 좋아해요." 그게 사실이라는 것을 깨닫고 할이 대답했다.

"그래…… 이제 내 방으로 가 봐야겠다."

도서관은 기차의 다른 곳과는 분위기가 사뭇 다르게 느껴졌고 소리도 달랐다. 책들로 이루어진 벽은 철로에 부딪치는 바퀴 소리를 무디게 만들었다. 창문은 없지만 천장에 있는 작은 세 개의 천창을 통해 부드러운 빛이 스며들었다. 도서관 중앙에 사각형의 마호가니 책상이 있었고, 그 양쪽에는 각각 두 개씩 안락의자가 있었다.

할은 마일로가 읽던 책이 뭔지 알아보려고 도서관을 가로질러 갔다. 책 제목은 '청둥오리의 짝짓는 소리'였다. "이상한 책이야." 할이 중얼거렸다.

"여기 있다." 넷 삼촌이 책상에 한 무더기의 책들을 올려놓았다. "'13번의 기차 여행으로 만난 세계사', '상트페테르부르크로 가는 침대 열차', '주교의 철도 여행' - 이건 내가 좋아하는 샬로너 신부님과 같이 쓴 책이야 - 그리고 '시간의 발명'."

"'용의 증기'는 없어요?"

"지금은 여기에 안 보이는데." 넷 삼촌이 만족해하는 것처럼 보였다. "누군가 읽고 있는 거 같은데.”

할은 '시간의 발명'을 선택했다. “인간이 어떻게 시간을 발명할 수 있어요?”

“글자 그대로 발명했다는 의미는 아니야. 철도가 있기 전에는 시간에 대해 정확해야 한다는 것이 그렇게 중요하지는 않았어.” 넷 삼촌이 설명했다. “그런데 철도를 운행한다면 운행 시간표가 필요하고, 그렇게 되면 시간의 정확성이 중요해지겠지. 철도가 다른 방식으로 사회를 변화시켰어. 특히 우리가 시간을 측정하고 기록하는 방식에 변화를 가져다준 거지.”

할은 눈을 반짝였다. “그거 멋지네요!”

넷 삼촌의 얼굴이 빛났다. “내가 쓴 책들은 여행에 관한 것들이지만, 또한 철도가 세계를 변화시킨 방식에 관한 것이기도 해. 나는 초기 증기 기관차인 스티븐슨의 로켓부터 일본의 신칸센까지 세계에서 가장 특별한 기차들을 타 봤어.”

하일랜드 팰컨이 미끄러지며 멈추자 객차가 갑자기 흔들리는 바람에 할이 비틀거렸다. “무슨 일이죠?”

넷 삼촌이 자신의 여러 시계 중 하나를 봤다. “10시 30분이야. 애버딘에 가까워지고 있을 거야.” 삼촌은 책장 중 하나에 걸려 있는 액자로 된 영국 지도 쪽으로 가서 말을 이어 갔다. “우린 지금 여기 있어.” 스코틀랜드 동해안과 평행한 검은 선을 따라 삼촌의 손가락이 움직였다. “기차가 테이를 지나 던디를 통과해서 해안으로 이렇게 올라왔어.” 삼촌이 할을 쳐다봤다. “애버딘에서 기차가 선회해서 발라터로 가는 거야. 우리 나가 볼까?”

도서관을 나와 삼촌을 따라가면서 창문 너머로 복잡하게 얽힌 선로와 회색 돌 그리고 아무렇게나 핀 엉겅퀴를 보았다.

"우리는 페리힐의 측선에 있어." 삼촌이 객차 끝에 있는 문을 열었다. "이리 와." 삼촌이 발아래 선로로 뛰어내렸다. "자갈 위로 뛰어내릴 때 조심해."

"네? 뭐라고요?"

"회색 돌들이 철도 침목을 둘러싸고 있어."

짭짤한 여름 바람이 할의 뺨을 때렸고, 발아래로 자박자박 밟히는 자갈돌 소리가 즐거웠다.

"빨리 전망 좋은 곳으로 가자." 삼촌이 기차를 따라 뛰면서 말했다.

그들은 철로를 넘어서 낮은 담 쪽으로 가서 앉았다. 회색 줄무늬가 있는 딱새가 찔레꽃과 아이비 덤불에서 나와 할과 삼촌을 향해 떨리는 소리로 지저귀었다. 할은 그 새의 둥지가 수풀 속에 숨겨져 있을 거로 생각했다.

조이가 쉬익 소리를 내는 기관차에서 뛰어서 탄수차 완충대와 객차 사이로 미끄러져 내려왔다.

"조이가 하일랜드 팰컨의 기관차와 객차의 연결을 풀고 있어." 삼촌이 설명했다.

조이 씨가 기관실에 있는 기관사에게 손을 흔들어 신호를 보냈다. 기관사는 칙칙 하는 두 번의 증기 소리와 함께 천천히 기관차를 앞으로 움직였다. 조이는 철로 위를 터벅터벅 걸어서 선로 옆 긴 철제 레버 쪽으로 향했다.

"그가 선로 전환기를 이용해 선로를 바꾸려 하고 있어." 조이가 레버 쪽으로 다가가자 삼촌이 말했다. "기관사가 평행한 선로를 따라 기관차를 반대 방향으로 움직이게 하는 거야."

"왜 애버딘으로 바로 가지 않는 거예요?"

"발라터 방향으로 돌아서 가는 선로가 없어. 우리는 정반대 방향으로 나아가서 서쪽의 다른 노선으로 갈 거야. 기차가 회전할 수 없으니깐 대신 기관차만 기차의 반대 방향으로 옮기는 거야. 하일랜드 팰컨이 우리를 발라터로 끌고 가는 거지."

"그럼 전망차에서 기관차를 볼 수 있는 거예요?" 레니의 아빠가 기관차의 움직이는 방향을 바꾸는 것을 보면서 할이 물었다.

삼촌이 고개를 끄덕였다. "기관사가 기차를 다음 선로 바꾸는 지점으로 운전해서⋯⋯."

하일랜드 팰컨이 증기를 내뿜으며 그들 옆을 지나갈 때 쉬잇 하는 커다란 수증기 소리에 삼촌의 목소리가 묻혔다. 삼촌과 할은 기적 소리에 대한 화답으로 기관차를 향해 미친 듯이 손을 흔들었다. 기관차의 커다란 바퀴는 할의 키만큼 컸다. 할은 스케치북을 꺼냈다. 할이 기관차의 윤곽을 겨우 그렸을 즈음 강아지들이 짖는 소리가 들렸다.

랜즈베리 부인의 강아지들이 선로 옆 작은 풀이 있는 곳에서 껑충껑충 뛰어다녔다. 로완은 작은 검은 봉지 한 줌을 들고 강아지들을 따라다녔다.

"크면 강아지 훈련사가 되고 싶어요." 할이 바이킹과 트라팔가가 수풀에서 노는 모습을 보며 말했다.

"하루 종일 개똥이나 줍는데도?" 넷 삼촌이 웃었다. "로완 씨는 그 일을 하는데 그렇게 행복해 보이지 않는데."

다른 선로 전환기가 철컥 소리를 내자 하일랜드 팰컨이 입김을 내뿜었다. 기관사가 선로가 옮겨지는 것을 기다렸다가 기관차를 앞으로 운전하기 시작해서 전망차 방향으로 기어가듯 서서히 갔다. 클라레 기관차 아랫부분의 윤곽과 그것의 금색 배관이 보이기 시작하는 지점을 표시하면서 할은 계속해서 그림을 그리기 시작했다.

"곧 디강 계곡을 통과할 거야." 조이가 기관차 앞으로 뛰어가는 것을 보고 삼촌이 말했다.

"발모럴성까지 가는 거예요?"

"발모럴성에서 몇 킬로미터 떨어진 발라터에서 기차가 멈출 거야. 왕실이 그들 뒷마당에 철로를 관통하게 만들지는 않지."

지나가는 인터시티(독일의 고속 전철. 역자 주)가 기적을 울리자 하일랜드 팰컨도 기적을 울리며 답했다. 할이 그림을 들어 올려 기관차와 비교하려는데, 전망차 바퀴 사이에서 하얗고 솜털 같은 뭔가가 움직이는 것을 보고 인상을 쓰며 자세히 봤다.

그것은 베일리였다.

"더 가까이…… 좀 더 가까이……."

조이가 큰소리로 기관사에게 기관차의 커다란 바퀴가 전망차에 가까이 다가가야 한다는 사인을 주고 있었다.

공포에 휩싸여 할이 벌떡 일어났다.

chapter 13

여왕의
비밀의 방

"**멈**춰요!" 할이 스케치북을 떨어뜨리고 앞으로 튀어 나가면서 손을 미친 듯 흔들어 대며 소리 질렀다.

레니의 아빠가 할을 보고 급히 브레이크를 잡았다. 할은 전망차에 도착해서 무릎을 꿇고 전망차 아래를 살살이 살폈다. 한쌍의 겁먹은 눈동자가 어둠 속에서 할을 쳐다보고 있었다.

"베일리, 여기야 이리 와." 할이 강아지를 불렀다.

베일리가 낑낑거리는 소리를 내면서 기차 밖으로 기어 나와 할의 품으로 뛰어올랐다. 할은 뒤로 넘어졌고 베일리가 할의 얼굴을 핥았다.

"베일리 괜찮아? 내가 다행히 너를 봤어. 큰일 날 뻔했잖아."

"강아지 무사한 거야?" 삼촌이 할의 스케치북을 들고 따라왔다. 베일리가 할의 무릎에 앉으려고 하자 할은 웃었다. "베일리는 네가 좋은가 보다."

"베일리! 기차 선로에서 놀면 안 돼!" 할이 베일리를 꾸짖었다. "하마터면 큰일 날 뻔했잖아."

삼촌이 기관사와 조이에게 손짓으로 강아지가 무사하다고 알려 주었다. 고음의 휘파람 소리가 들리자 베일리가 총알처럼 할의 무릎에서 뛰어올라 로완에게 갔다. 이어서 다섯 마리 강아지들이 로완의 발아래에 모여들어 엉덩이를 땅에 대고 앉아 꼬리를 흔들었다. 로완이 인상을 쓰며 몸을 구부려 강아지 똥을 봉지에 넣고는, 다시 그 봉지를 다른 봉지에 넣고 묶었다.

"로완 아저씨는 베일리를 기차 아래에 뛰어다니게 하면 안 되는 거 아니에요?" 할이 로완을 비난했다. "하마터면 베일리가 죽을 뻔했어요."

넷 삼촌이 스케치북을 할에게 돌려주었다. "그러게나 말이다. 자, 기차에 타자"

할은 삼촌을 따라 전망차의 베란다를 통해서 안으로 들어갔다. 유리문 너머로 하일랜드 팰컨의 앞부분이 보이는 게 신기했다. 경쾌한

기적과 함께 기관차 굴뚝에서 검은 연기가 한 번 나오면서 기관차가 기차를 반대 방향으로 끌고 갔다.

간선에서 단선으로 빠르게 나아가면서 하일랜드 팰컨은 사람들이 사는 집 뒤편으로 칙칙폭폭 소리를 내며 달렸다. 할은 한 소녀가 정원 끝까지 달려와서 기차를 향하여 열렬히 손을 흔드는 것을 봤다. 집들이 작아지기 시작하면서 풍경이 초록빛으로 바뀌더니 녹음 짙은 골짜기가 서서히 펼쳐졌다. 디강은 마치 은색 리본처럼 골짜기를 스치듯 지나갔다.

"기차가 아주 빠르게 가는 것 같지 않아요."

"기차가 왕립 지선으로 달리고 있어서 그래. 빅토리아 여왕이 왕립 지선에선 기차가 시속 50킬로미터를 초과하지 못하도록 속도 제한을 두었거든." 삼촌은 가죽으로 된 안락의자에 앉아서 작은 수첩에 뭔가를 끄적이고 있었다.

"삼촌, 도서관에 가서 시간 발명에 관한 책 빌려도 돼요?"

삼촌은 올려다보지 않고 고개를 끄덕였다.

'시간의 발명'은 그들이 떠났던 곳 탁자 위에 그대로 있었다. 할은 책을 들고 저 멀리 있는 문을 보았다. 왕실 객차 쪽으로 빠르게 갈 수 있을지 생각했다.

"어이!"

움찔해서 주위를 둘러보았으나 아무도 없었다.

"어이!"

할은 익숙한 웃음소리를 들었다.

"레니? 너니?" 할이 속삭였다. "너 어딨어?"

"역사책이 있는 곳으로 와"

할은 서가 구석에 있는 튜더 왕가의 책이 꽂힌 쪽을 향해 책을 손가락으로 훑으면서 지나갔다. 책 한 권이 선반에서 조금 튀어나와 있었다. '튜더 왕가의 수염에 관한 세금'. 할은 본능적으로 그것을 잡아당겼다. 딸깍 소리가 나면서 책장이 할의 방향으로 움직였다. 작은 비밀의 문 뒤에 빨간색과 금색 잎 꽃이 수놓인 벽지가 있는 작은 방이 있었다. 그 안에 레니가 앉아서 할을 보며 싱긋 웃고 있었다.

"변기에 앉아 있는 거니?"

"쉿!" 레니가 할을 화장실로 끌어당긴 후 문을 닫았다. "이건 보통 변기가 아니야!" 레니가 말했다. "이건 여왕의 변기야."

"여왕이 비밀 화장실을 가지고 있는 거야?"

"여왕은 화장실을 누구랑 공유하지 않아." 레니가 대답했다. "여왕은 여기서…… 하도록 허락된 유일한 사람이야. 넌 뭔지 알 거야…… 그리고 여왕이 할 때, 어떤 사람도 도서관에 있으면 안 돼."

"틀림없이 여왕은 화장실에서 책을 읽을 거야." 할이 키득거렸다. "참, 너에게 할 얘기가 있어."

"나도 그래." 레니가 가까이 다가왔다. "까치가 누군지 알아."

"뭐라고? 벌써?"

레니가 코를 들어 올렸다. "마일로 에센바흐 씨가 까치야!"

할은 놀라서 숨을 죽이며 말했다. "어떻게 알았어?"

"내가 알아냈어. 마일로는 남작의 차남이야." 레니가 눈썹을 치켜올렸다. "마일로의 아빠가 사망하면 그는 1페니도 상속받을 수가 없어. 귀족들은 장남이 모든 걸 가지고 다른 사람들은 아무것도 받을 수가 없대."

"그건 공정해 보이지 않는데."

"너와 나를 제외하고 이 기차의 모든 사람은 부자이거나 고용된 사람이야. 그들은 보석을 훔칠 어떤 이유도 없어. 그러나 마일로 에센바흐 씨는 동기가 있어. 그는 부자처럼 보이지만 사실은 그렇지 않아."

할이 고개를 끄덕였다. "그리고 마일로는 남작의 아들이기 때문에 그의 주위에는 아주 비싼 보석을 가진 사람이 많아."

레니가 미소를 지었다. "그러니깐 그는 고가의 보석이 있는 사람들에게 접근할 수 있는 기회가 많고 그리고 기차도 좋아하지 않아. 그의 아버지는 증기 기관차광이지만, 남작이 증기 기관차에 관해서 얘기할 때 마일로는 지겨워했다고 에이미 언니가 말했어. 그렇다면 그는 왜 여기에 온 걸까?"

"보석을 훔치기 위해!" 할이 흥분해서 레니의 팔을 잡았다. "그의 손에 뭔가가 있는 걸 봤어. 빛나는 거였는데, 주머니에 숨겼어. 그러곤 바로 자기 방으로 가는 척했지만 10분 후에 여기 도서관에 있었어. 삼촌과 내가 도서관에 왔을 때 그는 놀라서 책을 떨어뜨렸지. 마치 죄를 지은 사람처럼 말이야."

"책 제목이 뭐야? 어쩌면 단서가 될 수가 될 수도 있어."

할이 고개를 저었다. "그냥 오리에 관한 이상한 책이었어."

"아." 레니는 실망한 기색이었다.

"우리가 무엇을 해야 할까? 경찰에게 알릴까?"

"무턱대고 그를 고발할 수는 없어. 누가 우리 같은 애들의 말을 믿겠어? 그리고 너도 알듯이 나는 무임승차를 했어. 일단 증거가 필요해." 레니가 인상을 쓰며 말했다. "어제저녁 이후로 뭔가 사라진 건 더 없어?"

"내가 아는 한은 없어." 할이 고개를 저었고, 불길한 생각이 스쳐 지나갔다. "레니, 만일 마일로가 귀걸이나 브로치 같은 작은 것들을 훔치기 위해 이 기차에 탄 게 아니라면 어떡하지?"

"무슨 말이야?"

"만약 내가 악명 높은 보석 도둑이라면 큰 어떤 것을 훔치고 싶을 텐데, 세상에서 가장 부유한 사람들로부터……."

"왕자님 부부!" 놀란 레니는 입을 떡 벌리며 할을 잡았다. "그가 무엇을 노리고 있는지 알겠다! 결혼 선물로 왕자님이 그의 아내에게 준 목걸이! 왕실 컬렉션에서 가지고 온 거야. 그 목걸이에는 세상에서 가장 크고 무결점의 완벽한 다이아몬드가 달렸어. 아틀라스 다이아몬드라고 하는데, 그 크기가 작은 달걀만큼 크대. 너무 희귀한 다이아몬드라 심지어 값을 매길 수도 없다고 했어."

"달걀 크기만큼 크다고?" 할은 상상해 봤다. "너 어떻게 알았어?"

"모든 사람이 알고 있어! 모든 신문의 1면에 사진이 나왔고 말야. 작은 다이아몬드가 잔뜩 박혀 있는 커다란 다이아몬드. 신부가 결혼식 때 목에 걸었어. 그게 바로 그가 훔치려고 계획하고 있는 거네! 이제야 알겠다."

할은 절박함을 느꼈다. "우리가 그를 막아야 해!"

"아니면……." 레니가 입술을 깨물었다. "우리가 현장에서 마일로를 잡을 수도 있지. 그러면 우리는 그를 감옥에 보내는 증거를 갖게 되고 보상금을 주장할 수도 있어."

할이 인상을 찌푸렸다. "그런데 그가 언제 어떻게 그것을 훔칠지 모르잖아."

"생각해 봐, 왕자님 부부를 만나기 전까지는 그것을 훔칠 수 없어. 발모럴 성에서 왕자님 부부에게 인사를 하는 순간부터 우리는 그의 일거수일투족을 감시해야 해."

"네가 말한 우리라고 하면……."

"음, 정확히는 나는 발모럴성에 갈 수는 없으니 너 혼자 감시해야 해."

할이 고개를 끄덕였다. "그러면 너는 그 사이에 마일로의 객실을 조사해 봐."

"한번 시도해 볼게." 레니가 아랫입술을 깨물었다. "그런데, 왕실 가족이 기차에 승차하기 전에 항상 안전 검사를 해서 모든 기차 직원들은 기차에서 내려야 해."

"너 걸리지 않겠어?"

"기차가 발라터로 들어가기 바로 전에 기차에서 뛰어내릴 거야. 아빠가 역장에게 무임승차했다고 말하라고 했어." 레니가 미소를 띠었다. "역장인 해럴드 아저씨는 아빠하고 같이 학교에 다녔어. 기차가 떠날 준비가 될 때까지 해럴드 아저씨와 함께 있을 거야."

"만약 안전 검사를 한다면, 그들이 도난당한 보석을 찾지 않을까?"

"도난당한 것을 찾으려고 한다면 찾아내겠지. 하지만, 안전 검사는 폭탄류가 있는지 없는지 확인하는 거야. 사람들이 랜즈베리 부인은 약간 맛이 갔다고 말하던데. 게다가 랜즈베리 부인이 보석을 지나치게 많이 갖고 있어서 무엇을 잃어버린 줄도 모르고 있다고 말야. 그리고 리디아 씨는 브로치를 어딘가 떨어뜨렸고, 곧 찾을 거라고 하던데."

"만약 내가 마일로라면 훔친 보석을 기차에 두고 내리는 모험은 안 할 것 같아." 할이 말했다. "나라면 가지고 다닐 것 같아."

"좋은 지적이야. 그의 주머니를 확인해 봐."

"내가 어떻게 해야 하지?"

그러나 레니가 대답하기 전에 리디아 피클의 꽥꽥거리는 인사 소리가 들렸다. 레니가 손가락을 입술에 갖다 댔다.

　　"내가 너를 믿는다는 것을 - 그냥 조용히 사적으로 - 말하고 싶었어. 네가 결코 내 물건을 훔치지 않았다는 걸 나는 알고 있어."

　　"뭐라고?" 할은 문밖에서 들리는 부드러운 목소리가 시에라 나이트라는 것을 알 수 있었다.

　　"너도 알잖아. 뜨거운 이야기라는 잡지에서 말한 거 말이야. 네가 어떻게 가게에서 물건을 슬쩍했는지에 대해서."

　　"그때 나는 꼬, 꼬마였어." 시에라가 더듬거렸다. "나는 절대 훔치지 않았어……."

　　"알고 있어, 우리는 친구니깐. 나는 단 한 번도 네가 내 브로치를 훔쳤다고 생각한 적이 없어. 그걸 네가 알아주었으면 좋겠어. 스티븐 씨는 그 꼬마가 도둑이라고 생각하고 있지만, 나는 여종업원 중의 한 명이 내 브로치를 어디선가 발견해서 가지고 있다고 생각해."

　　"아…… 그렇구나, 고마워. 네가 내 과거를 언급하지 않았다면 더욱 고맙게 생각했을 텐데……."

　　"비밀로 할게."

　　"옷을 갈아입어야 해서. 나 먼저 내 방으로 갈게."

　　"데려다줄게."

　　"그럴 필요 없어."

　　"그러고 싶어."

　　그들의 목소리가 사라졌다.

할이 소리를 내지 않고 입으로만 레니에게 말했다. "시에라?"

레니가 고개를 저었다. "시에라 언니가 그랬다면 잃을 게 너무 많아." 레니가 속삭였다. "훔친 건 마일로야. 나는 알아." 레니가 시계를 보고 문에 귀를 기울였다. "너 이제 가야 해. 발라터에 거의 다 왔어." 레니가 할을 텅 빈 도서관으로 밀었다. "절대로 마일로에게서 눈 떼지 마."

할이 객실에 도착했을 때 발라터에 도착했음을 알리는 기적 소리가 들렸다. 할은 정장을 꺼내 입고 크리스토퍼 성인이 새겨진 목걸이를 셔츠에 넣었다.

'엄마가 이렇게 입은 것을 보면 웃겠지. 아이작 아저씨에게 사진을 찍어 달래서 엄마에게 보여 줘야지.'

하일랜드 팰컨이 발라터역으로 들어가면서 속도를 줄이자 기차 브레이크가 끼이익 소리를 냈다. 할은 창문 밖으로 몸을 내밀었다. 흰색으로 단장된 발라터역의 역사는 고풍스럽고 아름다웠다. 사람들이 역사 옆 울타리에 매달려 하일랜드 팰컨을 부러운 듯 쳐다보고 있었다. 승강장 저 끝에서 역장에게 손을 흔들며 뛰어내리는 레니의 아빠가 보였다.

삼촌이 할의 어깨를 툭 쳤다. "잘했어, 정장을 입었구나. 이리 와, 나비넥타이 다시 매 줄게. 산악 지형이라 바람이 차가우니 외투도 잘 입어야 해."

발라터는 런던의 킹스 크로스에서 한참 떨어진 다른 세계였다. 작은 마을이 산으로 둘러싸여 있었고, 서늘한 산바람이 할의 발걸음을 승강장 쪽으로 재촉했다. 마일로는 회색 코트 주머니에 손을 쑤셔 넣고 시에라와 루시와 함께 걷고 있었다. 할은 서둘러 앞으로 나아가 마일로 옆으로 갔다.

"솔직히 말해서 피클 부인은 참을 수가 없어." 시에라는 중얼거렸다. "피클 부인은 나를 가만히 두지 않아."

"나는 피클 부인이 좋은데." 루시가 대답했다. "피클 부인은 있는 그대로 보이는 그대로야. 그 점이 신선할 정도로 솔직해 보여."

역 건물을 통과해서 창문에 선팅한 넉 대의 검은 재규어 차량이 주차한 곳에 이르는 동안 할은 그들 셋을 따라갔다. 가는 동안 마일로는 아무 말도 하지 않았고, 할은 멍하니 바라보기만 했다.

"저 차들 우리가 타고 가는 거예요?"

"그런 거 같은데." 마일로가 고개를 끄덕이며 말했다.

할은 용의자와 같은 차를 타려고 결심하면서 마일로에게 미소를 지었지만 삼촌이 불러서 삼촌, 아이작, 어니스트와 함께 같은 차를 타야 했다.

할은 차에 타서도 앞차에 있는 마일로의 머리에서 눈을 떼지 않았다.

chapter 14

발모럴성에서
일어난 소동

우뚝 솟은 전나무 담벼락 뒤로 발모럴성의 석재 난간이 보였다. 검은 차량의 행렬이 성으로 향하는 굽은 길을 소리 없이 미끄러지듯 가는 동안 할은 마치 영화 속에 있는 듯한 느낌을 받았다.

"카멜롯 영화 속에 들어와 있는 것 같아요. 그런데 이 모든 게 진짜라니 믿어지지 않아요."

"정말 동화에서나 나오는 성 같구나."

차들이 깔끔하게 줄지어 멈췄다. 운전사들이 밖으로 나와 싱크로나이즈 무용수들처럼 승객들을 위해 일제히 문을 열었다. 꽉 끼는 초록색 치마에 털 장식이 있는 재킷을 입은 시에라가 앞차에서 다리를 내밀며 우아하게 나왔고, 그다음에 루시가 나오고 마일로가 가장 늦게 내렸다.

"할! 무슨 생각을 그리 골똘히 하는 거니?" 삼촌이 할에게 주의시켰다. "왕자님 부부를 만나는 거야."

랜즈베리 부인은 강아지들을 데리고 가겠다고 우기며 운전사가 내미는 손을 무시하고 차에서 나와 남작 쪽으로 걸어갔다. 백작 부인의 뒤를 따르는 로완은 힘겨워하고 있었다. 사모예드들이 잔뜩 흥분해 서로 다른 방향으로 가려고 날뛰었기 때문이다. 강아지들이 토끼 냄새를 맡는 거 아닐까 생각하며 할은 미소 지었다.

"스코틀랜드의 고산 지역은 정말로 웅장하군요." 에센바흐 남작이 모두가 들리도록 크게 신선한 공기를 들이마시고 랜즈베리 부인에게 말했다.

랜즈베리 부인이 눈썹을 치켜들고 고개를 끄덕였다. "정말 그렇네요."

할은 마일로가 일행과 떨어져 있는 것을 주목했다. 아이작은 카메라의 긴 렌즈를 돌려서 사진을 찍기 시작했다. 시에라가 카메라 렌즈 앞에서 입술을 내밀며 멋지게 포즈를 취했다.

발모럴성의 한쪽 모서리에 성가퀴(몸을 숨겨 적을 공격할 수 있도록 성벽 위에 낮게 덧쌓은 담. 역자 주) 지붕을 가지고 있는 현관이 보였다. 현관의 거대한 나무 문 한쌍이 활짝 열려 있었고, 흑백의 유니폼을 입은 시종들이 두 줄로 서 있었다. 시종들이 조용하고 공손하게 인사를 하며 손님을 맞이했다. 할은 어찌할 바를 몰라 고개를 까닥하고 인사하며 그들을 지나쳤다. 왕자 부부는 출입구에 서 있었다. 왕자는 양복에 스코틀랜드 고지대 사람들이 애용하는 타탄 체크무늬 넥타이를 매고 있었다. 빙긋이 미소를 띠며 손을 뒤로 하고 있는 왕자의 모습은 세련돼 보였다. 왕자 옆에는 왕자비가 차를 마실 때 입는 상아색 드레스에 해바라기 꽃이 수놓인 귤색 볼레로를 입고 있었다.

구름 사이로 태양이 순간적으로 날카로운 빛을 비출 때면, 왕자비의 목에 걸린 달걀 크기의 다이아몬드가 번쩍번쩍 빛났다.

할은 놀라서 숨이 멎었다. 그것은 바로 레니가 말한 목걸이였다. 할은 마일로를 보았고, 마일로 역시 목걸이를 주시하고 있었다.

형식적인 절차를 무시하고 시에라가 팔을 크게 벌리고 빠르게 왕자비에게 다가갔다. 그들은 마치 자매처럼 서로 소리치며 인사하고 껴안더니, 갑자기 시에라가 한 걸음 뒤로 물러나 예의를 갖춰 인사를 했고 그 모습을 지켜보고 왕자가 웃었다.

"안 돼! 베일리!" 로완이 소리쳤다. "이리 온, 이리 와!" 손에서 강아지 줄을 놓치면서 로완이 비틀거렸다.

베일리가 시에라 쪽으로 껑충껑충 뛰어가자 시에라가 울부짖었다. "도와줘! 개들이 나를 또 공격해!"

로완이 베일리의 목줄을 잡으려고 뛰다가 손에 쥐고 있던 목줄을 놓치는 바람에 다른 강아지들도 모두 목줄이 풀려 시에라 쪽으로 뛰어갔다.

"로완!" 랜즈베리 부인이 매섭게 말했다. "당장 강아지들을 잡아!"

시에라가 비명을 질렀지만, 강아지들이 시에라에게 이르기 전에 왕자비가 시에라 앞에 뛰어들어 양팔을 활짝 벌리고 무릎을 꿇은 채 껑충껑충 뛰며 달려오는 강아지들을 맞이하며 즐거운 듯 웃었다. 강아지들이 왕자비의 얼굴을 핥자 왕자비는 코를 찡그리며 눈을 감았다.

"바이킹! 베일리! 피츠로이! 앉아!" 랜즈베리 부인이 서둘러 왕자비 쪽으로 갔다. "오! 왕자비 전하, 어떻게 해야 할지…… 송구스럽습니다. 로완!" 백작 부인은 로완을 노려보았다. "당장 이리 와!"

할은 강아지들을 통제하는 것을 돕고 싶었지만, 마일로가 현관 쪽으로 사라지는 것을 놓칠 수는 없었다. 랜즈베리 부인이 강아지들을 제지하려고 한

손을 왕자비의 어깨에 올려놓고 들고 있던
클러치 백으로 강아지들의 코를 때렸다.

"말썽꾸러기 트라팔가! 죄송합니다. 전
하, 강아지들이 온종일 기차에 갇혀 있었
습니다. 섀넌, 앉아!"

"전 괜찮아요." 강아지 중에 한 마리가
왕자비의 목에 코를 들이대자 왕자비는 웃
었다.

"나의 아내는 강아지를 무척 좋아합니다." 왕자가 자랑스럽게 모든 사람에게 말했다.

모든 사람의 주의가 강아지들의 소동으로 어수선해져 있을 때, 그 기회를 틈타 할은 최대한 조용히 아무도 눈치채지 못하게 슬며시 용의자 쪽으로 갔다. 마일로가 현관 그늘에서 몸을 굽혀 손에 있는 뭔가를 자세히 살펴보고 있었다. 할은 그게 뭔지 알아보려고 살금살금 마일로의 곁으로 가까이 갔다. 비명이 들린 순간 피츠로이가 그들에게 달려오는 것이 보였다. 그 뒤로 울부짖는 로완이 따라왔다. 뒤를 돌아보니 마일로가 종이쪽지를 자신의 코트에 쑤셔 넣고 있었다.

"앉아! 피츠로이!" 할의 말에 피츠로이는 바로 앉았다.

"잡았다!" 로완이 피츠로이의 목줄을 잡고 아주 거칠게 끌어당기자 피츠로이가 끼깅거렸다.

할은 로완을 노려봤다.

"저는 사모예드를 너무 좋아한답니다." 왕자비가 랜즈베리 부인에게 말했다. "이렇게 사랑스러운 강아지가 있다니 너무 이쁘지 않나요?" 그녀는 새넌의 귀를 긁었다. "사모예드는 항상 미소 짓는 것처럼 보여요." 왕자비가 왕자를 돌아봤다. "제가 어렸을 때 새미라는 이름의 강아지를 키웠어요. 그 강아지를 많이 좋아했었죠."

"우리 강아지들이 보통 때는 매우 예의 바르게 행동하는데……." 랜즈베리 부인이 장갑 낀 손으로 눈을 가리고 머리를 흔들며 말했다. "강아지들이 무슨 생각을 하는지 도통 알 수가 없어요. 진심으로 사과드립니다. 얼굴을 들 수가 없네요. 죄송합니다."

"정말 괜찮습니다." 왕자가 앞으로 다가가 왕자비에게 손을 내밀며 말했다.

"저는 전혀 그렇지 않습니다. 너무 송구스럽고 부끄럽습니다." 랜즈베리 부인이 아니라는 듯 손을 들어 올렸다. "로완! 즉시 내 아기들을 기차로 데리고 가. 그리고 강아지들이 운동이 필요한 것 같으니 역까지 걸어서 가도록 해."

로완의 뺨이 붉어졌다. "그렇지만 역까지는 1시간 이상이……."

"그리고 나를 위해 네가 고른 이 백……." 랜즈베리 부인이 머리를 돌리고 백을 내밀었다. "잘못 골랐어. 이거 가지고 가." 랜즈베리 부인은 클러치 백으로 로완의 가슴을 쳤다. "런던으로 돌아가면 네 고용 계약서를 다시 검토해야겠어." 백작 부인이 덧붙였다.

할은 한 손엔 강아지 다섯 마리의 목줄과 다른 손엔 백작 부인의 백을 들고 있는 로완이 강아지들을 끌고 성안의 차도로 가는 것을 봤다. 모든 강아지가 낑낑거리고 목줄에 저항하며, 마치 왕자비에게 마지막 인사를 하기 위해 필사적으로 달려가고 싶어 하는 것처럼 보였다.

"이제 들어갈까요?" 왕자가 성 쪽으로 움직였다.

"전하!" 넷 삼촌이 고개를 숙이며 인사를 했다. "저는 나타니엘 브레드쇼이고, 이 아이는 제 조카인 해리슨 벡입니다."

"브레드쇼 씨." 왕자가 악수를 청했다. "만나서 반갑습니다. 나의 아버지는 기차의 열렬한 숭배자랍니다. 당신의 책은 모두 우리 서가에 있습니다."

"하일랜드 팰컨을 타 보니 어때요? 흥분되죠?"

왕자비가 할에게 물었다. "빨리 하일랜드 팰컨에 타고 싶어요."

할은 당황해서 무슨 말을 해야 할지 모른 채 왕자비의 목에 걸려 있는 거대한 다이아몬드를 보며 고개를 끄덕였다.

삼촌이 할을 살짝 찔렀다. "할! 왕자님이랑 악수해야지"

왕자가 미소를 지으며 말했다. "내가 잘못 알고 있는 거라면 말해 주세요. 꼬마 신사가 지금 입은 옷, 낯이 익는데."

왕자와 악수하면서 할은 얼굴을 붉혔다.

왕자가 윙크했다. "그 옷 가려울 것 같은데."

현관으로 삼촌을 따라가면서 할은 어깨너머로 왕자가 어니스트 화이트와 악수하고 친구처럼 껴안는 것을 보고는 입이 딱 벌어졌다.

"어머나, 왕자비님이 아틀라스 다이아몬드를 목에 걸었어!" 리디아 피클이 요란스럽게 그의 남편에게 속삭였다. "저 목걸이 상상도 할 수 없는 가격인데."

"꿈도 꾸지 마!" 스티븐 피클이 투덜거렸다. "저 작은 돌에 대한 보험료를 생각하는 것만으로도 심장 마비를 일으킬 것 같다고."

할은 어느 순간 마일로가 보이지 않아 깜짝 놀랐다. 팔꿈치 아래로 머리를 숙여 복도를 샅샅이 봤는데 마일로의 흔적은 없었다. 다른 것에 정신이 팔린 자신이 원망스러웠다. '레니가 마일로에게서 눈을 떼지 말라고 했는데.'

회색 머리를 뒤로 깔끔하게 핀을 꽂은 친절하게 생긴 가정부가 마을 회관 만큼이나 큰 방으로 일행을 안내했다. 그곳은 나무 패널로 되어 있는 바닥에 타탄 체크무늬 카펫이 깔려 있었고, 벽에는 거대한 뿔이 있는 수사슴의 머리가 방패 모양의 물건에 매달려 전시되어 있었다. 쟁반을 든 시종들이 음료를 나누어 주는데 피클 부부가 그 방 한가운데서 모든 것의 가치를 큰소리로 떠들고 있었다. 루시는 낮은 의자에 어색하게 앉아 있었고, 시에라는 긴 의자에 기대어 있었다. 에센바흐 남작은 에드워드 7세의 거대한 초상화 앞에 서 있었지만, 마일로는 어디에도 보이지 않았다.

"도련님, 오렌지주스 한 잔 드시겠어요?"

할은 가정부에게 고개를 끄덕였다. "한 잔만 부탁드릴게요."

가정부는 삼촌에게 몸을 돌렸다. "선생님, 저는 글레이디스예요." 글레이디스는 고개를 까닥이며 인사를 했다. "점심 만찬이 격식적인 것을 고려할때, 선생님의 조카분은 부엌에서 다른 아이들과 식사하는 것을 더 좋아할 것 같은데 어떠신지요?"

"좋은 생각이에요." 넷 삼촌이 할을 보며 말했다. "아이들과 같이 있는 것이 지루하지 않고 더 재밌을 것 같은데, 네 생각은 어때?"

"음…… 어……." 할은 마일로가 나타나면 그를 감시해야 했기 때문에 필사적으로 같이 있어야 할 좋은 이유를 생각해 내려 애썼다. "그런데 저는 어른들이랑 있는 게 좋아요."

삼촌이 웃었다. "당연히 그렇겠지. 글레이디스, 제 조카는 예의 바른 아이예요. 사실 조카는 또래 친구들과 놀고 싶어 해요. 킹스 크로스역을 떠난 이후로 같이 놀 친구를 찾으려고 했지만 안쓰럽게도 기차에는 다른 아이들이 없었어요." 삼촌은 할을 바라보았다. "가서 재밌게 놀아"

"그렇지만……."

할이 저항하기도 전에 글레이디스가 할의 손을 강하게 잡고 방 밖으로 걸어 나갔다.

chapter 15

계단 아래에서

돌로 만들어진 좁은 계단을 내려가자 고소하고 따뜻한 빵 굽는 냄새가 할을 반겼다. 글레이디스를 따라 내려간 곳은 한쪽 벽을 따라 길게 화로가 있고 김이 자욱한 부엌이었다. 천장에는 동과 은으로 된 냄비와 팬이 고리에 매달려 있었다. 바닥의 중앙에는 커다란 참나무로 만들어진 식탁과 의자 네 개가 있었다. 할의 나이와 비슷해 보이는 튼실한 소년이 난로 위에서 끓고 있는 냄비에 국자를 내려놓았다.

"이반!" 글레이디스가 날카롭게 소리를 질렀다. "저리로 가, 뜨거워!"

"배고프다고요." 이반이 주위를 둘러보며 투정 부리다 할을 보았다. "쟤는 누구예요?"

"해리슨 벡이라고 해. 오늘 우리랑 같이 점심 먹을 거야." 글레이디스가 부엌 끝 쪽에 두 개의 커다란 싱크대를 가리켰다. "해리슨은 저기서 손을 씻고, 이반은 이리 와서 앉아. 솔직히 너를 여기 두고 잠시도 자리를 비울 수가 없어."

"나비넥타이 멋진데!" 이반이 비아냥거리듯 콧방귀를 뀌며 말했다.

바로 그때, 어린 소녀가 울면서 뛰어 들어왔다. 소녀의 핑크 공단 원피스에는 진흙이 뒤덮여 있었고, 뒤로 묶은 당근색 머리카락이 헝클어져 있었다.

"멜리! 무슨 일이야?" 글레이디스가 행주를 들고 소녀에게 달려갔다.

"글레이디스 아줌마!" 멜리가 울먹였다. "꽃 정원을 지나가고 있었는데 하얀 강아지 무리가 저한테 덤벼들었어요."

"너에게 덤볐다고?" 글레이디스가 놀라서 물었다. "다쳤어? 물린 건 아니고?" 글레이디스는 상처를 찾기 위해 멜리를 한 바퀴 돌려 봤다.

멜리가 코를 훌쩍였다. "강아지들이 저를 넘어뜨리고 저를 핥았어요!"

"강아지들이 너를 해치지 않아." 할이 손을 닦으며 말했다. "그 강아지들은 사람을 잘 따르고 좋아해."

멜리가 할을 노려봤다. 네 강아지들이야?"

"아니." 할은 자리에 앉았다. "랜즈베리 부인의 강아지들이야. 하일랜드 팰컨에서 만났어."

"멜리!" 글레이디스가 멜리의 어깨를 잡으며 엄격하게 말했다. "무슨 냄새야? 너 또 왕자비님 방에 갔었니?"

"아니에요!" 멜리의 파란 눈이 점점 커졌다. 멜리는 거짓말을 하는 게 틀림없었다.

"왕자비님 물건에 손대지 말라고 내가 몇 번이나 말했니?"

멜리의 아랫입술이 떨렸다. "전 단지 왕자비님의 향수를 아주 쥐똥만큼 뿌렸을 뿐이라고요."

"만약 허락 없이 왕자비님의 방에 간 거 들키는 날에는……." 글레이디스가 멜리를 식탁으로 데려가며 말했다. "네 엄마에게 말할 거야."

"그래서, 너 하일랜드 팰컨을 타 봤다고?" 테이블 저쪽에 있는 바구니에서 롤빵을 집어 들고 이반이 할을 돌아보며 말했다.

할이 열정적으로 고개를 끄덕였다. "하일랜드 팰컨은 정말 최고의 기차……."

"오직 괴짜들만이 기차를 좋아하지." 이반이 심드렁하게 말을 잘랐다.

"왕실의 기차를 보면 그런 말 다시는 안 나올걸?" 글레이디스가 식탁에 냄비 받침을 놓으며 꾸짖었다. "얼마나 아름다운데!" 글레이디스가 국자를 집었다. "자, 점심은 스코틀랜드식 으깬 감자 스콘에 요리사가 직접 만든 소시지와 사과 찜 요리야. 먹을 사람?"

모두 고개를 끄덕였고 글레이디스가 그들의 접시에 요리를 나눠 주었다.

"이반! 해리슨 좀 챙겨 줄래?" 글레이디스가 손수건으로 손을 닦았다. "나는 위층에 점심 만찬을 도우러 가야 해."

이반이 큰소리로 트림을 하고 할을 향해 심술궂게 웃었다. "알겠어요, 글레이디스 아줌마." 이반이 상냥하게 대답했다.

"그렇게 오래 걸리지는 않을 거야." 글레이디스가 부엌을 서둘러 나가면서 어깨너머로 말했다. "후식으론 냉장고에 생크림이 올려진 스펀지케이크가 있어."

잠시 어색한 침묵이 감돌았다. 이반이 음식을 시끄럽게 먹기 시작했고 멜리가 역겹다는 표정으로 이반을 쳐다봤다.

"성에서 산다는 것은 틀림없이 멋진 일일 거야." 할이 말했다.

"정말 그래." 이반이 대답했다. "우리 아빠는 이 성의 집사야. 이곳의 우두

머리지. 내가 가고 싶은 곳은 어디에나 갈 수 있어. 누구도 나에게 이래라 저래라 말하지 않아."

"네 아빠는 우두머리가 아니야!" 멜리가 비웃었다.

"나는 심지어 아빠도 모르는 장소를 알고 있어." 이반이 허풍을 떨었다. "이 성의 비밀 통로 지도도 가지고 있어. 때때로 여왕을 염탐하기도 해."

"거짓말이야!" 멜리가 눈을 돌려 할을 봤다. "우리 엄마가 시녀인데, 누구도 여왕 폐하를 염탐할 수 없을 뿐만 아니라 비밀 통로라는 것도 없어."

"비밀 통로는 있어."

"나한테 보여줄 수 있어?" 할은 갑자기 좋은 생각이 떠올랐다. "그 비밀 통로라는 거 보고 싶은데."

이반은 할의 말을 무시했다. "스펀지케이크 먹을 사람?" 이반이 의자에서 일어나 냉장고에서 후식을 꺼내 식탁으로 가져와서 자기 몫을 엄청나게 퍼 갔다.

"네가 가고 싶은 곳 어디라도 갈 수 있다는 게 정말 사실이라면 증명해 봐!"

할이 기회를 포착하고 말했다. 이반이 젤리와 커스터드를 입에 한가득 채우면서 눈썹을 치켜들었다. "싫다면 어쩔래?" 이반이 우물거리며 말했다.

할이 미소를 지었다. "그렇다면 네가 거짓말하는 거라고 알고 있을게." 할이 팔짱을 끼고 말했다.

"그러면 따라와." 이반이 의자에서 일어났다. "내가 거짓말쟁이가 아니란 걸 보여 주지."

할이 위층으로 이반을 따라갔다. 스코틀랜드의 산이 그려진 그림이 늘어선 복도를 걸어가는 동안 사람들이 떠드는 소리와 그릇이 부딪치는 소리가 들려왔다. 할은 어른들이 점심을 먹는 모습을 슬쩍 보고 싶었다. 할은 마일로가 누구랑 있는지 알아야 했다. 그들이 식당에 도착하기 전에 잘 차려입은 문지기가 문가로 나와서 이반의 손을 잡았다.

"이반!" 문지기가 단호하게 말했다. "여기서 뭐 하는 거야?"

"알렉 아저씨, 안녕하세요." 이반이 명랑하게 대답했다. "저는 해리슨에게 성을 보여 주고 있어요."

알렉은 이반을 의심스러운 눈초리로 쳐다봤다. "또 무슨 짓을 하려고? 네가 어떤 종류의 문제를 일으키려 하는지 잘 알고 있어."

"그가 손님인 걸 아시잖아요. 해리슨이 성을 둘러보고 싶다고 해서 성을 안내해 주고 있는 거라고요." 이반은 순진한 얼굴을 하고 있었다.

"그래? 그렇다면 잠깐 다른 곳을 둘러봐." 알렉이 흰 장갑을 낀 손가락을 휙 돌렸다. "왕실의 사교 모임에 너를 어슬렁거리게 할 수는 없어."

"좋아요." 몸을 돌리며 이반이 대답했다. "이리 와." 이반이 할에게 말했다.

"우리 이쪽으로 가자."

그들은 문을 지나 회양목 울타리 정원이 보이는 방으로 들어갔다.

"네가 원하는 곳이면 모든 곳을 다 갈 수 있는지 알았는데?" 할은 웃지 않을 수가 없었다.

"닥쳐!"

"어디에 비밀 통로가 있다는 거야?"

"저쪽에 하나 있어." 이반이 등받이가 긴 의자를 끌고서 창가 쪽으로 갔다. "와서 봐."

할은 호기심에 찬 표정을 하고 이반을 따라갔다.

"의자 위로 올라가서 창문 꼭대기를 따라 손가락을 더듬어 봐." 이반이 말했다.

할은 의자에 올라가서 창문 꼭대기에 손이 닿기 위해 까치발로 섰다.

"거기에 레버가 있는데 만져지니?"

할은 최대한 높이 서서 손끝으로 나무틀을 따라서 만져 보았지만 아무것도 없었다. 갑자기 탁 하는 소리가 났고 어떤 손이 할을 세게 밀었다. 할은 열려 있는 창문을 통해서 앞으로 꼬꾸라졌다. 화단으로 떨어져서 턱이 차갑고 축축한 땅속으로 박혔다. 할은 입 속으로 들어간 흙을 뱉었다. 갑자기 위쪽에서 쾅 하고 큰소리가 났다. 할이 올려다보니 이반이 창문을 닫고 손을 흔들며 할을 보고 웃고 있었다.

일어나면서 할은 창밖으로 떨어진 게 아무렇지도 않은 것처럼 보이려고 노력했다. 주머니에 손을 넣고 절뚝거리지 않으려고 애쓰며 천천히 걸었다. 화단으로 넘어지면서 무릎에 진흙이 묻었다. 할은 왕자의 옷을 입은 이후로 처음으로 이 간질거리는 재킷을 입기를 잘했다고 생각했다. 떨지 않으려고 턱은 아래로 하고 양팔로 옆구리를 껴안았다. 바람이 차가웠다. 서둘러 모퉁이를 돌면서 할은 다시 성으로 들어가는 길을 찾고 있었다. 세차게 부는 바람이 스티븐의 과장된 저음과 시에라의 쩌렁쩌렁 울리는 웃음소리의 방향을 알려 주었다. 할 앞에 유럽형의 돌출형 창문이 금빛으로 빛났다. 유리 창문 안쪽 표면에 물방울이 맺혀 있어서 누군가 꼭대기 미닫이 창문을 재빨리 열었다.

할은 조심스럽게 화단 쪽으로 가서 식당을 몰래 봤다. 그곳은 할이 상상한 그것만큼 그렇게 크지는 않았다. 할은 화강암으로 만들어진 벽난로를 보았고, 그 위에는 천장의 주름진 돌림띠 장식에까지 뻗어 있는 거대한 거울이 있었다. 왕자는 식탁 한쪽 끝에 앉아 있었고 왕자를 사이에 두고 리디아 피클과 랜즈베리 부인이 앉아 있었다. 왕자비는 반대쪽 끝에 앉았고 그 양옆에는 넷 삼촌과 마일로가 앉았다. 마일로가 왕자비 바로 옆에 앉아 있어서 놀

랐지만, 아틀라스 목걸이가 아직 왕자비의 목에 걸려 있는 것을 보고 할은 안심했다.

할은 스케치북을 꺼내서 각각의 사람들이 앉은 곳을 표시하면서 식탁을 그렸다.

모든 면에서 불쾌해 보이는 모습이 이반과 비슷해서 이반의 아버지일 거라 여겨지는 남자가 검은색 옷을 입고 마호가니 장식장 앞에 서 있었다. 그는 방을 살피며 음식을 제공하는 시종들에게 조용하지만 확실한 손짓을 했다. 할은 어떤 사람도 그의 감시하에 왕자비의 목걸이를 훔쳐 갈 수 없으리라는 것을 바로 알 수가 있었다.

"이 오래된 성과 귀족의 저택 문제는……." 스티븐 피클이 남작에게 말했다. "유지하는 데 너무 돈이 많이 든다는 거야. 유지 보수비에 직원들 월급 그리고 보험료에 관해선 골치 아파 생각하기도 싫다니까."

어니스트 화이트는 왕실의 식탁에 앉아 계속해서 시종들을 도우려는 자신을 발견하곤 몹시 곤혹스러워하는 것처럼 보였다. 다른 쪽 식탁 끝에는 왕자비가 마일로가 아직 결혼하지 않은 것을 놀렸다.

"당신은 결혼을 영원히 미룰 수는 없어요."

시에라가 킥킥거렸다.

할은 마일로의 얼굴에 집중하면서 페이지를 넘겨 으르렁거리는 듯한 입술과 검은 눈을 덮을 듯한 성난 이마 주름을 같이 그렸다. 마일로는 여러모로 범죄자 같아 보였다.

랜즈베리 부인이 왕자와 말에 관해 이야기를 나누는 동안에도 왕자는 고개를 끄덕였지만 눈은 몇 초 간격으로 식탁 끝에 앉아 있는 아름다운 아내를 보면서 반짝였다.

할은 다른 페이지로 넘겨서 랜즈베리 부인의 옆모습과 아내에게 마음을 빼앗긴 왕자를 스케치했다. 왕자의 모습은 실제가 그림보다 더 인상적이었다.

그때 갑자기 뒤통수에 뭔가 따끔한 통증이 느껴졌다. 주위를 둘러보며 벌에 쏘인 건가? 생각하는 순간 팔목과 뺨에도 따가움이 느껴졌다.

할이 바닥에 떨어진 종이로 만든 공을 본 순간 우박처럼 종이공들이 빠르게 할을 향해 쏟아졌다. 할은 뒷걸음쳐서 벽으로 가서 위를 올려다봤다. 거기에 - 위쪽 작은 탑 안에 - 밀짚모자를 쓰고 창가에 기댄 이반이 있었다.

"얼간이!" 이반이 소리쳤다.

속으로 이반을 욕하며 할은 비가 오는 길가로 뛰어들었다. 이반이 던진 종이공에 맞은 팔목에 빨간 표시가 남았다. 빗방울이 점점 더 굵어지자 스케치북을 재킷 주머니에 넣고 전력 질주했다. 할은 모퉁이를 돌고, 또 돌고, 또 돌았다. 멀리서 발모럴성으로 들어온 입구가 보였다.

철제 고리를 들어 올리자 입구 문이 열려 할은 안심했다. 흠뻑 젖은 할은 안으로 들어가서 강아지처럼 몸을 털었다. 내려다보니 무릎과 정강이가 진흙 범벅이었다. 빗방울이 코끝에서 방울방울 떨어졌다. 수건으로 쓸 만한 것을 찾으러 주위를 둘러봤다. 그런데, 거기에 그것이 있었다. 마일로의 흑연색 모직 코트. 조금 전에 비밀스러운 종이를 집어넣은 주머니가 있는 마일로가 입었던 바로 그 옷.

할의 바로 앞, 벽 옷걸이에 걸려 있었다.

chapter 16

비밀과 속임수

남의 주머니를 뒤지는 것은 옳지 않은 일이야. 그렇지만 보석을 훔치는 일은 더 나빠. 귀걸이와 브로치가 이 주머니에 있으면 어떻게 해? 할은 크게 숨을 쉬고 마일로의 옷 주머니에 손을 넣어 구겨진 종이 한 장을 꺼내 펼쳤다.

사람들이 점점 의심의 눈초리로 쳐다봐요.

당신은 더 조심하셔야 해요.

그렇지 않으면 우리는 발각될 거예요.

우리가 세운 계획에 집중하세요.

당신이 평정심을 유지하고 사람들 눈에 띄지 않으면

우리가 꿈꾸던 모든 것을 가질 수 있어요.

런던에 도착해서 무사히 기차에서 내리면,

누구도 우리를 막을 수 없어요.

마일로에게 공범이 있다니! 할은 레니에게 보여 주기 위해 스케치북을 꺼내 쪽지의 내용을 빠르게 베꼈다. 까치가 한 명이 아니야, 두 명이야!

"너 거기서 뭐 하고 있어?"

"앗 깜짝이야!" 놀란 할은 펜을 떨어뜨림과 동시에 소리를 지르며 주위를 둘러봤다.

멜리가 1미터 떨어진 곳에서 할을 보며 서 있었다. "너야말로 뭐 하는 거야? 간 떨어지는 줄 알았잖아!"

"너를 찾으러 왔어. 이반이 너를 골탕 먹일 것 같아서."

"벌써 그렇게 했어." 떨어뜨린 펜을 주우며 말했다. "이반이 창가에서 나를 밀어 떨어뜨리고 종이공을 던졌어." 할이 손목에 종이공 맞은 자국을 가리켰다. "진흙투성이가 된 데다가 흠뻑 젖었어."

"더 나쁜 짓도 많이 했어." 반쯤 미소를 띤 채 멜리가 말했다. "이반이 나의 사촌을 돼지우리에 가뒀어. 돼지들은 걔를 먹을 거로 생각한 거 같아." 멜리는 스케치북을 보려고 할 쪽으로 움직였다. "그 코트 주머니 뒤져서 뭐 했어?"

"너한테 말할 수 없어." 할은 스케치북을 빠르게 닫으며 말했다. "넌 너무 어려."

"나 일곱 살 반이야." 멜리는 머리를 곤추세웠다. "너 뭔가 훔치는 것처럼 보였는데."

"아니야! 음…… 너에게 말하면 아무에게도 말하지 말아야 해."

멜리가 고개를 끄덕였다. "약속할게."

"지금 어떤 사건에 대해 수사하는 중이야." 할은 마일로의 종이쪽지를 꾸겨서 마일로의 코트 주머니에 다시 넣었다. "아주 중요한 일이야. 비밀 탐정 작업이지."

"무엇을 수사하고 있는데?" 멜리가 갑자기 너무 가까이 와서 할의 발을 밟을 뻔했다. "나를 믿어도 돼. 시종은 비밀을 잘 지키거든."

"시종이라고?"

"크면 그렇게 될 거야, 우리 엄마처럼."

"그렇구나." 할이 미소를 지었다. "틀림없이 넌 그 일을 잘할 거야."

"고마워." 멜리의 얼굴이 순간 빛났다. "원한다면 네 탐정 작업을 도울 수도 있어. 어떤 범죄야?"

"아직 일어나지 않았지만, 기차 승객 중 한 명이 왕자비님의 다이아몬드 목걸이를 훔치려는 계획을 세우고 있다고 생각하고 있어."

"아틀라스 다이아몬드?" 멜리는 묶은 말총머리가 좌우로 흔들릴 정도로 고개를 세차게 흔들었다. "그건 불가능해. 왕자비님 곁에는 하이드리안이라는 이름의 경호원이 있는데, 그 경호원이 왕자비님이 목걸이를 거는 동안 항상 지켜보고 있어. 하이드리안은 어마어마하게 덩치가 커서 꼭 거인 같아."

"왕자비님이 목걸이를 착용하지 않을 때는?"

"그때는 아틀라스 다이아몬드를 숫자 잠금장치가 있는 특수 금고에 넣고, 하이드리안이 수갑으로 금고를 자기 팔목에 연결해서 차고 있어."

"여기 있었구나." 글레이디스가 그들에게 다가오며 손뼉을 치며 큰소리로 외쳤다. "도련님, 이제 기차로 돌아갈 시간입니다. 멜리, 고마워. 어……." 글레이디스는 당혹스러운 표정으로 할의 진흙투성이 바지를 봤다.

"우리의 손님을 잘 돌봐 달라고 했을 텐데."

"별거 아니에요. 잘 가 해리슨." 멜리가 할을 포옹하며 속삭였다. "사건을 해결하길 바랄게."

"안녕 멜리, 고마워."

"도대체 무슨 일이 있었던 거니?" 할이 복도 쪽으로 내려오자 삼촌이 할을 쳐다보며 외쳤다. "너 완전 물에 빠진 생쥐 꼴이야."

"그러니까…… 그게……."

"내가 맞춰 볼까? 너 아무 곳도 아닌 곳에 가서 아무 일도 안 하고 왔지?" 삼촌의 눈이 반짝거렸다.

할이 웃었다. "비슷해요."

"기차로 돌아가면 나한테 말해 줘."

할이 고맙다는 듯이 고개를 끄덕이며 문 쪽으로 가려는데, 삼촌이 할의 어깨를 잡았다. "성을 나갈 때는 사회적 지위에 따라 순서대로 나가야 해."

"그게 무슨 말이에요?"

"우리는 작위가 없으니깐 제일 나중에 나갈 거야. 우리는 서민이라고 했던 말 기억하지?" 삼촌이 눈썹을 꿈틀거렸다.

제일 먼저 왕자 부부가 문을 통해 나갔다. 그 뒤를 남작의 에스코트를 받으며 랜즈베리 부인이 나갔고 이어서 마일로가 뒤따라 나갔다. 검은색 차들이 자갈길에 줄지어 서 있었다. 차량이 여섯 대로 늘었다. 왕자의 차 옆에 서 있는 사람은 할이 이제껏 본 사람 중에 가장 큰 사람이었다. 그는 들소 같은 어깨를 가졌고, 다른 사람보다 머리 크기만큼 키가 더 컸다. '하이드리안이구나.'

그들이 떠나고 많은 자원봉사자가 왕자 부부의 출발을 위해 분주히 발라터역을 장식했다. 하일랜드 팰컨이 원래의 위치에 정렬되어 있었다. 제일 앞쪽에 빛나는 클라레 기관차가 애버딘으로 가는 지선으로 객실을 끌고 갈 준비를 마쳤다. 그리고 수백 명의 사람이 길 밖에 줄지어 서서 영국 국기를 흔들었다.

"와!" 창밖을 바라보는 할의 얼굴에 봄바람이 스쳤다.

"이 지선은 오랫동안 사용되지 않았지." 삼촌이 말했다. "몇 년 전에 이 역이 화재로 전소되는 비극적인 일이 있었단다. 오늘은 발라터역 재개장을 축하하는 날이기도 해."

그들이 탄 차가 역을 지나 승강장까지 이르는 레드카펫 옆에 멈추자 모두 차에서 내렸다. 할은 환호하는 사람들을 보자 얼굴이 빨개졌다. 아무도 진흙 투성이의 바지를 보고 있지 않기를 바랐다.

왕자 부부는 마지막 차에 있었다. 할은 사람들의 환호성이 극에 달했을 즈음 기차에 탔다. 왕자가 한 퇴역 군인과 악수하고 꽃다발을 든 한 소녀가 왕자비에게 다가갈 때, 삼촌이 할에게 말했다. "나는 여기 남아서 지켜봐야 하니깐 너 먼저 들어가. 옷부터 갈아입어야 할 것 같구나."

객실에 들어가서야 할은 안도의 한숨을 내쉬었다. 할은 블라인드를 내리고 재빨리 청바지와 엄마가 짜 준 밤색과 파란색이 섞여 있는 스웨터로 갈아입었다. 운동화를 신으려고 바닥에 앉았는데, 신발에 종이쪽지가 있었다. '버스모어역에서 스콘을 주문할 것'

레니가 보낸 쪽지였다. 할은 재킷 주머니에서 스케치북을 꺼내 쪽지를 그 사이에 넣었다.

삼촌이 들어와서 소파에 앉았다. "그들은 어떻게 그렇게 계속 미소 지을 수 있는지 모르겠어. 점심을 너무 많이 먹어서 며칠 동안 아무것도 안 먹어도 될 것 같구나."

할이 삼촌을 쳐다봤다. "버스모어역이 어디예요?"

"이 지선을 따라 몇 정거장 안에 있어." 삼촌이 느긋한 표정으로 대답했다. "약 30분 후에 지나갈 거야. 그 역에서 멈추진 않아. 지금 왕자님 부부가 승차하고 있어서 모든 역을 천천히 지나갈 거야. 그래야 왕자님 부부가 사람들에게 손을 흔들 수 있거든."

"저 스콘 시켜도 돼요?"

"글레이디스가 점심 안 줬니?

"네. 아니…… 곧 배가 고파질 것 같아서요."

"그렇게 해." 삼촌이 의아해하면서 고개를 저었다. "보기보다 많이 먹는구나." 삼촌은 눈을 감았다. "오늘 있었던 일정에 대해 정리 좀 하고 나중에 기록해야겠다. 고든에게 더러워진 바지에 대해 말해, 그럴 수 있지?" 삼촌은 졸린 듯이 숨을 쉬었다.

잠시 후 삼촌이 코를 골자 할은 인터폰 벨을 눌렀다.

"여보세요? 무엇을 도와드릴까요?" 스피커 너머로 에이미의 목소리가 딱딱하게 들렸다.

"버스모어역에서 스콘을 주문하고 싶어요." 할이 낮은 목소리로 말했다. "저는 해리슨 벡이요."

"휴게실에서 드실 건가요?"

"네, 그럴 거예요. 감사합니다." 인터폰을 내려놓았다.

할은 왕자 부부가 사람들에게 인사하는 것을 보기 위해 서둘러 전망차로 갔다. 왕자 부부의 인사가 끝나자, 하일랜드 팰컨이 기적을 울리고 사람들의 환호 속에서 증기를 내뿜으며 출발했다. 아이작은 전망차 베란다에서 선로 양쪽에서 손을 흔들며 환호하는 사람들의 사진을 찍고 있었다. 할은 아이작 옆에서 사라지는 발모럴과 그들 뒤로 뻗어 있는 구불구불한 철도를 보았다.

"이제 문 좀 닫아!" 가죽 안락의자에 앉은 마일로가 성난 목소리로 말했다. "추워 죽겠네!"

안으로 들어와서 사과하면서, 할은 하이드리안의 존재가 마일로를 화나게 한 것은 아닐까 생각했다. 할은 구석 자리에 앉아 스케치북을 꺼냈다. 마일로의 쪽지를 베낀 글을 보며 마일로의 공범이 누구일까 생각했다. 할은 레니와

빨리 얘기하고 싶었다.

기차가 덜커덩거리며 애버딘을 향해 출발하자 할은 새 페이지에 발모럴성을 그리기 시작했다.

할은 조용히 빅토리아 여왕의 속도 제안에 감사했다. 기차가 천천히 움직여서 그림 그리기가 한결 수월했다.

기차가 버스모어에 가까워지자 할은 휴게실로 향했다. 가는 중에 게임 룸을 지나쳤는데, 그곳에서 어니스트 할아버지와 남작이 당구를 하고 있었다. 루시는 도서관에서 책을 읽고 있었다. 루시가 들고 있는 책이 '용의 증기'임

을 알았지만 멈출 시간이 없었다. 하일랜드 팰컨이 속도를 줄여 기어가듯 버스모어역을 지나갔고, 손을 흔드는 사람들이 창문 밖으로 보였다.

랜즈베리 부인은 휴게실에서 페이션스 카드놀이를 하고 있었다. 할은 랜즈베리 부인의 맞은편 테이블에 앉아 백작 부인에게서 등을 지고 창문을 바라보았다.

어깨에 쟁반을 올린 에이미가 도착했다. 에이미는 딸기잼, 클로티드 크림과 함께 두 개의 스콘이 든 접시를 할의 테이블 위에 올려놓았다. 에이미는 금색 다이얼이 달린 구식 크림색 전화기를 들어 올려 벽에 있는 콘센트에 케이블을 꽂고 윙크했다.

에이미가 떠나자 로완이 들어와 랜즈베리 부인 맞은편에 앉았다.

"기차 타기 전에 개들 용변 보게 했어?" 랜즈베리 부인이 차갑게 물었다.

"네." 로완이 고개를 끄덕였다. "모두 봉투에 넣어서 이름을 적어 놨어요."

"잘했어. 그리고 개들 먹이 줬어?"

로완이 곁눈질로 할을 봤다. "아직요."

"아직이라니 무슨 말이야?" 랜즈베리 부인이 화난 속삭임으로 명령했다. "세상에! 빨리 먹여!" 랜즈베리 부인은 잠시 뜸을 들이더니 큰소리로 말했다. "불쌍한 내 강아지들이 얼마나 배가 고프겠어."

할은 스콘을 반으로 잘라 딸기잼을 발랐다. 전화기에 빨간 불빛이 반짝였다. 할은 빵칼을 내려놓고 수화기를 들었다. "여보세요?"

"나야!" 레니의 목소리였다.

"어디야?"

"기차 앞쪽 발전기실에 있어."

"어디?"

"가방 보관소 근처. 기억 안 나? 스콘을 들고 나를 찾으러 와."

"그런데, 나는 못…… 여보세요? 레니?"

전화가 끊겼다.

할은 전화기를 제자리에 놓고 주위를 살폈다. 랜즈베리 부인은 다시 혼자였다. 할은 빠르게 스콘에 크림을 발라 냅킨에 쌌다. '어떻게 기차의 반대편으로 가야 하지? 왕실 객차를 통과해서 가야 하는데, 그곳엔 왕자 부부가 있어서 경호원이 지키고 있잖아.' 할은 스콘을 들고 일어서며 말했다. "방에 가서 먹어야겠다."

chapter 17

전기 둥지

할은 스콘을 들고 걸으며 왕실 객차를 통과해야만 하는 그럴싸한 이유를 생각해 내려고 머리를 쥐어짰다. 금지 구역의 문 앞에 도착해서 숨을 크게 쉬고 노크했다.

"실례합니다." 문을 열어 주는 파란색 제복을 입은 근육질 남자에게 말했다. "이곳을 통과해서는 안 된다는 것을 알고 있는데, 그레이엄 차장 아저씨…… 그 아저씨를 만나 봤나요? 그 아저씨는 정말 친절해요…… 오늘이 그 아저씨의 생일이에요……." 할 자신이 생각해도 말이 안 되는 소리였다. "그래서 아저씨에게 선물로 주려고 스콘을 가지고 왔어요." 할은 스콘을 싸고 있는 냅킨을 들어 올렸다. "여기를 지나서 그 아저씨에게 선물을 주고 싶은데…… 생일 축하 노래를 불러 주고 싶어요." 할은 자기가 할 수 있는 가장 공손한 미소를 지어 보였다. "아저씨가 원한다면 저를 뒤져 보거나 그곳까지 데리고 가도 돼요."

그 경호원은 웃으며 할에게 통과하라고 손짓하고 손가락을 입술에 댔다.

할은 인사를 하고 거실을 통과해 통로 쪽으로 서둘러 갔다. 하이드리안은 레니를 처음 발견한 왕자 부부의 객실 앞에 서 있었다.

하이드리안은 천장에 머리가 닿는 것을 피하려고 머리를 숙여야만 했기 때문에 기차 내부에서 보니 훨씬 더 커 보였다. 꿰뚫어 보는 것 같은 표정으로 할을 쳐다보는 남자에게 미소를 지으며 지나가려니 할의 심장은 터질 것 같았다.

서비스 차량에 들어가 문을 닫자마자 긴장이 풀려 주저앉았다. 할은 다시 한번 호흡을 가다듬고 가방 보관소를 빠르게 지나 노란색 삼각형이 그려져 있는 문으로 가서 노크했다. 문이 열렸고 한 손이 나와서 할의 손목을 잡아 안쪽으로 끌어당겼다.

"자, 그럼." 스콘을 가져가면서 레니가 물었다. "무슨 일이 있었어? 마일로가 아틀라스 목걸이를 훔치려고 했어? 발모럴성은 어떻게 생겼어? 그 목걸이 봤니?"

발전기실은 덥고 어두웠으며 디젤 냄새가 났다. 마음을 불안하게 만드는 윙윙거리는 소음이 깜빡이는 불빛과 색색의 케이블이 있는 금속 장치에서 나왔다. 그 장치 앞 바닥에 레니는 낡은 수건과 테이블보로 둥지를 만들었다.

"여기 위험하지 않니?"

"발전기를 건드리지 않으면 안전해, 이리 와서 앉아. 무슨 일이 있었는지 듣고 싶어."

"아무 일도 일어나지 않았지만……."

"아무 일도?" 레니가 놀란 눈으로 할을 쳐다봤다. "확실해?"

"더 들어 봐. 발모럴성에 도착했을 때, 성안에 있는 아이들과 같이 점심을 먹으라고 부엌으로 보내졌지 뭐야. 하지만 이반이라는 아이를 이용해 창문 밖으로 나가 어른들을 볼 수 있었어."

"잘했어!"

할은 약간의 거짓말에 얼굴을 붉혔다. "왕자비님은 항상 목걸이를 차고 있었어."

"아틀라스 목걸이 봤어? 어떻게 생겼어?"

"크고 반짝거려?"

레니가 눈을 희번덕거렸다. "마일로는 왕자비님 옆에 앉았지만 그걸 건드릴 수조차도 없었어. 그곳엔 보는 사람이 너무 많았거든. 그리고 마일로가 그걸 훔칠 수 있다고 생각하지 않아. 왜냐하면 하이드리안이라는 거인 같은 경호원이 목걸이를 주시하며 왕자비님을 항상 따라다녀."

"그렇지만 마일로도 아틀라스 목걸이를 지키는 경호원이 있으리라는 것쯤은 알고 있었을 텐데."

"게다가……." 할이 멈췄다. "뭔가를 발견했어." 할은 레니가 궁금해하는 표정을 즐기고 있었다. "발모럴성의 모퉁이를 계속 달려서 현관을 찾았어. 현관에 들어서면 방문자의 코트를 걸어 놓는 곳이 있어."

레니가 갑자기 일어섰다. "너, 설마?"

할이 고개를 끄덕였다. "마일로의 코트 주머니를 뒤졌어."

"그래서?"

"거기에 종이쪽지가 있었어."

"읽어 봤어? 뭐라고 쓰여 있었어?"

스케치북을 꺼내 베껴 쓴 페이지를 넘겨 레니에게 보여 주었다.

"오마이갓! 마일로에게 공범이 있었어!" 레니가 숨을 죽이고 말했다. "그렇겠지!" 레니가 딸기잼을 넣은 스콘을 입에 밀어 넣었다. "마일로는 공범과 같이 아틀라스 목걸이를 훔칠 거야."

"하지만 하이드리안이 아틀라스 목걸이를 얼마나 철저하게 지키고 있는지 너도 한번 봐야 해. 왕자비님이 아틀라스 목걸이를 착용하면 하이드리안이 그림자처럼 왕자비님 옆에 붙어 있어. 그리고 왕자비님이 목걸이를 하지 않을 때는 금고에 넣어 하이드리안의 손목에 연결해서 지킨다고."

"대박! 만약 그런데도 마일로가 아틀라스를 훔친다면 나는 마일로를 존경할 거야." 레니가 스콘 부스러기를 여기저기 흘리며 말했다.

"쪽지에 계획대로 하자고 쓰여 있었어." 할이 스케치북을 닫았다. "어쨌든,

그들은 목걸이를 훔칠 수 있다고 생각해."

"혹시 하이드리안이 공범 아니야?" 레니가 할의 스케치북을 빼앗아 넘겨 보며 말했다. "혹은 누가 보든 말든 상관하지 않고 그들이 목걸이를 가로채 간다면?"

"내가 무슨 생각을 하고 있는지 알아?" 할이 말했다. "브로치는 배지처럼 옷에 고정하지."

"그래서?"

"아무도 눈치채지 못하게 훔치기는 어렵다는 거야. 그런데 아무도 눈치채 지 않게 그걸 훔쳤다는 것은 손이 엄청 빠른 사람이라는 거야."

"리디아 씨가 감각이 둔하던가?" 레니가 말했다. "실제로 리디아 씨는 둔 하기도 해."

"아니, 확실하지는 않아."

레니가 마일로를 그린 할의 그림을 봤다. "저 상처…… 마일로는 보석 도 둑처럼 생겼어."

"마일로는 발모럴성에서 좀 이상스럽게 행동했어. 강아지들이 소동을 일 으켜 모든 사람이 앞으로 뛰어갔는데 마일로만 살며시 현관 입구 쪽으로 갔 다가 사라졌어."

"무슨 소동?"

"로완이 강아지들을 통제하지 못했어. 그래서 강아지들이 왕자비님을 넘 어뜨렸어." 할이 말했다. "로완은 형편없는 강아지 조련사야. 랜즈베리 부인 은 화가 많이 나서 사람들이 다 보는 앞에서 로완에게 엄청 화를 냈어. 그래 서 로완은 당황한 거 같았어. 그런데 좀 이상한 게 있었어. 로완이 베일리를 아들이라고 부르고, 랜즈베리 부인은 강아지 이름을 모두 잘못 부르고 있었어. 그 다섯 마리가 내 강아지들이라면 절대로 이름을 잘못 부르는 일은 없을 거야."

"그래, 너는 강아지를 너무 좋아하니깐." 레니가 할이 그린 강아지 그림 두 장을 펴 보고 있었다.

"맞아, 그렇긴 하지." 할이 웃었다. "자, 이제 우리가 뭘 해야 하지?"

"애버딘에 도착했을 때 왕실의 순회가 공식적으로 시작할 거야. 왕자비님은 그 유명한 아틀라스 목걸이를 틀림없이 착용할 테고 말이야. 사람들이 그것을 보고 싶어 하거든."

"까치가 그때 활동을 시작할 거라고 생각하는 거야?"

"응, 공범이 하이드리안의 주의를 산만하게 할 거야." 레니가 말했다. "하이드리안의 시선을 딴 데로 돌리게 만드는 일을 하는 거지."

"공범이 누구라고 생각해?" 할이 물었다.

"시에라 누나가 공범일 수 있어. 그녀는 항상 마일로의 귀에다 소곤거리잖아. 게다가 예전에 훔친 일이 있다는 거 너도 알지?"

"나도 그렇게 생각하고 있었어."

레니가 고개를 끄덕였다. "너는 그 목걸이를 밀착 감시해야 해. 어떤 것에도 주의를 빼앗겨선 안 돼." 객차가 기우뚱하더니 속도를 줄였다. 레니는 시간을 확인해 봤다. "기차가 페리힐 측선으로 다시 갈 거야. 너 이제 가야겠다."

할은 발뒤꿈치를 들고 서비스 차량을 단숨에 지나간 다음 천천히 주뼛주뼛 왕실 객차로 들어갔다. 할은 왕자 부부가 객실에서 나오자 하이드리안이 인사를 하고 옆으로 물러나는 것을 보았다. 왕자비는 에메랄드그린 드레스로 갈아입었지만 레니가 말한 대로 여전히 아틀라스 다이아몬드를 목에 걸고 있었다. 기차가 애버딘역을 덜컹거리며 다가갈 때, 할은 전망차로 향하는 왕자 부부 일행을 조심스럽게 따라갔다.

예닐곱 명 규모로 이루어진 집단의 사람들이 승강장 깊숙이 들어와서 환호했다. 하일랜드 팰컨을 보는 사람들의 경외심에 찬 얼굴을 보고 있자니 할은 묘한 자긍심이 생겼다. 이 기차를 탄 게 얼마나 행운인지 깨달았다. 할은 삼촌이 어디 있나 찾다가 삼촌이 어니스트 화이트와 얘기하는 것을 봤다.

"넷 삼촌!" 객실을 지나가며 할이 말했다. "전에 미처 말을 못 했는데요, 하일랜드 팰컨에 저를 데리고 와 주셔서 감사합니다." 할은 뺨까지 스멀스멀 기어오르는 수줍음을 느꼈다. "하일랜드 팰컨은 정말 훌륭한 기차예요!"

삼촌의 얼굴에 미소가 번졌다. "어니스트 씨, 봤죠? 곧 할이 기차 덕후가 될 것 같은데요. 할, 네가 좋아하니 나도 기쁘구나."

할이 고개를 끄덕였다. "하일랜드 팰컨을 안 탔으면 큰일 날 뻔했어요."

아이작은 이미 사진을 찍으며 일하고 있었다. 왕자비는 베란다 문 옆에 시에라와 함께 있었다. 왕자비가 손으로 부채질하며 말했다. "너 혹시 손가방에 향수 있니?"

"항상 들고 다니지." 시에라가 손가방에서 팔각형 향수를 꺼냈다.

"가이에스타라! 내가 가장 좋아하는 향수야."

"나도 항상 이 향수 뿌려. 최애 향수지."

시에라가 왕자비의 목에 향수를 뿌렸다.

"나 어때 보여?" 왕자비는 다소 긴장한 듯 보였다.

"완벽해!"

기차가 승강장 쪽으로 다가갈수록 멀리서 들리는 금관 악기 밴드 소리가 점점 커졌다. 왕자비가 뒤를 돌았을 때 할의 눈과 마주쳤다. "너도 흥분되지? 그렇지 않니?" 왕자비가 말했다.

"아틀라스 목걸이를 착용하는 거 걱정되지 않으시나요?" 할의 입에서 불쑥 말이 튀어나왔다. "만약 도난당하면 어떡해요?"

"난 그런 걱정할 필요 없단다. 하이드리안이 모든 것을 관리해 주거든." 왕자비는 할의 뒤에 서 있는 하이드리안을 가리켰다. 왕자비는 손을 입으로 가져가 컵 모양을 만들어 속삭였다. "그래도 약간 무거워."

"아⋯⋯." 할이 무어라 대답해야 할지 몰라 하자 왕자비가 키득거렸다.

기차의 모든 승객이 지금 여기 전망차에 모여 있었다. 마일로는 혼자서 바에 기대고 서 있었다. 하일랜드 팰컨이 증기구름을 내뿜으며 멈추자 왕자 부부가 베란다로 나갔다. 사람들이 기쁨으로 환호성을 지르자 할은 미소를 숨길 수가 없었다. 검정 양복에 커다란 금목걸이와 메달을 목에 메고 활짝 웃고 있는 한 남자의 도움을 받아 왕자 부부는 승강장에 내렸다.

"애버딘 시장이야." 삼촌이 수첩에 뭔가를 끄적이며 말했다.

"우리도 내려요?" 시선이 목걸이를 따라가며 할이 물었다.

"아니, 왕자님 부부는 사교적인 인사만 건넬 거야. 아이작이 사진을 찍고 나면 우리는 왕실 여행의 첫 번째 구간으로 갈 거야." 삼촌이 할을 쳐다봤다. "오늘 저녁에 축하 만찬이 있을 거야. 모두 최고의 예복을 갖춰 입어야 해."

"그렇지만 빌린 옷이 진흙투성이인데 어떡해요?"

고든 씨에게 세탁해 달라고 부탁하는 것을 깜빡한 것을 깨닫고 할은 당황했다.

"청바지 입어도 돼요?"

"청바지는 안 돼." 삼촌이 고개를 흔들었다. "걱정 마! 고든 씨가 체크무늬 바지와 재킷이 있다고 했으니 빌리면 돼."

"네? 체크무늬 바지요?"

삼촌이 웃음을 터뜨렸다.

"농담이죠?"

"네 얼굴을 너도 봐야 하는데…… 하하하." 삼촌이 크게 웃었다.

할은 고개를 저으며 삼촌을 보며 웃었다. "저한테 장난친 거예요?"

역에서의 행사는 간단했다. 할은 아틀라스 다이아몬드를 주시했지만 어떤 사람도 그 근처 1미터 이내로 가까이 가지 않았고, 하이드리안은 그림자처럼 흔들림 없이 그곳에 있었다. 왕자 부부가 베란다로 돌아오자 기적이 울렸고, 하일랜드 펠컨이 떠나가자 사람들은 환호성을 질렀다.

기차가 애버딘 아래쪽을 향해 터널 안으로 들어갔다. 전망차의 유리가 검게 변했고 전기 샹들리에가 켜졌다. 왕자 부부가 베란다에서 전망차 안으로 들어서자 승객들이 손뼉을 치며 왕자 부부를 환영했다.

에이미가 음료수를 주며 승객들 사이를 지나다녔다. 리디아의 브로치가 사라지던 전날 밤과 정확하게 같다는 느낌이 들었다.

시에라가 레코드를 켜자 음악이 객실을 채웠다. "여기 하일랜드 펠컨의 유종의 미를 장식하는 멋진 여행을 위하여 건배합시다. 그리고 이제 결혼 생활을 시작하는 나의 사랑하는 친구와 잘생긴 남편의 첫걸음을 위해 축하의 건배를 합시다." 시에라가 잔을 들어 한 모금 마시고는 춤을 추기 시작했다.

왕자가 오른손을 내밀자 왕자비가 미소를 지었다. 왕자비가 왕자의 손을 잡자 왕자는 왕자비를 빙글 돌려서 왼팔로 안았다. 그 순간, 아틀라스 다이아몬드가 왕자비의 목에서 흔들리면서 목걸이의 체인이 왕자의 옷깃 단추에 걸렸다. 왕자가 왕자비의 등을 돌리자 목걸이가 산산조각으로 깨졌다. 할은 깜짝 놀라 멍하니 그 장면을 바라보았다.

달걀 크기의 다이아몬드가 바닥에 떨어져 수천 개의 조각으로 흩어졌다.

chapter 18

산산조각 난 다이아몬드

전망차에 시에라의 날카로운 비명 소리 후에 오랫동안 정적만 감돌았다. 승객들은 깨진 다이아몬드와 바닥 여기저기 산산조각이 난 파편을 바라보았다.

할은 다이아몬드 전문가는 아니지만, 그것이 깨질 수 없다는 것은 알고 있었다. 왕자비는 곧 쓰러질 것처럼 보였다. 할은 어깨가 경직되는 것을 느꼈다. 기차가 터널 밖으로 나오자 빛으로 가득했고 삼촌이 할 옆에 있었다.

왕자가 아내를 옆으로 껴안고 목소리를 가다듬었다. "신사 숙녀 여러분 오늘 밤 만찬은 급하게 여기서 끝내야 할 것 같습니다." 왕자의 표정은 돌처럼 굳어 있었다. "하이드리안, 수사를 위해 목걸이의 남은 부분을 수집하세요."

왕자비의 눈은 눈물로 가득했다.

"놀라지 마세요. 이것은 내가 준 목걸이가 아니에요." 왕자는 왕자비의 목에 남은 체인을 들어 올려 하이드리안에게 건넸다. "이것은 모조품입니다. 문제는 진품이 어디에 있냐는 겁니다." 왕자가 인상을 쓰며 말했다.

삼촌이 할을 출구 쪽으로 밀고 갔다. 어쨌든, 마일로가 해냈다! 할은 뒤를 돌아서 초고속 스케치하듯 자기가 볼 수 있는 모든 세부 사항을 놓치지 않으려 노력하면서 방을 훑어보았다.

'모든 사람이 보는 앞에서 감쪽같이 목걸이를 모조품으로 바꿔치기했다고?' 할은 마일로를 찾기 위해 복도에 있는 사람들을 살펴봤지만 험악한 얼굴을 가진 그 남자의 흔적은 없었다.

"내가 기차에 도둑이 있다고 말했잖아." 스티븐 피클이 큰소리로 말했다. "지금은 누구도 그 사실을 부정할 수 없을걸."

"우리 객실로 가자." 삼촌이 침착하게 말했다.

이유는 모르겠지만 자신이 곤경에 빠진 것 같아 할의 심장은 빠르게 뛰었다.

삼촌이 블라인드를 내리고 의자에 앉았고, 할은 소파에 앉았다.

"할, 나에게 사실대로 말해 줄 수 있겠니?" 삼촌은 안경을 벗어 재킷 모서리로 안경알을 닦았다. "오늘 오후 일찍, 네가 왕실 객차로 들어갔다는 게 사실이야?"

할이 고개를 끄덕였다.

"우리가 애버딘에 있는 동안 너는 내내 왕자비님의 목걸이만 봤어." 삼촌은 안경을 다시 끼고 눈을 깜박였다. "너는 심지어 왕자비님에게 목걸이를 도난당할까 봐 걱정되지 않느냐고 큰소리로 물어보기도 했어. 마치 이런 일이 일어날 거라는 것을 미리 알고 있는 것처럼."

"저는, 목걸이를 훔치지 않았어요!"

"당연히 네가 훔치지 않았지." 삼촌이 앞으로 다가와 할의 눈을 똑바로 바라봤다. "그렇지만 이제 말린 싱과 무슨 일이 있었는지 나에게 말할 때가 되었다고 생각하지 않니?"

"네?" 할의 입이 벌어졌다. "그렇지만…… 어떻게 알았어요?"

삼촌의 미소는 온화했다. "할, 나는 기자야. 뭔가를 알아차리는 일이 나의 직업이야. 나는 말린이 킹스 크로스에서 왕실 객차 창을 통해 너를 엿보는 것을 봤어. 내가 그 아이를 마지막으로 보았을 때 그 아이는 여섯 살이었어. 그 꼬마 소녀는 그때도 기차를 사랑했었어. 네가 기차에 다른 아이가 있는지 계속 물었기 때문에 네가 그 아이를 본 것이 틀림없다고 생각했어." 삼촌의 눈썹이 치켜 올라갔다. "네가 질문을 멈추었을 때, 나는 네가 그 소녀를 찾은 줄 알았어."

"저는 삼촌에게 말하고 싶었어요." 사실을 말할 수 있음에 안도하며 할이 말했다. "그런데 만약 누군가 레니가 기차에 있는 것을 알면 자기 아빠가 곤란해진대요."

"그래서 내가 너한테 아무것도 묻지 않았던 거야." 삼촌이 의자 뒤로 기댔다.

"말린은 스스로 신중하다고 생각하는 것만큼 그렇게 신중하지는 않아." 삼촌이 웃었다. "너 보석 도둑의 흔적을 쫓고 있었지? 맞지?"

"까치." 할이 고개를 끄덕이며 말했다. "아틀라스 목걸이가 도둑의 표적이라고 생각했어요. 사실은 레니가 그렇게 말했어요. 제가 할 일은 누가 아틀라스 다이아몬드를 가져가려고 시도하는지 지켜보는 거였어요. 그런데 어떤 사람도 그 목걸이 근처에 가지 않았어요." 할은 머리를 흔들었다. "어떻게 그것을 훔쳐 갈 수 있었는지 모르겠어요."

"까치? 까치가 도둑을 부르는 이름이니? 도둑과 찰떡인데!" 삼촌은 손을 모았다. "유력한 용의자는 누구야?"

"마일로 에센바흐예요."

"남작의 아들?"

"네, 마일로는 상류층 출신이지만 막내라 유산을 받을 수가 없어요. 그리고 마일로는 항상 불만이 가득한 얼굴이었어요." 할이 설명했다. "게다가 마일로는 기차를 좋아하지 않는 것 같아요. 그렇다면 마일로가 왜 이 여행에 참석했을까요? 보석이 목적이 아닐까요?"

"증거는 있어?"

"네." 할이 말했다. "우리가⋯⋯." 할이 말을 멈췄다. "아니⋯⋯ 단서가 있지만 증거는 아니에요. 그렇지만 마일로에게 공범이 있다는 건 알아요."

"공범?" 삼촌이 눈을 깜빡였다. "잠깐, 삼촌이 먼저 말할게. 이런 복잡한 문제를 풀 때 가장 도움이 되는 게 뭔지 아니? 맛있는 음식이야. 오늘 저녁은

객실에서 시켜 먹자."

할은 스케치북을 꺼내며 고개를 끄덕였
다. "까먹기 전에 다이아몬드가 산산조각
이 났을 때 전망차에서 본 것을 그려야 할
것 같아요. 지금 빨리 스케치해도 돼요?"

할은 바닥에 앉아 그림을 그리기 시작했다.
삼촌은 인터폰을 눌러 저녁을 주문하고, 할이
그림을 그리는 동안 조용히 앉아 있었다.

에이미가 음식을 가지고 왔을 때 할은 스케
치북을 닫았고 두 사람은 삼촌의 침대에 앉
아 버터 소스가 곁들여진 하얀 대구 요리
를 먹었다. 할은 삼촌에게 도둑을 잡으려
다 레니를 알게 된 과정을 말했다. 그들 둘
다 까치가 마일로라고 결론지었고, 공범이 시
에라가 아닐까 생각하지만 누구인지 확신할 수
없다고 말했다.

"대단한걸?" 삼촌은 냅킨으로 턱에 묻은 소
스 자국을 닦았다. "그리고 도서관에 비밀
화장실이 있는지 몰랐네. 튜더 왕가의 수염
에 대한 세금, 맞지? 한번 살펴봐야겠다."

"마일로에 대해 어떻게 생각해요? 의심스
러운 거 맞죠?"

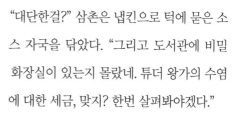

"그래, 그렇지만 마일로가 바지 주머니에 넣은 반짝이는 물건은 상관없는 다른 물건일 수 있고, 그 쪽지도 확실하게 무엇을 훔친다는 말은 없어."

"그럼 그게 무슨 의미일까요?"

"나도 모르지." 삼촌이 고개를 저었다.

"그러면 도서관에서 수상쩍게 행동한 것에 대해선 어떻게 설명할 수 있을까요?"

"마일로가 다소 안절부절하며 어쩔 줄 몰라 하긴 했지만……." 넷 삼촌이 인정했다. "그렇지만 그것으로 마일로를 도둑으로 만들 수 없어."

"마일로를 신고하기 전에 증거를 찾으려고 했어요. 훔치는 순간을 덮치려고 했는데……." 할이 어깨를 으쓱했다. "목걸이는 도난당했고, 기회를 놓쳤어요." 할이 한숨을 쉬었다. "이제 경찰이 해결하겠죠?"

"네 그림 좀 봐도 될까?" 할이 스케치북을 삼촌에게 주었다.

"그냥 낙서 같은 거예요."

"와! 이건 그냥 낙서가 아니야. 할, 예리한데." 삼촌은 놀란 표정이었다. "랜 즈베리 부인 특유의 손짓은 정말 완벽해." 삼촌이 페이지를 넘기며 코웃음을 쳤다. "스티븐 피클, 소시지 맨! 벌렁거리는 콧구멍까지 잘 그렸어."

할이 씩 웃었다. "피클 씨가 좀 빨갛고 퉁퉁하긴 하잖아요."

"할, 너는 예리한 눈과 뛰어난 관찰력을 가지고 있어." 삼촌은 손가락으로 입술을 두드렸다. "아틀라스 다이아몬드 절도는 심각한 범죄야. 당연히 경찰이 조사하겠지만, 네가 먼저 시작했으니 경찰을 도울 수도 있어. 네가 아마도 중요한 것을 보았을지도 몰라. 그리고 책임감 있는 어른의 감독하에……." 삼촌은 자신을 가리켰다. "조사를 계속해도 될 것 같은데…… 혹시 모르지, 우리가 먼저 사건을 해결할 수도 있어."

"정말요?" 할은 흥분으로 몸이 들썩들썩 달아오르는 것을 느꼈다.

"시도해서 나쁠 건 없잖아." 삼촌의 눈이 반짝거렸다. "기차 여행을 하면서 한 번도 탐정이 될 기회는 없었는데." 삼촌은 두 손을 비볐다. "우선 무엇을 해야 할까?"

"하일랜드 팰컨의 경로를 그릴 수 있고, 범죄가 발생했다고 생각하는 지점을 표시할 수 있어요." 할이 말했다. "물과 석탄을 위해 멈춘 지점도 그릴 수 있어요."

"자, 그럼 우리 시작해 볼까?" 삼촌은 책상 위의 벽에 붙여 놓은 지도를 떼어 냈다.

삼촌의 침대에 나란히 앉아 여정을 되돌아보며 그들이 생각할 수 있는 의미 있는 모든 순간을 할의 스케치북에 기록했다. 잠자리에 들 시간이 되었는지도 모른 채 이야기는 계속되었다.

"말하지 않을 거죠, 네?" 할이 잠옷을 입으며 말했다. "레니에 대해서요. 그러니깐…… 기차에 탄 거 말이에요."

"나는 너를 제외하고 이 기차에 다른 어린이는 한 명도 못 봤는데." 삼촌이 윙크했다.

할은 잠이 올 것 같지 않았지만 침대에 누웠다. 이런저런 생각이 잇따라 떠오르자 마음이 어지러워 엄마가 준 크리스토퍼 여행자 성인이 새겨진 동전을 만지작거렸다. 레니에게 목걸이가 깨진 것에 말해 줄 수 있기를 바랐다. 어둠 속에서 레니의 아빠가 운전하는 것, 조이가 화실에 석탄을 삽으로 넣는 장면과 팰컨의 보일러가 연기와 증기를 내뿜으며 어둠으로 들어가는 장면을 생각했다. 기차가 스코틀랜드를 가로질러 웅대한 곡선 철로를 따라 아치를 그리며 밴프셔 쪽으로 휙 지나가서, 엘긴과 포레스의 선형 승강장을 미끄러지듯 통과한 후 장대한 길이의 큘렌 교각을 질주하는 상상을 했다.

그리고 잠의 신인 히프노스가 찾아왔다.

chapter 19

집요한 심문

하일랜드 팰컨이 핀드혼강을 건너 케언곰스 국립 공원의 가장자리를 도는 동안, 할은 줄무늬 스웨터와 검은색 가면을 쓴 강도 꿈을 꾸며 잠을 설쳤다. 할은 기차가 던블레인의 측선에서 멈출 때 깨어났다. 할은 침대에서 빠져나와 블라인드를 올려 밖을 살펴봤다. 창밖에 경찰관들이 서 있었다.

"무슨 일이야?" 삼촌이 잠에서 덜 깬 몽롱한 눈으로 물었다.

"경찰들이 밖에 있어요." 할이 속삭였다. "경찰 전체가 일렬로 서 있어요."

삼촌은 일어나 할이 있는 창가로 갔다. "재밌군." 삼촌이 말했다.

"경찰들은 도둑이 아직 기차에 있다고 생각하나 보군." 삼촌은 손가락을 입술에 댄 채 블라인드를 제자리에 놓고 조용히 창문을 아래로 내렸다.

열린 창문 너머로 바스락거리는 나무 소리, 개 짖는 소리 그리고 사람들의 낮은 목소리가 들려왔다. 할은 잠옷과 가운을 입고 강아지들의 배변을 지켜보고 있는 로완을 봤다. 베일리는 활기가 없는 표정으로 조용히 로완의 발치에 앉았고, 새넌과 피츠로이는 풀밭을 따라 코를 킁킁거렸다. 트라팔가와 바이킹은 잘 훈련된 셰퍼드를 데리고 객차를 따라 걸어가는 두 명의 경찰관을 보고 흥분해서 짖었다.

"탐지견도 있어요!" 할이 속삭였다.

"도둑에게는 나쁜 소식이군." 삼촌이 하품하며 말했다. "잠깐만, 이게 뭐지?" 삼촌은 몸을 굽혀 문 아래 틈으로 카드 한 장을 집어 들어 흔들어 보였다. "아침 7시까지 식당차로 모이라는 내용이야."

할과 삼촌이 식당차에 들어갔을 때, 모두들 가라앉은 목소리로 이야기하고 있었다.

"지난밤에 경찰이 기차에 합류했어요." 루시가 조용히 삼촌에게 말했다. "개인 식당 방에서 고든 씨가 경찰관과 이야기하고 있어요."

스티븐 피클이 팔짱을 끼고 서 있었다. "드디어 도둑놈을 제대로 처리할 사람들이 왔군." 스티븐은 할을 노려보았다.

고든이 개인 식당에서 나오자 객실은 조용해졌다. 그 뒤를 회색 단발머리에 회색 폴로 셔츠와 파란색 정장 바지를 입은 여성이 따라 나왔다. 그녀는 승객들 앞에 서서 목을 가다듬었다.

"신사 숙녀 여러분, 좋은 아침입니다. 아침 일찍 시작하게 되어 유감입니다. 저는 왕실의 요청으로 아틀라스 다이아몬드 도난 사건을 조사 중인 인버네스 경찰청의 형사 과장인 브리짓 클라이드 경관입니다." 클라이드 경관은 커피를 한 모금 마셨다. "왕자님께서는 이 사건을 은밀하게 처리하길 바라십니다. 그래서 제가 아주 이른 시간에 여러분을 모이라고 했습니다. 왕실에서는 하일랜드 팰컨의 여정이 끝날 때까지 언론에 이 사건이 새어 나가지 않기를 바라십니다."

클라이드 경관은 고개를 끄덕이는 삼촌을 똑바로 바라보았다.

"왕자님께서는 이 불명예스러운 사건으로 인해 일정이 변경되는 것을 원치 않으십니다." 경관은 눈썹을 찌푸렸다. "계획된 왕실 여행 행사도 차질 없이 진행되길 원하십니다. 모든 것이 마치 아무 일도 없었던 것처럼 계속되어야 합니다. 왕자님 부부는 여러분의 협조에 감사할 것입니다."

승객들은 동의하면서 중얼거렸다.

"그리고 바라건대, 여러분들의 협조로 이 추악한 범죄를 저지른 범죄자를 찾아내고 런던에 도착하기 전에 목걸이를 찾아서 왕자비님께 돌려드릴 것입니다." 경관은 승객들의 얼굴을 하나하나 자세히 봤다. "이것은 매우 심각한 범죄입니다. 아틀라스 다이아몬드는 값을 매길 수 없는 귀중한 왕실의 보물입니다. 도둑이 여전히 우리 사이에 있다고 의심할 만한 충분한 근거가 있습니다. 기차에 탄 사람들은 모두 용의자입니다."

"무슨 근거로 그런 말을 하는 거죠?" 남작이 이해할 수 없다는 표정으로 물었다.

"우리 중 누구도 언제 아틀라스 목걸이가 도난당한지 몰라요."

"우리가 발모럴성에서 왕자비님을 뵈었을 때, 왕자비님께서는 이미 그걸 착용한 상태였어요!" 시에라가 주장했다. "당신들은 성안의 직원들을 탐문해야만 해요."

"제가 여러분을 조사하는 동안 저의 동료들이 기차를 철저하게 탐색할 것입니다." 클라이드 경관이 격렬한 항의를 무시한 채 계속 말했다. "제가 허락할 때까지 여러분들 중 누구도 기차를 떠나서는 안 됩니다. 하지만 안심하십시오. 그 목걸이와 도둑을 반드시 찾아낼 것입니다." 경관은 차가운 시선으로 한 사람씩 조사하듯 쳐다보는 데 잠시 시간을 들였다. "아침 식사 맛있게 하세요." 경관은 입가에 억지 미소를 띠고 개인 식당으로 돌아갔다.

경관의 뒤에서 문이 닫히는 순간 식당차 안의 모든 사람이 술렁이기 시작했다.

"얼마나 놀랐겠어." 랜즈베리 부인이 말했다. "가엾은 왕자비님께서는 얼마나 힘드실까."

"내가 아틀라스만큼 큰 다이아몬드를 가지고 있다면⋯⋯." 시에라가 루시에게 말했다. "아무도 그것을 훔칠 수 없을 거야. 왜지 알아? 나는 절대로 목걸이를 빼지 않을 거니깐. 심지어 샤워할 때도 차고 할 거야."

아침 식사 중에 기차는 철도 측선에서 빠져나와 글래스고를 향해 남쪽으로 여정을 이어 나갔다.

"실례합니다." 고든이 그들의 테이블에 멈춰 서서 삼촌에게 말했다. "경관님이 당신을 부르십니다. 벡 도련님은 바로 다음에 들어오라고 했습니다."

"고든, 고마워요. 우리는 같이 갈 거예요." 삼촌은 옷깃에서 냅킨을 꺼내 손을 닦으며 말했다. "할, 가자." 삼촌은 냅킨을 테이블 위에 놓고 자리에서 일어났다.

개인 식당에는 공단으로 된 두꺼운 커튼이 드리워 있어서 기차 안에 있는 어떤 사람도 그 안을 볼 수 없었다. 테이블 주위에는 네 개의 안락의자가 있었고 그중 하나를 클라이드 경관이 차지하고 있었다. 경관이 삼촌과 할에게 앉으라고 신호를 줬다. 뾰루지가 난 흑발의 경찰관이 뒤에서 문을 닫았다. "이분은 프래틀 경위입니다." 클라이드 경관이 말했다. "프래틀 경위가 대화

내용을 기록할 것입니다."

"저는 나타니엘 브레드쇼이고, 이 아이는 저의 조카 해리슨 벡입니다."

의자에 앉으며 삼촌이 말했다. "제가 조카의 보호자이므로 저와 조카를 같이 심문하면 됩니다."

클라이드 경관은 고개를 끄덕였고, 프래틀 경위는 그들의 이름을 적었다.

"제가 가장 먼저 알고 싶은 것은 둘 중의 한 명이라도 여행 중에 왕실 객실을 가 본 적이 있는지입니다." 클라이드 경관이 말했다.

"목걸이가 도난당한 장소라고 의심되는 곳이 그곳입니까?" 삼촌이 물었다.

"그렇습니다." 프래틀 경위가 말했다. "우리는 그렇게 생각합니다."

"프래틀 경위!" 클라이드 경관이 매섭게 말했다. "브레드쇼 씨, 질문에 대답만 해 주세요."

"아니요, 저는 왕실 객실에 가 본 적이 없습니다." 삼촌이 대답했다.

할은 의자에서 몸을 비틀었다. 할이 진실을 말한다면 형사에게 레니에 관해서도 말해야 할 것이다.

"그리고 할도 가 본 적 없습니다." 삼촌이 계속 말을 했다.

삼촌이 할을 대신해서 대답을 해 줘서 안심하고 할은 고개를 끄덕였다.

"당신들 중 누구도 왕실 객차의 열쇠를 보거나 우연히 획득한 적 없나요?"

"없어요." 할이 대답했다.

"열쇠를 본 적도 없습니다." 삼촌이 말했다. "열쇠 하나가 사라졌습니까?"

클라이드 경관은 대답하지 않았다. "어제 오후 발라터역에서 기차를 탄 순간부터 목걸이가 깨어지는 순간까지의 동선을 말씀해 주시겠습니까?"

"저는 발모럴성에서 너무 많이 먹어서……." 삼촌이 말했다. "발라터역에서 열리는 행사에 오래 있지 않고 일찍 자리를 떠나 방으로 돌아와 낮잠을 잤습니다. 할이 확인해 줄 수 있습니다."

할은 고개를 끄덕였다.

"그리고 해리슨, 삼촌이 자는 동안 뭐 하고 있었어?"

"그림을 그리려고 전망차에 갔어요." 할은 스케치북을 탁자 위에 올려놓고 경관을 향해 밀었다. "원하신다면 이것을 증거로 사용하셔도 돼요."

"증거?" 클라이드 경관은 냉소를 지었다.

"네, 제 그림이 범죄를 해결하는 데 도움이 될 수 있을 거예요."

프래틀 경위가 비웃으며 콧방귀를 뀌었다. 클라이드 경관은 스케치북을 다시 할 쪽으로 밀어 냈다. "그냥 네가 가지고 있어도 돼." 경관이 말했다. "우리는 아이들의 그림에 관심이 없어."

할은 얼굴이 붉어지는 것을 느꼈다. 할은 탁자에서 스케치북을 들어 가슴에 안았다.

"전망차에서 얼마나 있었니?"

"1시간 30분 동안 그림을 그렸어요. 아이작 씨는 베란다에서 사진을 찍고 있었고, 마일로 씨도 잠시 그곳에 있다가 춥다고 불평하고 자리를 떠났어요. 그런 다음 휴게실에서 스콘을 주문했어요. 랜즈베리 부인이 그곳에 로완 씨와 함께 있었고……." 할이 말을 멈췄다. "점심을 많이 먹어서 스콘을 하나도 못 먹었어요. 그리고 차장인 그레이엄 아저씨가 생일이라는 것이 생각났어요. 그래서 생일 선물로 스콘을 주기 위해 서비스 차량으로 갔지만 그레이엄 아저씨를 찾을 수가 없었어요." 할이 어깨를 으쓱거렸다. "그래서 그곳에서 나왔어요."

"그래서 너는 왕실 객실 쪽을 가 봤구나?" 클라이드 경관이 할을 응시했다. 클라이드 경관의 눈동자는 냉혹한 푸른 빛이었다.

"저는 그 객차를 통과했지만, 그 객실을 들어가지는 않았어요." 할이 대답했다. "경비원이 객차를 통과해도 된다고 말했어요. 그리고 그 경호원, 하이드리안이 왕실 객실 문 앞에 서 있었어요."

"알았어." 클라이드 경관이 뭔가를 적으며 말했다. "너 이상한 거 듣거나 보지 못했니?"

할이 고개를 저었다.

"그다음엔 뭘 했어?"

"애버딘에 도착한 기념식을 보기 위해 전망차에 갔고 거기서 목걸이가 깨졌어요."

"이 사건은 상당히 난해하군요." 삼촌이 말했다. "발라터와 애버딘 사이에서 목걸이를 가져가 가짜로 바꿨다고 생각하기 때문에 그 시간의 동선을 우리에게 묻는 거죠?"

"우리가 확실히 아는 유일한 것은 왕자비님께서 어제 아침 발모럴 금고에서 꺼내 착용한 목걸이가 진짜 목걸이라는 것입니다." 클라이드 경관이 대답했다.

"왕자비님께서는 그것을 딱 한 번 풀었습니다." 프래틀 경위가 대답했다.

"그렇습니까?" 삼촌은 앞으로 몸을 기울였다

프래틀 경위는 고개를 끄덕였다. "그 외에 다른 모든 시간엔 그 다이아몬드 근방에 다섯 명 이상의 사람들이 있었습니다."

클라이드 경관은 목을 가다듬고 프래틀 경위를 엄하게 바라보았다. "프래틀 경위가 말하려는 것은 조사가 이제 끝났다는 것입니다. 협조해 주셔서 감사합니다."

"천만의 말씀입니다." 삼촌은 정중하게 말했다. "조카의 스케치가 이 사건을 해결하는 데 도움이 될 것 같은데요."

"브레드쇼 씨." 클라이드 경관이 한숨을 쉬었다. "나는 아이를 봐 주는 사람이 아니에요."

할은 화를 참기 위해 경관의 머리 위 벽을 쳐다봤다. 할은 단지 도와주려고 한 것뿐인데.

"브레드쇼 씨, 할 말이 있습니다." 클라이드 경관이 삼촌을 손으로 가리키며 말했다. "이 절도에 관한 이야기가 어느 신문에라도 실린다면 당신은 해명할 준비를 해야 할 것입니다. 나는 기자를 좋아하지 않습니다."

"이해했습니다." 삼촌은 고개를 숙여 인사했다.

"좋습니다." 경관이 말했다. "그렇다면 가셔도 됩니다." 경관이 잠시 멈췄다. "현재로서는 그만하면 됐습니다."

"감사합니다, 경관님." 삼촌이 자리에서 일어나며 말했다. "가자, 할."

하지만 할은 삼촌의 말을 듣지 않았다. 경관의 머리 위에 황동 통풍구가 있었고 그 뒤에서 무언가가 움직이고 있었다.

"할?"

할이 벌떡 일어났다. "아! 죄송해요, 갈게요."

클라이드 경관은 고개를 절레절레 저었다. "프래틀 경위, 다음 승객에게 들어오시라고 해."

"거참, 클라이드 경관은 너무 위협적이야." 삼촌이 식당차의 테이블로 돌아오면서 말했다.

"클라이드 경관님은 심술궂고 무례해요." 할이 조용히 말했다.

삼촌은 고개를 끄덕였다. "그것도 맞는 말이야." 삼촌은 차 한 잔을 따르며 말했다. "하지만……." 삼촌은 테이블에 기대어 목소리를 낮추고 속삭였다. "적어도 경찰들이 생각하는 다이아몬드가 도난당한 시간은 확실히 알게 됐어."

"그렇네요." 삼촌이 정보를 얻기 위해 조사 면담을 이용했다는 사실을 깨닫자 할의 눈이 커졌다.

"맞아, 진짜 목걸이는 어제 아침 발모럴성의 금고에서 꺼내 왕자비님이 목에 걸었어. 프래틀 경위에 따르면 왕자비님은 목걸이를 딱 한 번 목에서 뺐어. 아마도 발라터에서 애버딘으로 향할 때였을 거야. 그렇지 않으면 경찰들이 그것에 관해 묻지 않았겠지. 가짜 목걸이로 바꿔치기한 사람이 누구든 왕자비님이 왕실 객차에서 옷을 갈아입고 있는 동안 바꿔치기한 것이 틀림없어." 삼촌은 뒤로 앉아서 할을 향해 싱긋 웃었다. "솔직히 경찰이 기자를 싫어하는 이유를 알지. 우리 기자들은 영리한 집단이거든."

"삼촌, 우리가 어젯밤에 이야기한 그 비밀을 기억하죠?"

"응."

"저는……."

할은 누군가가 들을까 봐 식당차에서 레니를 언급하고 싶지는 않았다.

"아무 데서나 툭툭 내뱉을까 봐?"

할은 고개를 끄덕였다. "제가 무슨 말을 하는지 삼촌이 아신다면, 그 일이 얼마나 오래 비밀로 유지될 수 있을지는 저도 잘 모르겠어요."

"그래, 무슨 말을 하는 건지 알아." 삼촌은 찻잔을 비웠다. "나는 객실로 돌아가야겠다. 삼촌은 써야 할 것이 많아서 말야. 이 미스터리는 작가에게는 선물이야. 책이 된다면 네 그림 중 일부를 사용하고 싶은데."

"정말요?"

"당연히 그림값은 줄게." 삼촌이 일어났다. "그럼 행운을 빌게. 그리고 눈 똑바로 뜨고 단서를 잘 찾아봐!"

할은 도서관으로 가는 것처럼 개인 식당을 지나쳤다. 미닫이문에 이르자 고개를 돌려 구석에 만들어진 커다란 찬장을 바라보았다. 할은 찬장 문을 조금 열고 안을 들여다보았다. 식기와 수저로 채워진 빈 샴페인 양동이와 깔끔하게 접힌 식탁보 더미가 가장 높은 선반에 있었다. 그곳에 레니가 보였다.

"빨리!" 레니가 조용히 말했다. "이리 와!"

할은 레니 옆으로 올라갔다. 레니는 찬장 문을 당겨 닫고 그들을 어둠 속으로 몰아넣었다.

"뭐 하는 거야?" 할은 편안한 자세를 잡으려 애쓰며 속삭였다.

"탐지견들을 피해서 여기까지 왔어." 레니가 할의 귀에 속삭였다. "경찰들이 직원 객차 여기저기에 있어. 바로 옆에서 경찰 조사를 하게 될 줄은 몰랐어."

"여기 있으면 안 돼." 할이 속삭였다. "곧 잡힐 거야."

"잘 들어."

레니가 개인 식당으로 통하는 통풍구의 격자창을 가리켰다. "여기서 많은 것을 듣고 알게 됐어."

chapter 20

스파이와 알리바이

할은 격자창을 들여다보며 스케치북과 펜을 꺼냈다. 할은 클라이드 경관의 머리 뒤를 볼 수 있었다. 아이작은 안락의자에 편히 앉아 고개를 끄덕였다.

"아이작 아디바요 씨, 여기에 당신이 왕실 사진사라고 나와 있습니다."

"그렇습니다."

"왕실 객차에 있는 방의 열쇠를 가지고 있습니까?"

아이작은 웃었다. "누구도 사진사에게 자기 방 열쇠를 주지 않습니다."

"발라터역에서 기차에 승차한 순간부터 어제 오후 애버딘의 환영회 때까지 당신의 동선을 말해 줄 수 있나요?"

아이작은 발라터역에서 기차에 탑승한 왕자 부부의 사진을 찍은 후 사전 준비를 위해 전망차로 이동했다고 설명했다.

"왕자님 부부를 따라 베란다로 나와서 왕자님 부부와 시장님 사진을 찍었고, 목걸이가 부서지는 것을 다른 모든 사람과 보았지만 터널 안이어서 사진을 찍을 수가 없었죠." 아이작의 목소리에 실망감이 묻어 있었다.

"당신의 동선에 대해 확인할 수 있는 사람이 있습니까?"

"물론입니다." 아이작이 대답했다. "할이 전망차에 있었고 마일로 에센바흐도 거기에 있었습니다."

"해리슨 벡?" 클라이드 경관이 말했고 아이작은 고개를 끄덕였다. 할은 자신의 이름을 듣고 온몸에 소름이 돋았다. "스티븐 씨는 해리슨 벡이 도둑이라고 주장하며, 해리슨이 '길 잃은 개처럼 왕자비님을 졸졸 따라다니고 다이아몬드에서 눈을 떼지 못했다.'고 말했습니다."

"스티븐 씨는 아이들을 좋아하지 않습니다. 해리슨 벡은 좋은 아이예요." 아이작은 고개를 저었다. "어린 소년이 왕자비님을 보고 사랑에 빠져 왕자비님 주위를 서성거리는 것을 누가 탓할 수 있겠습니까?"

할의 입이 크게 벌어졌고, 레니는 웃지 않으려고 손으로 입을 막았다.

아이작이 물러나고 시에라 나이트가 그 자리에 백조처럼 앉았다.

"시에라 나이트 씨, 당신은 왕실 열쇠를 가지고 계십니까?"

"맙소사, 아니요!" 시에라는 떨면서 웃음을 터뜨렸다. "저는 심지어 제 방 열쇠도 가지고 다니지 않아요. 루시가 모든 것을 관리하죠. 루시는 제 비서이지만 사실은 저의 가장 친한 친구예요."

"어제 오후 기차에 오른 순간부터 애버딘에서 환영회가 끝날 때까지 무엇을 했는지 말씀해 주시겠습니까?"

"루시와 저는 객실에 있었고, 다음 웨스트 앤드 쇼의 대사 연습을 하고 있었어요. 그리고……."

"오후 내내 같이 객실에 있었나요?"

"네, 애버딘에 도착할 때까지요." 시에라는 미소를 지었다. "루시도 똑같은 말을 할 거예요."

"시에라는 거짓말을 하고 있어." 할이 레니의 귓가에 속삭였다. "루시가 도서관에서 책을 읽고 있는 것을 봤어."

시에라는 목을 가다듬었다. "말씀드리고 싶은 작고 민감한 문제가 있었어요. 알다시피……."

"우리는 당신의 범죄 기록을 알고 있습니다, 나이트 씨."

"아, 알고 있나요?" 시에라는 얼굴을 붉혔다. "아주 어렸을 때예요. 저는……."

"나이트 씨, 도둑질은 도둑질입니다. 그러나 약국에서 립밤을 훔치는 좀도둑질이 값을 매길 수도 없는 다이아몬드를 훔치는 것과 같지는 않습니다."

"같지 않죠! 물론 아니죠."

"이것으로 일단 질문이 끝난 것 같습니다." 클라이드 경관이 말했다.

"네, 감사합니다." 시에라는 일어나서 방에서 나가려다가 문가에서 잠시 멈췄다. "참, 이건 말해야 할 것 같아서요. 해리슨이라는 소년은 우리가 애버딘에 도착하기 직전에 너무 이상한 말을 했어요. 해리슨이 왕자비님에게 목걸이가 도난당할까 봐 걱정되지 않냐고 물었어요. 그때는 웃었지만, 지금은 좀 이상하지 않나요? 그렇죠?"

레니는 할에게로 몸을 돌렸다. "이 바보야." 레니가 속삭였다. "왜 그런 말을 한 거야?"

루시 미도우즈가 다음 심문 대상이었다.

"나이트 씨가 당신이 방 열쇠를 관리한다고 하는데, 맞습니까?"

루시는 고개를 끄덕였다. "저는 시에라를 위해 시에라의 모든 것을 관리합니다. 저는 시에라의 일정을 관리하고 전화를 받고 짐도 쌉니다." 루시가 한숨을 쉬었다. "그게 제 직업입니다."

"시에라 나이트 씨가 당신들 둘은 좋은 친구라고……."

"저는 제 더러운 속옷을 친구가 치우도록 하지 않아요. 당신은 그렇게 하나요?"

"하!" 클라이드 경관은 웃었다. "아니요. 그렇게 하진 않죠. 미도우즈 씨, 기차의 다른 곳의 열쇠를 가지고 계십니까?"

"아니요."

"나이트 씨와 왕자비님은 친구죠?"

"그렇긴 하지만 시에라가 말하는 것만큼 그렇게 가깝지는 않습니다. 저는 기차를 탄 이후로 왕실 객실에 발을 들인 적이 없고, 시에라도 마찬가지입니다."

"확실해요?"

루시는 고개를 끄덕였다. "저는 시에라에 대해 모르는 것이 거의 없습니다."

"나이트 씨가 어제 오후 자신의 객실에서 대본 연습을 했다고 말했습니다."

"맞아요, 원하신다면 극 전체를 낭송할 수도 있습니다."

"괜찮습니다." 클라이드 경관이 혼자서 웃었다.

"루시도 거짓말을 하고 있어!" 할이 속삭였다. "왜 그럴까? 그들은 무엇을 숨기고 있는 걸까?"

"루시가 시에라를 보호하기 위해 거짓말을 하는 게 아니라는 것은 확실해."

레니가 대답했다. "루시는 시에라를 좋아하지 않아."

"그런데 왜 루시가 나에 대해서 사실을 말하지 않는 거지?"

"너도 사실을 말하지 않았잖아." 레니가 웃으며 말했다. "아마도 루시가 누군가를 보호하고 있는 것 같아."

"그거 들었어?"

"응." 레니가 할을 가볍게 꼬집었다. "나를 고발하지 않은 거 고마워."

10분 후, 랜즈베리 부인은 의자 옆에 앉아 있던 트라팔가와 함께 취조실에 들어갔다. 클라이드 경관은 랜즈베리 부인에게도 다른 모든 사람에게 했던 것과 같은 질문을 했다.

랜즈베리 부인은 왕실 열쇠가 없고 휴게실에서 오후를 보냈다고 대답했다. 처음에는 혼자였고, 그다음에는 자신의 시종과 함께 사랑하는 개에 관해 이야기했다고 말했다.

할은 고개를 끄덕였다. "휴게실에서 랜즈베리 부인을 봤어."

볼프강 에센바흐가 다음으로 들어왔고, 어니스트 화이트가 그 뒤를 이었다. 각자 오락실에서 당구를 하고 있었다고 서로 확인해 주었다.

"어니스트 할아버지가 마일로의 공범이 될 수 있다고 생각하니?" 레니가 속삭였다.

"왜 그렇게 생각하는 거야?"

"어니스트 할아버지는 고든 아저씨가 지금 맡아서 하던 일을 했어. 예전에 객실 총지배인이었을 때 갖고 있던 오래된 열쇠를 여전히 가지고 있을 수 있잖아?"

할은 인상을 찌푸렸다. "하지만 어니스트 할아버지는 왕실을 사랑해."

"글쎄, 마일로는 누군가의 도움을 받고 있어." 레니는 어깨를 으쓱했다. "이 기차를 자기 손바닥처럼 잘 아는 사람이라면 그럴 수도 있지."

"돈 때문에 그럴 수도 있을 거라는 생각은 드는데." 할이 대답했다. "그리고 어니스트 할아버지는 리디아 피클 씨가 브로치를 잃어버렸을 때 쌤통이라고 생각하는 것 같았어."

다음으로 프래틀 경위가 로완 벅을 데리고 왔다. 클라이드 경관이 로완의 동선에 대해 이것저것 질문을 했고 로완은 다른 승객들처럼 애버딘 환영회에 참석하지 않았으며, 랜즈베리 부인과 대화하기 위해 잠깐 개들에게서 떠났던 것 빼고는 개들을 돌보고 있었기 때문에 딱히 알리바이가 없다고 설명했다.

"알리바이가 없어." 레니가 속삭였다.

할이 고개를 저었다. "하지만 나는 로완 씨가 랜즈베리 부인과 함께 있는 것을 보았고, 나중에 내가 너에게 스콘을 가져갔을 때 강아지들과 객실에 있는 것을 봤어. 그는 진실을 말하고 있어."

다음으로 마일로 에센바흐가 들어오자 할이 레니의 팔을 붙잡았다. 두 사람은 창살에 얼굴을 가까이 댔다.

"에센바흐 씨." 클라이드 경관이 말했다.

"당신은 왕실 열쇠를 보거나 접근한 적이 있습니까?"

"아니요." 마일로가 말했다. "전혀요."

"어제 오후에 기차를 탄 후 당신의 행적을 얘기해 주세요."

"신문을 보기 위해 전망차에 갔지만, 사진사가 계속 베란다 문을 열어놔서 너무 추웠어요. 그래서 내 방으로 가서 머물렀죠." 마일로가 대답했다.

"오후 내내요?"

"애버딘 행사에서 우리나라 국기를 흔들기 위해서 나갔었어요." 마일로는 불만스러운 미소를 지었다. "아버님의 부탁이었죠. 그 어처구니없는 구슬이 깨지자마자 나는 그곳을 나왔어요."

"당신은 값을 매길 수조차 없는 아틀라스 다이아몬드가 어처구니없는 구슬이라고 생각합니까?"

"아름답긴 하죠." 마일로는 어깨를 으쓱했다. "하지만 그게 누군가에게 무슨 도움이 되겠습니까?"

"마일로는 알리바이가 없어." 마일로가 심문을 마치고 일어나서 나가자 레니가 작은 소리로 말했다. "그리고 시에라는 거짓말을 하고 있고."

클라이드 경관이 일어났다. "굴드 씨, 면담을 위해 개인 식당을 사용할 수 있게 해 주셔서 감사합니다." 경관이 의자를 가리켰다. "앉으세요."

고든 굴드는 손을 꽉 쥐며 맞은편 자리에 앉았다.

"당신은 왕실 객실을 포함해 이 기차의 모든 문의 열쇠를 가지고 있는 것이 맞습니까?"

"네, 맞습니다."

"이 기차에 왕실 객실 열쇠를 가지고 있는 사람이 또 있습니까?"

"열쇠가 세 개 있습니다." 고든이 말했다. "나머지 두 개는 왕자님 부부와 경호원인 하이드리안이 가지고 있습니다. 그들이 기차를 타지 않을 땐 왕실 침실의 침대 옆 서랍에 보관하다가 왕자님 부부가 기차를 탈 때 경호원이 가져갑니다."

"그 말은 런던에서부터 오는 길에 누군가가 방으로 들어가 열쇠 중 하나를 가져가서 복제를 할 수 있다는 뜻입니까?" 클라이드 경관이 물었다.

"왕자님 부부가 도착할 때까지 왕실 객실의 문은 잠겨 있습니다." 고든이 설명했다. "제 열쇠를 사용해야만 그 방에 들어갈 수 있습니다."

"다른 직원들에게 열쇠가 있습니까?"

"아니요, 오직 저만 가지고 있습니다."

"그러면 당신은 열쇠를 방치한 적이 있습니까?"

고든이 경직됐다. "아니요, 저는 열쇠를 방치한 적이 없습니다."

"좋습니다, 이것으로 잠시 인터뷰를 마칩니다. 프래틀 경위와 저는 수색 진행 상황을 확인하고 오늘 오후에 나머지 직원들과 면담할 것입니다."

클라이드 경관과 프래틀 경위는 개인 식당 방을 비워 둔 채 고든 굴드를 따라 밖으로 나갔다.

레니는 할에게로 몸을 돌렸다. "고든이 열쇠를 방치할 때도 있어."

"마일로가 객실 열쇠를 훔쳤다고 생각하는 거야?"

"아니, 내가 가져왔어. 그렇게 해서 킹스 크로스역에서 왕실 객실에 들어간 거야. 하지만 서랍 안의 열쇠 중 하나를 꺼냈고 다시 넣었어."

"레니!"

"왜?" 레니는 인상을 찌푸렸다. "그런 눈으로 보지 마."

"그 열쇠로 뭐 했니?"

"발라터역에서 보안 검색을 하기 전에 열쇠를 다시 넣었어."

레니는 설명했다.

"문을 열어 놓고 나왔니?"

"아니, 문을 잠그고 열쇠를 문 아래로 밀어 넣었어."

"그러면 까치는 네가 떠난 후, 왕자님 부부가 승차하기 전에 왕실 객실에 들어간 것이 틀림없어."

레니는 고개를 끄덕였다. "그리고 까치는 자물쇠를 따는 방법을 알고 있을 거야. 그들은 열쇠도 필요 없지. 클라이드 경관이 그런 생각을 하지 않았다는 것이 놀라워."

"클라이드 경관도 그 생각은 하고 있을 거야." 할이 말했다. "이제 마일로와 시에라는 목걸이가 바꿔치기될 당시에 유일하게 알리바이가 없는 사람이야. 그러니깐 둘은 공범일 거야."

"알리바이가 없는 사람이 한 명이 더 있어." 레니가 말했다.

"누구?"

"네 삼촌."

chapter 21

베티 모스를 지나며

할은 초조함에 몸을 뒤척였다. 오른쪽 다리에 쥐가 났고 삼촌이 까치일지도 모른다는 생각에 가슴이 답답했다. 할은 그 생각을 뒤로 밀어냈다. 삼촌이 도둑이 아니라고 확신했다.

"여기에 있으면 안 돼." 할이 레니에게 말했다. "우리 객실에 숨는 건 어때?"

"하지만 네 삼촌이……."

"삼촌이 너에 대해 알고 있어."

"뭐? 아무에게도 말하지 않겠다고 약속했잖아."

"말하지 않았는데 삼촌이 알아냈어. 너도 알다시피 삼촌 꽤 똑똑해. 어쨌든, 삼촌은 우리 편이야."

"정말이야?"

"그래, 이제 어떻게 하면 다른 사람 모르게 너를 우리 방으로 데리고 갈 수 있을지에 대해 생각해 보자." 할은 잠시 생각했다. "삼촌의 모자와 외투를 가져와서 변장하는 거 어때? 식당차를 지나면 문이 몇 개밖에 없어. 경찰들이 기차 여기저기 왔다 갔다 하고 있으니깐 아마 아무도 눈치채지 못할 거야."

"그건 좋은 생각 같지 않아." 레니가 얼굴을 찡그렸다. "아무도 내가 남자 라는 것을 믿지 않을 거야."

"더 좋은 계획이 있어?"

레니는 고개를 저었다.

"좋아. 그럼, 여기 있어. 내가 가서 변장할 것들을 가지고 올게."

할은 찬장에서 빠져나와 객실로 돌아갔다.

"할! 너 탐지견을 봤어야 하는데." 할이 들어오자 삼촌이 말했다. "경찰이 방을 샅샅이 뒤졌어." 삼촌은 옷을 접고 있었다.

"도난당한 목걸이를 은닉하고 있지 않다는 것이 공인된 셈이야."

할은 안심했다. 할은 삼촌이 도둑이 아니라는 것을 알고 있었다.

삼촌은 안경을 코 위로 밀어 올리며 창밖을 내다보았다. "할, 저기 좀 봐! 요크셔 계곡이야!" 삼촌이 일어섰다. "여기가 네 외할머니와 외할아버지가 살았던 곳이야." 삼촌이 바람이 몰아치는 바위투성이의 험준한 언덕을 바라 보며 아련한 눈빛으로 한숨을 쉬었다. "칼라일 철도로 가는 세틀(잉글랜드 요크 셔 데일스에 있는 작은 시골 마을. 역자 주)의 풍경이 세상에서 가장 아름다워." 삼촌 이 할을 돌아보았다. "나의 시간이 다 되는 날에, 내 재를 여기 흩뿌려 주면 좋겠다."

"랜즈베리 부인의 남편처럼요?" 기차가 계곡 위로 치솟은 고가교 위를 덜 컹거리며 지나갈 때 할이 창문 쪽으로 다가갔다. 고가교 아래로 은빛 강물이 은은하게 반짝거렸다.

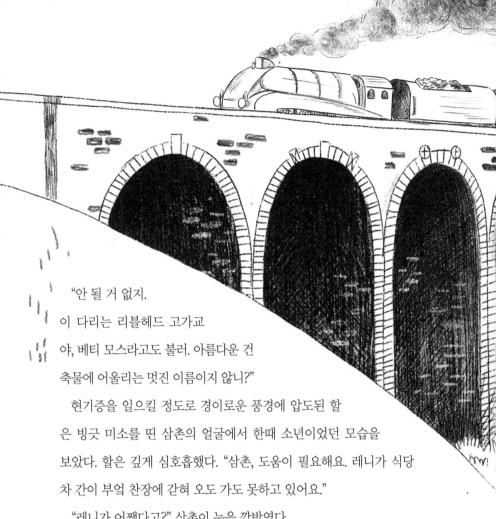

"안 될 거 없지.
이 다리는 리블헤드 고가교
야, 베티 모스라고도 불러. 아름다운 건
축물에 어울리는 멋진 이름이지 않니?"

현기증을 일으킬 정도로 경이로운 풍경에 압도된 할
은 빙긋 미소를 띤 삼촌의 얼굴에서 한때 소년이었던 모습을
보았다. 할은 깊게 심호흡했다. "삼촌, 도움이 필요해요. 레니가 식당
차 간이 부엌 찬장에 갇혀 오도 가도 못하고 있어요."

"레니가 어쨌다고?" 삼촌이 눈을 깜박였다.

"경찰이 조사 면담을 위해 개인 식당을 이용할지도 몰라서 그곳에 숨었어
요. 이제 레니는 그곳에서 나갈 수 없게 됐어요. 레니를 우리 객실에 숨기고
싶은데…… 상황이 진정될 때까지만요."

"상황이 진정될지 확신이 안 선다. 그리고 지금이 레니가 경찰에게 무임승
차한 사실을 얘기하는 게 좋을 것 같은데. 그들도 이해해 줄 거야. 이미 알고

있을지도
모르고."
"하지만, 저도 약속했고 삼촌
도 약속했잖아요."
"좋아, 레니를 이리로 데리고 와. 석탄과 물을 보충
하기 위해 다음 역에 멈추면 레니의 아빠를 만나서 이야기해
야겠다. 레니의 아빠도 레니가 더 이상 숨을 수 없다는 것을 알고 있을 거야."
"모자와 코트 좀 빌려도 돼요?"
"도대체 그걸로 뭐 하려고?"
"변장용으로 쓰려고요."

"레니를 무엇으로 변장시키려고? 꼬마 갱단으로 변장시키게?" 삼촌은 재미있다는 듯 웃었다. "좋은 생각 같지 않은데."

"레니가 그냥 여기까지 걸어올 수는 없어요. 무임승차했잖아요. 만약 누군가 레니를 보면 난처해질 거예요."

"흠…… 무언가를 숨기기에 가장 좋은 장소는 종종 모두가 볼 수 있는 곳이지." 삼촌은 손가락으로 입술을 두드렸다. "레니가 찬장에 있다고 했지?"

"네, 식탁보와 냅킨으로 가득 찬 곳에 있어요. 식당에서 쓰이는 물건들이 있는 곳이에요."

"좋아! 그럼 그걸 이용해 보자."

"레니에게 유령처럼 입히자고요?"

"아직 핼러윈 데이가 아니야. 그래 맞다! 좋은 생각이 있어."

할은 찬장이 있는 곳으로 돌아가 들킬 위험이 없는지 확인한 후 조용히 노크했다.

"빨리 나와!" 할이 작은 소리로 말하자 레니가 뛰어내렸다. "팔을 앞으로 내밀어 봐." 할은 식탁보 더미를 가져다가 레니의 뻗은 팔뚝 위에 높이 쌓으며 말했다. "누구든 너에게 다가오면 식탁보를 들어 올려서 그들이 네 얼굴을 보지 못하게 해."

"뒤에서 누가 오면 어떡해?" 레니가 물었다.

"나는 네 뒤에 서서 신문을 읽는 것처럼 들고 있을 거야. 빠르고 자신 있게 걷되 뛰지는 마. 자, 가자!"

레니는 하얀 식탁보 더미 뒤에 얼굴을 숨기고 서둘러 앞으로 나아갔고 할은 그 뒤를 따라갔다. 식당차에는 아무도 없었다. 부엌을 지나 승객용 객실이 있는 객차의 통로로 들어가는데 레니가 갑자기 멈췄다.

"누군가 오고 있어!" 레니가 조용히 말했다. "피클 씨 부부야."

"당황하지 마!" 할이 말했다. 할은 간담이 서늘해지는 것 같았다. "계속 가!"

"피클 씨 부부를 지나칠 수 없을 것 같아!" 레니가 식탁보에 얼굴을 갖다 대며 속삭였다. "그들이 나를 보게 될 거야."

할은 레니의 주위를 둘러보았다. 피클 부부는 할의 객실에서 두 걸음 떨어진 곳에 있었다.

갑자기 문이 용수철처럼 팅기며 열렸다.

"피클 씨!" 삼촌이 복도로 나오며 레니 앞에 섰다. "마침 잘됐군요. 그렇지 않아도 피클 씨를 만나고 싶었는데."

"안녕하세요?" 리디아 피클이 미소를 지었다.

"경찰이 탐지견 두 마리와 함께 우리 객실을 샅샅이 뒤졌는데, 우리 객실에서 아무것도 찾지 못했습니다. 그 소식을 듣게 되면 당신이 제일 좋아할 것 같아서요. 우리 객실엔 목걸이도 귀걸이도 브로치도 없어요."

삼촌은 옆으로 걸어가 조심스럽게 할에게 손짓했다.

할은 삼촌의 신호를 받고, 레니를 재빨리 객실 안으로 밀어 넣고 문 뒤에 숨으라고 손짓했다.

"이제 제 조카에게 사과해야 할 것 같은데."

"천만에! 절대로 안 해!" 스티븐이 화를 냈다. "지나가게 비켜."

삼촌과 할은 피클 부부가 지나갈 수 있도록 그들의 객실 문 쪽으로 가서 피클 부부가 복도를 빠져나가는 것을 지켜보았다.

"거의 들킬 뻔했어요!" 문을 닫으며 할이 말했다.

"고마워요, 아저씨!" 레니가 말했다. "아저씨는 제 생명의 은인이에요."

"천만에! 말린, 나 기억 안 나니? 네가 어렸을 때 우리 만난 적이 있는데."

"기억나요." 레니가 씩 웃었다. "아빠는 아저씨가 쓴 책 다 가지고 있어요. 아빠가 아저씨가 쓴 책을 저에게 읽어 줬어요. 아저씨의 책 모두 대단해요."

"아이고 기특하기도 하지." 삼촌 얼굴이 흐뭇함으로 빛났다. "이제 곧 기차가 석탄과 물을 채우기 위해 세틀로 갈 거야. 그러면, 네 아빠를 만나 경찰에게 네가 기차에 있다고 말해야 한다고 얘기할 거야. 말린, 모두 네가 이 여행에 참여하고 싶어 했다는 것을 이해할 거야." 삼촌이 할을 보며 말했다. "문을 잠그고 나 외에는 누구에게도 문을 열어 주지 마. 만약 경찰이 무임승차자를 발견하게 되면 해명해야 할 게 많을 테니까." 삼촌은 수첩과 펜을 집어 들었다.

"오래 걸리지 않아."

삼촌이 나가고 할이 문을 잠그자 레니가 소파에 몸을 던졌다. "시간이 별로 없어." 레니가 말했다.

"무슨 시간이 없어?"

"하일랜드 팰컨의 수수께끼를 풀기 위한 시간!" 레니는 손에 턱을 괴었다. "사람들이 내가 여기 있다는 사실을 알게 되면 아마 나를 집으로 보낼 거야. 만약 마일로가 도둑이고 시에라가 공범이라면 빨리 증거를 찾아야 해."

"어떻게?"

"질문 잘했어." 레니는 앞으로 몸을 숙였다. "나한테 계획이 다 있거든."

chapter 22

세틀에서 닥친 위기

"**전**에 세틀역에 가 본 적이 있어." 레니가 말했다. "증기 기관차는 석탄과 물을 채우기 위해 기차의 앞부분을 승강장 너머로 세워야 해. 왕자님 부부의 악수와 같은 모든 공식적인 행사는 뒤쪽, 전망차의 베란다에서 치러질 거야. 모든 사람이 기차의 끝부분에서 내려갈 거야."

"그래서?" 할은 삼촌의 의자에 앉았다.

"그래서, 그때가 바로 우리가 마일로의 객실을 조사할 때야."

"하지만 경찰은 이미 수색했고 보석을 찾지 못했어."

"우리는 보석을 찾는 것이 아니야. 마일로가 까치라는 증거를 찾아야 해. 도구나 계획을 찾을 수도 있어."

"하지만 문이 잠겨 있을 거야." 할은 레니의 공구 벨트를 바라보았다. "공구로 문을 열 수 있어?"

"그랬으면 좋겠다! 공구로 문을 열 수 있다면 왕실 객실 문을 열기 위해 고든 씨의 열쇠를 가져올 필요는 없었겠지.”

“하지만 삼촌에게 여기서 나가지 않겠다고 약속했어.”

“아니, 너는 그런 약속 안 했어.” 레니는 팔짱을 꼈다. “네 삼촌은 나가시면서 문을 잠그고 삼촌 외에는 누구에게도 문을 열어 주지 말라고 하셨어. 그리고 문으로 나가자고 하는 게 아니야. 내가 말하는 것은 밖으로 나가자는 거야.”

“뭐라고?”

“괜찮을 거야. 기차가 세틀역에 도착하면 창문은 승강장 반대편에 있을 거니까 아무도 우리를 볼 수 없어. 우리는 창문을 열고 밖으로 나가는 거야. 드라이버로 마일로의 창문을 열 거야.” 레니는 공구 벨트를 가리켰다. “창문을 통해서 마일로의 객실로 들어가서 조사하고 기차가 역에서 떠나기 전에 돌아올 수 있도록 할 거야.”

할이 고개를 끄덕였다. “그래야겠지.”

“좋아.” 레니가 벌떡 일어났다.

“마일로의 객실이 어딘지 알아?”

“바로 옆이야, 이 방향.” 할이 반대편 벽을 가리켰다.

“완전히 식은 죽 먹기네!”

“만약 땅에 떨어지면 어쩌지, 꽤 높은데⋯⋯.” 할이 말했다.

“떨어지지 않으면 되지.” 레니는 창문 유리에 얼굴을 들이밀었다. “자, 기차가 벌써 속도를 늦추고 있어.”

기관차가 소박하고 평온해 보이는 세틀역을 통과했다. 할은 슬레이트 지붕과 주름진 목재 처마로 장식된 흰색과 체리색 건물을 보았다. 할의 맥박은 빠르게 뛰고 있었다. 하일랜드 팰컨의 탄수차가 승강장을 지나 멈추자마자 레니는 의자 위로 올라가 창문을 열었다. 레니는 왼쪽 다리를 바깥쪽으로 휘두르며 옆으로 기어 나갔다.

"가자!" 레니는 창문 아래의 얇은 금속 선반에 한 발을 올리며 조용히 말했다. 레니는 한 손을 완전히 뻗어 마일로의 방 창문에 왼손 손가락을 걸고 한쪽 발을 마일로의 창 쪽으로 옮겨 두 개의 창문에 몸을 걸치고 있었다.

"조심해!"

레니는 공구 벨트에서 드라이버를 꺼내 마일로의 창문을 억지로 열었다. 할은 심장이 너무 빨리 뛰어서 토할 것만 같았다. 레니는 창문을 아래로 내려 손을 안으로 집어넣고 기어올라 들어간 후 머리를 창문 밖으로 내밀고 할을 향해 싱긋 웃었다.

"자, 이제 네 차례야."

할은 의자에 서서 한쪽 다리를 창밖으로 내디뎠고, 마일로의 창 가장자리에 손을 뻗었지만 닿지 않았다.

"발을 먼저 뻗어 봐."

할은 창틀을 잡고 다리를 최대한 뻗었다. 레일의 체어(철도 침목을 고정하는 쇠붙이. 역자 주)가 흔들렸고 할은 숨이 막혔다. 할의 손은 땀으로 흥건했다. 할은 곧 철로에 떨어질지도 모른다는 생각에 몸이 얼어붙었다. "못 하겠어, 떨어질 거 같아."

"아니야, 떨어지지 않아."

할은 창문을 더 세게 움켜쥐었다. 팔이 떨리고 있었다. "너무 높아." 할은 자신의 목소리에서 공포를 들었다. "난 못 해."

"할 수 있어. 자, 내 손을 잡아."

할은 레니 쪽을 봤다. 레니의 손이 멀리 떨어져 있는 것 같았다. 할은 고개를 저었다.

"알았어, 걱정하지 마." 레니가 할을 안심시키려고 미소를 지으며 말했다. "안으로 돌아가, 내가 본 것을 말해 줄게."

할은 안도감과 수치심으로 바닥에 굴러떨어진 채 다시 객실로 들어갔다. 할은 스케치북을 들고 레니의 말을 들을 수 있도록 머리를 창밖으로 내밀었다.

"이곳은 네 객실과 똑같아. 완전 거울을 보는 것처럼 대칭이야." 할은 레니의 말을 들었다. "마일로의 객실은 너무 지저분해."

할은 비어 있는 페이지에 선을 긋고 자신의 객실과 대칭인 그림을 그렸다.

"보이는 것을 모두 말해 봐."

"여기저기 종이가 있어." 레니가 말했다. "책상 곳곳에 그리고 카펫 위 여기저기 구겨진 종이공들이 있어……." 레니가 조용해졌다. "구겨진 종이쪽지에는 모두 한 단어 또는 몇 문장이 있는데 모두 갈겨썼어."

"또 뭐가 있어?"

"발꼬랑내 나는 양말과 책이 바닥 여기저기에 쌓여 있어. 짐을 제대로 풀지도 않았고 옷은 여기저기 내동댕이쳐져 있어. 잠깐, 가방 안을 볼게." 침묵이 흘렀다. "아무것도 없어. 그냥 옷만 있어."

"방 한구석에서부터 시작해서 보이는 것을 모두 말해 줘." 할이 그림을 마무리하며 말했다.

"알았어, 소파 위쪽에 전등이 매달려 있고 파란색과 분홍색 물방울무늬 실크 스카프가 있어. 마일로의 코트가 문 뒤에 걸려 있고……." 한차례의 침묵이 흘렀다가 다급한 목소리가 뒤따랐다. "쪽지가 주머니에서 사라졌어!" 레니의 머리가 창밖으로 튀어나왔다. "세면대 옆 비누 받침대 위에 팔찌가 있어, 다이아몬드 같아!"

"만지지 마." 할이 말했다. "팔찌를 묘사해 봐."

"금으로 만들어진 작은 원이고 그 안에 둥글게 작은 다이아몬드가 차례로 띠를 만들며 박혀 있어. 경찰이 수색했을 때 왜 이것을 찾지 못했을까?"

"탐지견을 데리고 간 경찰이 팔찌를 찾으러 간 게 아니잖아." 할이 말했다. "경찰은 아마도 그것이 마일로의 팔찌라고 생각했을 거야." 하일랜드 팰컨이 기적을 크게 울렸고 그 소리가 할의 심장을 뛰게 했다.

"레니, 거기서 나와! 이제 움직일 때야."

"잠깐만! 의자 아래 서랍을 확인하는 것을 깜빡했어."

"레니, 빨리 나와."

"여기 여행용 가방이 있어."

"내버려 둬…… 레니?" 레니가 마일로의 창문 밖으로 웃는 얼굴을 내밀자 할은 참았던 숨을 씩씩거리며 내뱉었다. "장난치지 마!"

레니의 입가에서 미소가 사라지고 고개를 돌렸다. "누군가 들어오려고 해! 숨어야 해!" 레니가 시야에서 사라졌다.

"레니?" 할이 속삭였다. "레니!".

chapter 23

용의 증기

할은 레니가 외치는 소리나 마일로의 화가 난 목소리가 들리지 않을까 해서 옷장 문을 열고 옷장 벽에 귀를 대 봤지만 아무 소리도 들리지 않았다. 세면대 옆에 있는 유리잔을 집어 벽에 대고 귀를 기울였다. "레니!" 할은 유리잔을 소파에 던지고 열쇠를 꺼내어 문을 확 잡아당겨 열었다.

"와우!" 삼촌이 복도에 서서 노크하기 위해 손을 들고 있었다.

"잠깐만요." 할은 복도를 훑어보았다. 아무도 없었다. 마일로의 객실 문은 닫혀 있었다.

"네 아빠와 통화했어. 근데⋯⋯ ." 삼촌이 주위를 둘러보았다. "레니는 어디 있니?"

"음⋯⋯." 할이 눈을 깜박였다. 할은 삼촌에게 레니가 마일로의 방에 침입했다고 말하고 싶지 않았다. "화장실 갔어요."

"그래?" 삼촌은 소파에 앉았다. "사람들 눈에 뜨일까 걱정하는 줄 알았는데."

"레니가 화장실이 급했나 봐요. 세틀 축하 행사로 모든 사람이 기차의 반대편 끝 쪽에 있을 거라고 말하고 갔어요. 화장실에 갇힌 건 아닌가 걱정돼서 확인해 보려고요."

할은 복도로 나가서 문을 닫고, 삼촌이 다시 문을 열지 않을까 잠시 기다렸다가 마일로의 방 쪽으로 살금살금 걸어갔다. 마일로의 방문은 닫혀 있었다. 안에서는 아무 소리도 들리지 않았다. 만약 마일로가 방에서 레니를 발견했다면, 아마도 떠들썩한 소란이 있었을 것이다. 그 말은, 즉 레니가 잘 숨었고 갇혔다는 것을 의미한다.

"이 녀석! 여기서 또 뭐 하는 거야?"

할은 깜짝 놀랐다. 스티븐이 할을 향해 성큼성큼 걸어오고 있었다.

"왜 또 얼쩡거리는 거지? 또 뭘 훔치려고?"

"저는…… 책을 가지러 도서관에 가는 거예요." 할은 심술궂은 표정의 스티븐을 지나치면서 반항적으로 말했다.

"지금?" 스티븐이 몸을 돌려 할을 따라갔다. "나는 왜 네 말이 믿기지 않지?"

할은 걸으면서 당황하지 않으려고 애썼다. 레니는 마일로의 객실에 갇혔고, 할은 의심스러운 눈초리로 따라오는 스티븐 때문에 원치 않는 곳을 가고 있었다. 식당차를 통과하는 동안 되돌아갈 이유를 생각해 내느라 머리를 쥐어짰다. 도서관에 도착한 할은 곧바로 가장 가까운 책장으로 가서 책을 한 권 꺼냈다.

스티븐이 쿵쾅거리며 도서관으로 들어와 할을 지나치면서 험상궂은 낯빛으로 할에게 말했다. "꼬마야! 내가 너를 항상 지켜보고 있어." 스티븐 피클이 말했다. "네가 가는 곳마다 난 너를 지켜볼 거야." 스티븐 피클은 할이 자신의 위협적인 눈빛의 강력한 힘을 느꼈는지 확인하듯 할의 주위를 서성거렸다.

"어머!" 루시가 문을 열며 스티븐의 뒷모습을 보면서 놀라 소리쳤다.

"미도우즈 양, 미안해요." 스티븐이 도서관을 나서면서 말했다.

루시는 곧장 낮은 책장으로 가서 책 한 권을 집어 들어 펼쳤다.

할은 오로지 레니를 도와야 한다는 생각에 서둘러 문 쪽으로 갔다.

루시는 놀라서 숨을 헐떡였다. "앗, 깜짝이야! 할!" 루시는 책을 쾅 덮으며 말했다. "네가 거기에 있는 걸 못 봤어."

"죄송합니다, 놀라게 하려고 한 것은 아니었어요." 할은 루시가 들고 있는 책을 가리키며 예의 바르게 미소 지었다. "그 책 재밌나요?"

"뭐라고?"

"그 책이요." 할이 말했다. "용의 증기."

"응, 맞아. 나 용을 정말 좋아해!"

할은 인상을 찌푸렸다. "기차를 말하는 거죠?"

"물론이야! 기차와 용." 루시는 빠르게 고개를 끄덕였다. "어쨌든 난 시에라가 기다리고 있어서 가야 해."

루시가 책을 팔 아래 끼고 가다가 책장 사이에서 무언가가 떨어졌다.

"잠깐만요!" 할은 루시를 부르며 몸을 숙여 떨어진 것을 집어 들었다. 하지만 뒤를 돌아보니 루시는 이미 사라진 후였다. 떨어진 것은 평범한 파란 편지 봉투였다.

편지 봉투는 덮개로 덮여 있었지만 봉인되어 있지는 않았다. 그것을 열고 사각형으로 접힌 종이를 꺼낼 때 죄책감이 밀려왔다. 그 종이에는 날카로우면서 가늘고 긴 구불구불한 필체로 다음과 같이 쓰여 있었다.

나의 사랑:

저는 지금 너무 비참합니다.
당신을 매일 보면서 서로 모르는 척하는 것은 고문입니다.
저는 세상에 대고 당신을 사랑한다고 말하고 싶습니다.
그러나 그 대신 절망적인 소년처럼 책에 쪽지를 남깁니다.
당신이 제게 한 것을 보세요.
이런 식으로 해야 한다고 느끼는 거 이해합니다.
캐기 좋아하는 호기심 많은 사람으로부터
우리의 사랑을 숨겨야만 하지만,
당신은 나의 모든 것이라는 것을
알아주기를 바랍니다.

당신을 생각하며.
M.

또각거리는 하이일 소리에 깜짝 놀라 할은 얼른 쪽지를 주머니에 넣었다.

"루시 봤니?" 시에라가 잔뜩 짜증 난 얼굴로 주위를 훑어보며 물었다.

"방금 떠났는데요."

"루시가 내게 뭔가 가져다주기로 했는데."

"만약 보게 되면 누나가 찾는다고 말해 줄게요."

그들은 모든 것을 잘못 알고 있었다.

'마일로는 시에라와 사랑에 빠졌어! 루시는 그들의 쪽지를 전달하고 있었던 거였어. 그래서 시에라는 루시에게 자신을 위해 거짓말을 하게 만든 거야! 시에라의 알리바이는 마일로와 함께 있었다는 거야. 마일로는 까치가 아니야.'

할은 스케치북을 꺼내 마일로의 메모가 있는 페이지를 넘기며 자신의 실수를 깨달았다. 레니가 마일로의 방에서 본 팔찌는 아마도 시에라의 것이고, 분홍색과 파란색의 물방울무늬 스카프도 시에라의 스카프가 틀림없다. 할은 레니에게 돌아가서 말해야 했다.

당구장이 있는 문이 열렸다.

"안녕, 해리슨."

마일로였다.

'마일로가 어떻게 여기에 있을 수가 있지? 마일로는 레니와 함께 자신의 방에 있어야 했다. 마일로가 아니라면 누구지?'

"너 괜찮니?" "해리슨, 너 얼굴이 아주 창백해."

하지만 할은 대답하지 않았다. 할은 이미 도서관에서 나와 뛰고 있었다.

chapter 24

수사 방향 전환

할은 식당차를 통해 질주하다가 프래틀 경위와 부딪쳤고, 경위가 손을 뻗어 할의 가는 길을 막았다.

"잠깐!" 경위가 말했다.

"저 바빠요." 할이 말했다. 스피커에서 지직 소리가 나면서 고든의 목소리가 기차 안에 울렸다.

"신사 숙녀 여러분, 클라이드 경관님이 모든 승객을 신속히 식당차에 모이도록 요청했습니다. 즉시 식당차로 모여 주세요."

프래틀 경위가 의자를 가리켰다. "저기 앉아!"

객차는 승객들로 가득 차기 시작했다.

"목걸이를 찾았다는 발표였으면 좋겠는데." 남작이 할의 옆에 앉으며 말했다. "그렇다면 남은 여정은 평화롭게 즐길 수 있겠지."

"하일랜드 펠컨에는 지루한 순간이란 없어요." 마일로가 냉소적인 미소를 띠고 남작의 맞은편에 앉으며 말했다.

삼촌은 할을 발견하고 테이블로 와서 앉았다.

"객실 문 잠그지 않으셨죠?" 할이 속삭였다. "레니가 들어갈 수 있도록요."

"당연하지." 삼촌이 대답했다.

할은 입술을 깨물었다. 모두가 식당차에 모이면 레니가 마일로의 방에서 빠져나올 수 있을지 몰라. 그랬으면 좋겠는데.

랜즈베리 부인이 도착했고, 로완이 그 뒤에 왔다. 로완은 베일리, 섀넌, 트라팔가와 함께 문 옆에 서 있었다.

시에라가 식당차에 들어서자 섀넌과 트라팔가가 벌떡 일어나 짖어 댔다.

"개들이 나에게 못 오게 해 주세요!" 시에라가 뒷걸음질치며 소리 질렀다. "으악, 질색이야!"

시에라는 식당차 반대편 끝으로 가서 앉았다.

할은 얼핏 루시가 웃는 것을 보았지만, 이내 풀이 죽어 무기력해 보이는 베일리가 더 맘에 쓰였다. 베일리는 다른 개들과 함께 뛰어다니지도 않았다.

"자, 아기들아." 랜즈베리 부인이 강아지들을 진정시켰다. "훌륭하신 경찰 분들에게 협조해야지. 말 잘 듣고 얌전히 있어야 해."

"이번이 내가 해 본 기차 여행 중에 최악이야." 스티븐이 의자에 털썩 주저앉으며 투덜거렸다. "내 기차라면 개 한 마리도 태우지 않았을 거야."

왕자 부부가 엄숙한 표정을 하고 마지막으로 입장했다. 왕자 부부가 자리에 앉았을 때, 클라이드 경관이 식당차의 모서리 쪽에서 일어났고 모두가 경관을 향했다.

"모두 모여 주셔서 감사합니다." 경관이 말했다. "혼란을 일으켜 죄송합니다. 아직 왕자비님의 목걸이를 찾지는 못했지만, 용의자를 잡아 가뒀음을 알려드리고 싶습니다." 호기심 어린 소곤거림이 물결처럼 퍼져 나가자 클라이드 경관 얼굴에 득의양양한 미소가 번졌다.

"용의자가 누구예요?" 리디아가 물었다. "내 브로치는 찾았나요?"

"하일랜드 팰컨이 런던을 떠난 이후로 도둑이 여러분들 사이를 걸어 다니고 있었습니다." 클라이드 경관이 말했다. "무임승차자가 아틀라스 목걸이를 가져갔습니다."

"아…… 안 돼." 모두가 놀라서 헉 하는 소리를 낼 때, 삼촌이 숨죽여 말했다.

할은 쓰러질 것 같았다.

"무임승차한 사람이 있다고요? 왕실 열차에?" 랜즈베리 부인이 외쳤다. "그게 어떻게 가능합니까?"

"무임승차자의 이름은 말린 싱입니다." 클라이드 경관이 말했다. "말린 싱은 지금 하일랜드 팰컨을…… 음…… 저 방향으로 몰고 있는 왕실 기차의 기관사 모한짓 싱의 딸입니다."

"블랙번 방향." 삼촌이 조용히 말했다.

"기관사 모한짓 싱이 이 절도의 배후자입니다. 곧 하일랜드 팰컨에서 은퇴하게 되어 생계를 책임질 직업을 잃게 되는 것에 분개한 모한짓 싱은 도둑질에 의지하게 되었습니다. 싱 씨는 하일랜드 팰컨의 부유한 승객들로부터 값비싼 보석을 훔치게 하려고 몰래 자기 딸을 기차에 태웠습니다."

"그건 사실이 아니에요!" 할이 벌떡 일어났다.

"네 친구지? 그렇지?" 스티븐이 비웃었다. "진작에 알았어야 했어."

삼촌은 할을 앉히려고 했다.

"증거가 있나요?" 할은 주먹을 꽉 쥐며 소리쳤다.

"바로 여기."

프래틀 경위가 갈색 봉투를 들고, 플라스틱 핀셋으로 작은 봉제 인형을 꺼내며 말했다. 그것은 페니 마우스였다.

"이 장난감 인형이 왕실 침실의 옷장에서 발견되었습니다." 클라이드 경관이 말했다. "싱 씨가 이 봉제 인형이 자기 딸 것임을 확인해 주었습니다. 싱 씨는 고든 굴드 씨의 왕실 객실 열쇠를 가져가서 그것을 말린에게 주었습니다. 말린은 발라터역에서 왕실 객실 안 옷장에 숨어 있었습니다. 말린은 왕자비님이 기차에 타서 옷을 갈아입을 때까지 기다렸다가 다이아몬드 펜던트를 가짜 유리로 바꿨습니다."

그때 전화벨이 울렸다. 모두가 스티븐을 쳐다보았지만, 그것은 클라이드 경관의 것이었다. 경관이 휴대전화를 받았다.

"여보세요? 말씀하세요. 우리가 생각한 것이 맞는군요. 감사합니다." 경관이 전화를 끊었다. "왕실 객실 열쇠에서 발견한 지문이 말린 싱의 것이라는 확인 전화입니다. 또한 그 지문은 왕실 객실 바닥 여기저기에서도 발견되었습니다."

할이 털썩하고 자리에 앉았다.

"내 브로치는 어딨죠?" 리디아가 물었다.

"우리는 기관사와 그의 딸이 하일랜드 팰컨에 대해 속속들이 알고 있는 점을 이용해 보석을 숨겼다고 생각합니다." 클라이드 경관이 설명했다. "현재로서는 탐지견이 아무것도 찾아내지 못했지만, 기차가 런던으로 돌아가면 보석을 찾아드리겠습니다."

할이 다시 일어섰다. "레니는 아무것도 훔치지 않았어요." 할이 고개를 저으며 말했다.

"그렇다면 마일로 씨의 객실 문 잠금장치가 부서져 있고, 말린 싱이 그 방 안에 있었던 이유에 대해 네가 설명해 줄 수 있겠니?"

클라이드 경관이 의기양양하게 말했다.

"내 방?" 마일로가 놀라며 말했다.

"용의자를 수색한 결과 아무것도 발견되지 않았지만, 객실로 돌아갔을 때 잃어버린 것이 있으면 저에게 신고해 주십시오. 유감스럽게도 말린 싱이 당신 객실을 꽤 엉망으로 만든 것 같습니다."

"하지만 레니가 한 게……." 할이 말을 하려는데 삼촌이 할보다 더 큰소리로 말을 했다.

"하일랜드 팰컨의 여행은 어떻게 되는 건가요?" 삼촌이 또렷한 목소리로 물었다. "만약 기관사가……."

"왕자님은 계획대로 여행을 계속하기를 원하십니다."

클라이드 경관이 삼촌이 말하는 중간에 끼어들었고, 왕자는 고개를 끄덕였다.

"말린 싱은 우리가 런던에 도착할 때까지 수화물차에 구금되어 있을 겁니다. 유감스럽게도 하일랜드 팰컨을 운전할 자격이 있는 사람이 없으므로 말린 싱의 아버지를 대신할 사람이 없습니다. 모한짓 싱 씨는 우리가 패딩턴에 도착할 때까지 경찰 감시하에 기차를 계속 운전할 것이며, 패딩턴에서 정식으로 기소되어 체포될 것입니다."

할은 항의하기 위해 입을 열었지만, 삼촌이 할의 어깨를 잡고 다시 앉히며

경고의 의미로 고개를 저었다.

　"하일랜드 팰컨이 런던에 도착할 때까지 이 정보를 비밀로 유지하시기 바랍니다. 그곳에서부터는 런던 경찰국이 조사를 주도할 것입니다."

chapter 25

관찰 기록

"**경**찰은 잘못 알고 있어요! 삼촌이 그들에게 말해야 해요." 삼촌이 객실 문을 닫자 할이 강하게 말했다. "그들은 삼촌 말은 들을 거예요. 레니는 목걸이를 훔칠 수 없어요. 왜지 알아요? 아틀라스 목걸이가 도난당했다고 여겨지는 시간에 저랑 발전기실에 함께 있었어요."

"만약 우리가, 네가 말린과 함께 있었다고 말하면 경찰은 네가 조사할 때 한 말이 거짓말이고 너도 공범이라고 생각할 거야." 삼촌이 고개를 저었다. "그리고 레니는 마일로의 객실에서 도대체 무엇을 하고 있었던 거니?"

"단서를 찾는 중이었어요." 할이 말했다. "저도 거기에 들어가기로 했었는데 창문으로 나가는 게 너무 무서워서 전 못 갔어요."

"네가 무서워서 못 갔다니 천만다행이구나. 아니면 둘 다 그 수화물 보관실에 갇힐 수도 있었는데."

"모든 것이 잘못되고 있어요." 할은 두 손으로 얼굴을 가린 채 소파에 털썩 주저앉았다. "심지어 마일로는 도둑이 아니에요."

삼촌은 할이 계속 말하도록 아무 말도 안 하고 듣고 있었다.

"저희가 발견한 그 쪽지, 그게 뭔지 아세요? 그건 연애편지였어요. 마일로는 시에라와 사랑에 빠졌지만, 그 사실을 감추고 있고 루시가 그들 사이에 오가는 편지를 도서관 책에 숨겨 놓는 일을 하고 있었어요."

삼촌은 책상에 앉아 있었다. 기차가 맨체스터 외곽으로 다가가면서 호수와 나무들의 풍경이 주택과 주차된 차로 바뀌었다. "우리는 몇 시간 안에 크루에 도착할 거야." 삼촌이 말했다.

할은 집 얘기가 나오자 가슴이 뛰었다.

"지금까지 일어난 모든 일을 고려할 때⋯⋯." 삼촌은 할을 바라보았다. "네 아빠에게 전화를 걸어 너를 데리러 오라고 해야 할 것 같다."

"안 돼요!" 할은 세상이 자기에게서 멀어지는 것을 느꼈다.

"이 일에 말려든 게 네가 원한 건 아니잖아. 할, 너는 심지어 이 기차 여행을 하고 싶어 하지도 않았잖아."

"하지만 이 기차에 타게 된 것이 정말 행운이라고 생각하고 있어요. 제발 아빠에게 전화하지 말아 줘요. 이 여행이 끝날 때까지 하일랜드 팰컨에서 떠나고 싶지 않아요. 제발, 레니는 저의 친구예요! 레니를 도와줘야 해요. 아빠는 엄마랑 애기 때문에 이미 충분히 걱정거리가 많아요. 제발, 삼촌."

삼촌은 머뭇거렸다. "알았어. 하지만 더 이상 다른 사람의 방에 몰래 들어가면 안 돼."

할은 고개를 끄덕였다.

"약속할게요."

삼촌은 고개를 저었다. "도대체 우리가 모한짓과 레니를 어떻게 도울 수 있을까?"

"진짜 도둑을 찾으면 되잖아요." 할이 스케치북을 꺼내 책상 위에 올려놓으며 말했다. "여기에 모든 복잡한 문제의 조각이 다 있을 거예요. 틀림없어요. 누가 진짜 까치인지 알아내야만 해요."

기차가 맨체스터 외곽을 덜컹거리며 지나 피카딜리역에서 손을 흔드는 인파를 위해 속도를 늦출 때, 할과 삼촌은 목걸이가 도난당한 날에 대해 이야기를 계속했다.

"이런 식으로 해 봐야 다 소용없어요, 쓸데없다고요."

할이 말했다. "계속 같은 자리에서 맴돌잖아요. 우리는 헛수고하고 있어요."

"좀 쉬어야겠다. 크루에서 왕실 환영회를 취재해야 하는데 같이 갈래?"

"왜 맨체스터에서 환영회를 안 하는 거예요? 맨체스터가 크루보다 훨씬 더 큰 도시잖아요."

"크루는 중요한 철도 도시야." 삼촌이 쯧쯧 혀를 찼다. "설마 모르는 거야? 너 그곳에 살잖아."

할은 고개를 저었다.

"철도가 거미줄과 같이 전국에 뻗어 있다고 하면······." 삼촌이 주먹을 쥔 손을 들어 올렸다. "그러면 크루는 런던, 맨체스터, 버밍햄 그리고 리버풀을 이어주는 중앙 매듭 같은 곳이야. 역이 생기면 주변에 철도 공사, 철도 조차장, 공장 그리고 그곳에서 일하는 사람들이 사는 집이 지어지면서 마을이 생기지. 철도가 없었다면 네 집은 들판이었을 거야."

할은 눈을 깜박였다. 할은 태어나서 이제껏 크루에서 보냈지만 자신이 사는 곳이 철도 마을인 줄 몰랐다.

"어때? 네가 사는 곳에서 축하하는 파티를 하는데 가고 싶지 않니? 케이크도 있을 텐데."

"레니가 수화물 보관소에 갇혀 있는데 파티에 갈 수는 없어요. 이상하게 들릴지 모르지만 조용한 곳을 찾아서 그림을 그리고 싶어요. 그림을 그리다 보면 생각하는 데 도움이 돼요."

"전혀 이상하게 들리지 않아. 할, 생각하는 방식은 사람에 따라 다 달라." 삼촌이 외투를 입었다. "전망차에 가는 건 어때? 거기에서도 파티를 볼 수 있고, 배가 고프면 케이크도 한 조각 가져다줄 수 있는데."

할은 스케치북과 펜을 들고 전망차로 갔다. 넓은 잎사귀를 가진 열대 식물에 의해 시야가 가려진 좌석을 발견하곤 그곳에 앉았다. 할은 머리를 식히며 천천히 생각할 필요가 있었고, 그림 그리는 것이 할에게는 도움이 되었다. 성급하게 생각하는 바람에 할과 레니는 마일로를 까치라고 믿게 되었다. 차분하게 다시 생각해야 한다.

할은 스케치북의 양쪽 빈 페이지를 펼쳐서 손바닥으로 가운데를 평평하게 했다.

하일랜드 팰컨이 크루에 도착했다. 모래 벽돌과 흰색 철제 격자형 대들보에 붉은색, 흰색 그리고 청색의 깃발이 한 줄로 매달려 있었다. 하일랜드 팰컨에 앉아서 낯익은 많은 것들에 둘러싸여 과거의 세계를 경험하면서, 할은 이상하게도 가슴이 먹먹해지는 느낌을 받았다. 마치 타임머신을 탄 것 같았다.

밖에서는 어린이 합창단이 '폭주 열차'를 부르고 있었다. 할은 엄마를 생각하며 동생이 태어났을까 궁금했다. 눈을 감고 둘 모두 건강하기를 간절히 바랐다. 다시 눈을 뜨고 내리는 승객들을 봤다. 할은 왕자 부부를 환호하는 소리를 들었다. 손목의 긴장이 풀렸고 펜이 빈 곳에 미끄러지듯 경쾌하게 움직였다. 펜이 움직이면서 할의 마음이 꽃봉오리가 열리듯 활짝 열렸고, 어떤 방향성이 보이기 시작했다.

어니스트 화이트는 차 한 잔을 들고서 몸을 뒤로 숙여 바텐버그(네 개의 작은 사각형 스펀지 빵을 격자 모양으로 붙여 만든 빵. 역자 주)를 한 조각 베어 물고 있었다. 반달 모양 안경을 쓴 노인에 대해 할이 알고 있는 게 무엇일까? 어니스트는 왕실 열차를 관리하는 데 일생을 바친 후 은퇴했다. 그는 하일랜드 팰컨을 속속들이 알고 있을 뿐만 아니라 왕실의 습관에 대해서도 잘 알고 있다. 그는 여전히 왕실의 열쇠를 가지고 있을 수 있다.

할은 열쇠를 그리고 그 옆에 물음표도 함께 그려 넣었다. 어니스트는 돈 외에는 뚜렷한 동기가 없었다. 그는 증기 기관차를 좋아한다. 할은 기차 소리를 녹음하기 위해 식당차 창문에 붙인 푹신한 마이크를 떠올리며 미소를 지었다. 이제는 그런 것이 그다지 이상해 보이지 않았다. '마이크! 그것은 그동안 식당차 안에 있었다. 만약 그것에 중요한 단서가 녹음됐다면?' 할은 어니스트의 머리 옆에 푹신한 마이크를 그렸다.

할은 위를 올려다보았다.

루시 미도우즈가 여성 단체 현수막 옆에
서 컵케이크를 먹고 있었다. 할은 루시
가 좋다. 루시는 따뜻한 미소를 띠고
쉽게 얼굴을 붉히지만 만만한 상대
는 아니다. 루시가 시에라를 위해 일
하는 것에서 벗어나려고 목걸이를 훔
쳤을까?

푹신한 커버가
있는 마이크

할은 가늘고 긴 사각형 안에 완두콩 크기
의 얼굴과 크게 부풀린 머리 스타일의 시에
라를 그렸다. 시에라는 키스라도 하려는
듯 입술을 오므리며 크루 시장 옆에
서 사진 찍을 자세를 취했다. 네모난
얼굴의 아이작은 카메라를 들고 그
들 앞에 무릎을 꿇고 앉아 있었다. 시
에라는 마일로의 팔을 잡고 사진 속으
로 끌어들였다. 생각에 잠겨 반쯤 내리깐

아이작의
카메라

눈과 금방이라도 고함을 칠 것 같은 입술을 보며
할은 미소를 지었다. 그들의 은밀한 사랑이 커다란 오해를 불
러일으켰다.

할은 시에라의 치마 아랫단 주름 장식을 만들기 위해 연속
적인 물결을 그리며 시에라가 허영심이 강하다고 생각했다.
그런데 시에라가 친구의 목걸이를 훔쳤다면, 왜 그랬을까? 할은 시장의 다른 쪽 옆에 서 있는 왕자비를 스케치했다. 큰 정삼각형 위에 거꾸로 된 작은 정삼각형을 그린 후 타원형 얼굴과 긴 생머리, 토성 모양의 모자…… 시에라의 인기가 하늘 높은지 모르고 치솟고 있는데, 시에라가 정말로 자기의 명성을 잃을 위험을 감수하면서까지 사람들 앞에서 절대로 착용할 수 없는 목걸이를 훔쳤을까?

스티븐
피클

피클 부부는 대기실 벽돌담 옆 의자에 만두 두 개가 놓여 있듯 나란히 앉아 있었다. 스티븐은 화가 난 것 같았다. 할은 그의 셔츠 깃 위에 머리 대신 커다란 순무를 그린 후 작은 눈과 납작한 입술을 그렸다. 백만장자 기업가가 아틀라스 다이아몬드를 훔쳐서 얻는 것이 있을까?

리디아 피클은 남편의 접시에 있는 케이크를 먹고 있었다. 여러 개의 풍선이 모여 있는 것처럼 피클 부인은 큰 가슴과 큰 엉덩이 그리고 풍성한 머리 모양을 하고 있었다. 피클 부인은 모두에게 미소를 지으며 아무 생각 없이 말했지만, 할은 피클 부인이 재미있고 상냥하다고 생각했다. 피클 부인은 처음으로 까치에게 보석을 잃어버렸기 때문에 용의자일 확률은 낮고, 아틀라스 다이아몬드를 훔치는 일을 주동할 만큼 똑똑해 보이지도 않았다.

소탈한 미소를 띤 얼굴에 고결하고 조각 같은 외모의 왕자가 아내의 목걸이를 훔치는 일은 있을 수 없다. 반짝이는 크리스털로 덮인 파란색 드레스로

완벽하게 치장한 랜즈베리 부인이 왕자 옆에 있었다. 할은 귀, 목, 손목에 있는 액세서리에 초점을 맞추며 종 모양을 그렸다. 그렇게 부유한 여성이 아틀라스 다이아몬드를 훔치는 일도 일어날 것 같지 않은 데다가, 랜즈베리 부인이 왕자비의 옷장에 숨어 있는 것은 상상할 수도 없었다.

에센바흐 남작

넷 삼촌

에센바흐 남작은 무순 같은 얇은 다리와 낮은음자리표 모양의 가슴을 가졌다. 남작은 하일랜드 팰컨을 넋을 잃고 바라보는 넷 삼촌 옆에 서 있었다. 남작은 부유한 남자이자 왕실의 오랜 친구였다. 남작은 용의자와는 거리가 멀었다.

그리고 넷 삼촌이 있었다. 할은 삼촌의 뿔테 안경을 무한대 기호로 그렸다. 삼촌은 알리바이가 없다. 리디아 피클의 브로치가 없어지는 날 삼촌은 리디아 옆에 있었다. 하일랜드 팰컨의 여정이 시작되기 전 도난 사건이 있었던 켄트 공작부인의 자선 행사에도 삼촌이 갔었다고 말한 것이 기억났다. 할은 펜을 들어 검지 위로 돌렸다. 삼촌이 까치일 수도 있을까? 아니면 확실히 아닐까?

그 페이지를 훑어보고 할은 이 행사에 한 명 부족하다는 것을 깨달았다. 로완 벅이 없었다. 발모럴성에서의 사건 이후 랜즈베리 부인은 공개 행사에 강아지들을 데리고 다니지 않았다. 로완은 아마도 강아지들과 함께 객실에 있을 것이다. 할은 자신이 로완을 그린 적이 없다는 것을 깨달았다. 항상 강아지를 그리는 것을 더 좋아했다. 할은 다섯 개의 팽팽한 목줄을 잡고 무표정한 얼굴의 남자를 그렸고, 그 끝에 열 개의 삼각형 귀를 그렸다.

할은 모든 승객 하나하나에 주의를 기울였다. 혹시 승객이 아닌 다른 사람이 범인일까? 아니면 에이미? 할은 손가락 사이로 펜을 돌리고 어니스트 옆에 있는 보송보송한 마이크에 동그라미를 그렸다.

아마도 어니스트의 녹음이 실마리를 제공할 수도 있을 것이다.

chapter 26

녹음과 사진

"**어**니스트 할아버지, 뭐 좀 묻고 싶은 게 있는데 얘기 좀 할 수 있을까요?" 할은 어니스트 화이트가 기차로 돌아오기를 기다리고 있었다.

"물론이지, 무엇을 도와줄까?"

"식당차에 소형 마이크 있잖아요. 녹음하는 것에 대해 궁금한 게 있어요. 녹음한 내용을 들어 본 적이 있나요?"

"서너 개 들어 봤지." 어니스트의 미소 짓는 눈에 물기가 맺혔다. "하일랜드 팰컨이 엄청난 소리를 낸단다."

차장이 호각을 불었고, 그것을 신호로 하여 모든 승객이 탑승하자 식당차의 문이 닫혔다.

"너 그거 아니? 기차 호각 소리를 들을 때마다 왕자님의 아버님이 생각난단다."

"진짜요? 어니스트 할아버지에게 물어보고 싶은……."

"왕자님의 아버님이 다섯 살 때 하일랜드 팰컨은 노퍽의 올퍼튼역에 있었고, 당시의 왕자님은 증조모인 메리 여왕을 배웅하고 있었단다."

"재미있군요. 궁금한 게……."

"당시 왕자님이 차장에게 호각을 봐도 되냐고 물었고, 호각을 받자마자 그 개구쟁이 왕자님이 호각을 아주 크게 불었지. 그리고 기차는 실수로 출발했단다. 불쌍한 차장은 뛰어서 움직이는 기차 위에 올라탔고 호각은 영원히 돌려받지 못했지." 어니스트 화이트가 낄낄거리며 웃었다. "작은 악당 같으니!"

"어니스트 할아버지의 녹음기 말인데요." 할이 끈질기게 계속해서 물었다. "항상 녹음되고 있는 건가요?"

"나에게 두 개의 녹음기가 있는데 6시간마다 교체한단다. 나는 그것을 듣고서 수첩에 날짜와 시간 그리고 어느 경로에서 녹음된 건지도 적어 놓지. 내 방에 오면 보여 줄게."

어니스트는 할의 앞으로 활기차게 걸어갔다. 할은 어니스트가 노령에도 불구하고 기차의 움직임에 따라 몸은 흔들리지만, 덜컹거리는 기차에서 잘 걷는 방법을 체득한 단단한 다리를 가지고 있다는 것을 알아챘다. "식당차에서 녹음된 소리 중에 사람들의 대화도 있나요?"

"그건 내 의도가 아니야." 어니스트가 단호하게 말했다. "마이크는 창밖에 있는데 어떤 사람들은 끔찍하게 시끄러워서……."

"피클 씨처럼요?" 할은 씩 웃었다.

"맞아, 정말 그 불쾌한 개코원숭이가 피스톤이 밀어 내는 증기 소리를 여러 번 망쳤어." 어니스트는 눈동자를 굴렸다. "피클 씨는 큰소리로 불평하면서 자기의 끔찍한 회사에 사람들이 투자하게 하려고 지레일락스에 대해 허풍을 떨었어." 어니스트는 목소리를 낮췄다. "피클 씨가 랜즈베리 부인과 남작에게 현금 흐름에 문제가 있다고 말했을 때 터져 나오려는 웃음을 참느라고 힘들었단다."

"피클 씨는 부자 아닌가요?"

"부자들도 돈 문제가 생길 수 있단다."

그들은 어니스트의 방에 도착했다. 어니스트는 방에 들어가 소파에 앉았다.

"나는 서비스 차량에 있던 나의 자리가 그립단다. 별거 아니지만 나에게는 천직이었지."

"레니와 싱 씨의 무죄를 증명하기 위해 그 녹음기에서 도움이 될 만한 무언가가 있는지 듣고 싶은데요. 단서라든지……."

"그런 건 없을 것 같은데." 어니스트는 책상 위의 검은색 작은 수첩을 가리켰다. "그곳에 모든 것을 기록한단다. 원한다면 빌려 가도 돼. 녹음은 들을 수는 있지만 며칠이 걸릴 거야."

할은 어니스트의 수첩을 집어 펼쳤다. 각 페이지는 날짜, 시간, 경로 및 메모로 구분된 네 개의 칸으로 나뉘어 있었다.

"로완 벅 씨가 말하는 거 들은 적 있나요?" 할이 물었다.

"랜즈베리 부인이 로완에게 말하는 것을 들은 적이 두어 번 있지만 벅 씨는 매우 조용한 사람이야. 랜즈베리 부인과 같이 지체 높은 사람은 자기 애견에 대해 묘사할 때 품위 있는 언어를 사용한단다."

"감사합니다, 어니스트 할아버지. 큰 도움이 됐어요." 할이 말했다.

"모한짓 씨를 도울 수 있는 것이라면 어떤 일이라도 기꺼이 할 수 있어. 그는 명예로운 사람이야." 어니스트가 검은 수첩을 가리키며 말했다.

날짜	시간	경로	메모 사항
8월 28일	오전 7시 30분	포스고	철교의 울림 가벼운 소리
8월 28일	오전 9시 30분	몬트로즈 인근	물 방류 최고 속도로 보충
8월 28일	오전 11시	디사이드 지선	증기 상태 양

"다 읽고 돌려줬으면 좋겠어. 나에게는 소중한 정보가 수록되어 있단다."

"조심히 볼게요." 할은 문으로 갔다.

"아이작 아저씨 어디에 있는지 아세요?"

"아디바요 씨는 배터리 충전하러 객실로 돌아간 것 같은데."

아이작의 방으로 가다가 강아지 우는 소리가 들리는 것 같아서 잠시 멈춰서서 귀를 기울였다. 그것은 어떤 여자의 울음소리였다. 울음소리는 복도 끝에 있는 욕실에서 들렸다. 할은 노크해야 할지 고민했지만 끼어들지 않는 것이 낫다고 판단하고 서둘러 지나갔다.

아이작의 방문은 열려 있었다. 아이작이 웃으며 할에게 인사를 건넸다.

"해리슨 벡." 아이작이 말했다. "들어와, 잘 왔어."

방에는 광택이 나는 사진들이 지그재그로 가로지르는 끈에 집게 핀으로 고정되어 있었다. 할은 스티븐 피클을 노려보는 자신이 있는 사진을 발견했다.

"방이 좀 정신없지? 미안." 아이작이 바닥에 있는 오래된 사진 한 묶음을 모아서 할에게 주며 말했다. "이것들을 삼촌에게 가져다주겠니? 네 삼촌이 기사에 참고할 왕실 열차의 역사적인 사진 몇 개를 찾아 달라고 부탁했거든. 가장 위에 있는 사진은 너 가져."

할은 사진 뭉치를 받아들고, 발라스터역의 하일랜드 팰컨 앞에 서 있는 한 무리 사람들의 흑백 사진을 보았다.

"거의 20년 전의 왕실 크리스마스 사진이야." 아이작이 말했다.

젊은 어니스트 화이트는 고든 굴드가 지금 입고 있는 제복을 입고 사진의 가장자리에 자랑스럽게 서 있었다. 그 옆에는 발모럴성의 글레이디스가 있고, 한가운데에는 할과 비슷한 나이의 소년이 할머니인 왕비를 향해 미소를 지으며 서 있었다.

"왕자님이네요! 저 외투 엄청 간지러웠어요. 제가 맸던 나비넥타이를 매고 있네요!"

아이작이 웃었다. "남의 옷을 입는다는 것은 창피함을 무릅쓸 뿐만 아니라 20년이나 낡아 빠진 유행도 감수해야 한단다."

"랜즈베리 부인인가요?"

"그리고 그 옆에 랜즈베리 부인의 남편인 아룬델 백작이야." 아이작이 말

했다. "랜즈베리 부인 앞에 있는 아이들은 베아트리체와 테렌스, 그들의 자식들이야." 아이작이 혀를 찼다. "아룬델 백작이 죽었을 때 비참했지. 가족이 모두 뿔뿔이 흩어졌어."

"무슨 일이 있었던 거예요?"

"백작은 인생을 방탕하게 살았어. 수시로 호화로운 파티를 열었지. 백작의 자녀들도 마찬가지였어." 아이작은 입술을 깨물며 조심스럽게 말을 골랐다. "백작 부인의 자식들은 범죄를 저지르고 지금은 죗값을 치르고 있어."

"랜즈베리 부인이 불쌍해요."

"백작 부인은 강철로 만들어진 여인이야. 어떤 시련이 닥쳐도 랜즈베리 부인을 쓰러뜨리지 못할 거야. 어쨌든, 사진이 더 필요하다면 많이 있다고 삼촌에게 말해 줘.”

“아틀라스 다이아몬드에 대해 궁금한 게 있어요.” 할이 말했다. “진짜 목걸이와 모조품이 있는 사진이 있나요? 그 차이를 구별할 수 있을 것 같은데…… 그러면 언제 목걸이가 바뀌었는지 알아낼 수 있을 것 같아요.”

“경찰도 같은 생각을 하고 요청했었는데.” 아이작은 고개를 저었다. “누가 그 모조품을 만들었는지는 몰라도 그걸 만든 사람은 그 방면으로는 완전 전문가야. 그들은 자신들이 무엇을 하는지 잘 알고 있어.” 아이작이 노트북을 켜자 체계적으로 정리된 사진들이 떴다. “찾을 것이 있는지 잘 모르겠지만 살펴봐.”

할은 발모럴성 밖에서 검은 차에서 내리는 자신의 사진을 클릭하여 확대했다. 할은 사진들을 빠르게 스크롤하여 왕자비의 첫 번째 사진을 발견했을 때 멈췄다. 왕자비는 시에라의 어깨에 손을 얹고 흥분한 듯 웃고 있었다. 아틀라스 다이아몬드는 흡수한 빛을 쪼개 무지갯빛을 흩뿌리고 있었다. 할은 계속해서 왕자 부부가 점심을 먹으러 가는 장면, 차에 올라타는 장면, 기차에 오르는 장면, 애버딘에서 군중을 맞이하는 장면들을 봤다. 그러나 아이작의 말이 맞았다. 할이 본 사진 중에 의심스러운 것은 없었고 목걸이는 모든 사진에서 같아 보였다.

chapter 27

한 점으로 수렴

할은 객실로 들어가면서 창 너머로 노란색과 초록색의 여러 조각 천을 붙여 놓은 듯한 슈롭셔 농장이 지나가는 것을 보았다.

"아이작 아저씨가 삼촌에게 이 사진들 가져다 주래요. 삼촌 기사에 쓰일 거라고 했어요."

"고마워." 삼촌은 창밖 풍경을 찍고 있었다. "그림 그리는 일은 어떻게 돼 가고 있어?"

"몇 가지 생각한 게 있었는데." 할은 어니스트의 검은 수첩을 들고 말했다. "어니스트 할아버지의 녹음에서 단서를 찾을 수 있지 않을까 생각했거든요. 그리고 사진을 보면 진짜 아틀라스 다이아몬드와 모조품을 구별할 수 있을 줄 알았어요." 할이 한숨을 쉬었다. "모든 게 제가 생각한 것과는 달랐어요."

"네가 무슨 말을 하는지 잘은 모르겠지만, 이 사건이 또 다른 양상으로 전개되고 있어." 삼촌은 차분해 보였다. "크루를 떠나기 전에 클라이드 경관이 팔찌를 보여 주며 누구의 것인지 물었는데, 아무도 팔찌를 알아보는 사람이 없었어. 소유주 불명의 팔찌가 하일랜드 펠컨의 탄수차 석탄 사이에 숨겨져 있었대. 클라이드 경관은 그것이 싱 부녀의 짓이라고 생각하는 거 같았어."

"그 팔찌 이렇게 생겼어요?" 할은 스케치북을 펼쳐 마일로 방에 있는 팔찌 그림을 내밀었다.

"음⋯⋯."

"레니가 마일로의 방에서 팔찌를 봤어요. 저는 레니가 묘사한 대로 그렸어요."

"놀라운데! 거의 흡사해." 삼촌이 눈을 깜박였다. "그런데 마일로는 왜 팔찌가 자기 것이라고 말하지 않았을까? 클라이드 경관은 아무도 나서지 않아서 안달복달하던데."

"그 팔찌는 시에라의 것일 거예요. 그들은 둘의 관계를 비밀로 하고 있어요." 할은 그림을 내려다보았다. "만약 레니가 마일로의 방에 있을 때 그 팔찌가 거기에 있었다면 그리고 그때 레니가 붙잡혀서 바로 수화물 보관소로 끌려갔다면, 이 그림이 레니가 팔찌를 가져갈 수 없을 뿐만 아니라 탄수차에 팔찌를 숨겨 두지 않았다는 증거가 되는 거 아닌가요? 레니의 아빠는 기차를 운전하고 있었기 때문에 레니의 아빠도 그 팔찌를 가져갈 수는 없어요." 할은 삼촌을 올려다보았다. "까치는 레니와 레니의 아빠를 도둑으로 몰기 위해 팔찌를 탄수차에 숨겨 놓은 거예요! 경관님에게 이 그림을 보여 줘야겠어요."

"할, 클라이드 경관이 언제 그렸는지도 모를 그림을 싱 씨 부녀의 결백 증거로 받아들일까?"

"아니요." 할이 소파에 몸을 웅크리며 말했다. "클라이드 경관이 믿을 것 같지 않아요." 할은 고개를 떨궜다. 할은 자신이 생각할 수 있는 모든 단서를 조합해 봤지만 여전히 레니를 도울 수 있는 어떤 것도 찾지 못했다.

기차가 슈루즈버리역으로 들어가자 만국기가 펄럭이며 창문 너머로 지나갔고, 할은 슬픔의 담요가 자신을 덮고 있다는 느낌을 받았다. 할은 수화물 보관소에 갇힌 레니를 생각하는 것이 싫었다. 레니가 겁먹지 않기만을 바랐다.

"저는 탐정이 되는 데 소질이 없는 것 같아요."

"할, 그렇지 않아." 삼촌은 할을 안심시켰다. "네 질문은 예리하고 중요한 세부 사항들을 놓치지 않았어. 그리고 너는 다른 사람이 보지 못하는 것을 보는 눈을 가졌어."

"그렇지만 이제 어떻게 해야 할지 모르겠어요." 할은 건성으로 소파 쿠션을 두드렸다.

"한 명보단 두 명이 낫지." 삼촌은 블라인드를 내렸다. "이 기차에서 일어난 일에 대해 전혀 모르는 낯선 사람에게 네가 본 모든 것을 이야기하듯 내게 말해 봐. 머릿속으로만 생각하는 것이 진전

이 없고 갈피를 못 잡을 때는 머리에 들어 있는 모든 것을 입 밖으로 내뱉는 것이 도움이 될 때도 있어."

"알겠어요."

"일단 책상을 치우고 바닥에 앉자꾸나. 장소를 바꾸면 생각지 못했던 게 떠오를 수 있어."

할은 도톰한 파란 카펫 위에 다리를 꼬고 앉아서 스케치북과 어니스트의 검은 수첩을 앞에 놓았다. 삼촌은 맞은편에 앉았고, 그들 사이에 철도 지도를 펼쳐 놓았다.

"일단 사실만을 이야기해 봐." 삼촌이 만년필을 집어 들며 말했다. 할은 삼촌이 펜을 쥐고 있는 가운뎃손가락에 울퉁불퉁한 굳은살이 박여 있는 것을 봤다.

삼촌이 수첩을 펼쳤다. "실제로 우리가 알고 있는 게 뭐지?"

"가장 처음에 눈에 띈 것은 자선 행사에서 루비 반지를 훔친 도둑에 관한 신문 기사였어요." 할은 스케치북 뒷장에서 찢어진 신문의 앞 페이지를 꺼내 바닥에 놓았다. "도둑이 이전에 고급 저택이나 호화로운 파티에서 여러 물건을 훔쳤다고 쓰여 있어요." 할은 삼촌을 바라보았다. "그리고 하일랜드 팰컨에서 보석이 없어지기 시작했고, 저는 그 도둑이 이 기차에 탔다고 생각했어요." 할이 신문 기사를 가리켰다. "그렇지만 다른 사람일 수도 있고, 아니면 그들을 가장한 모방 범죄일 수도 있어요."

"훌륭해!" 삼촌은 할이 말한 내용을 수첩에 적었다.

"저는 다른 강도 사건에 대해 이번 사건과 연관성을 끌어낼 만큼 충분히 알지는 못해요." 할이 말했다. "그런데 삼촌이 루비 반지가 사라진 켄트 공작부인의 자선 행사에 갔었다고 말했어요."

"그랬지." 삼촌이 고개를 끄덕였다. "그리고 남작과 그의 아들 마일로도 있었고, 그리고 시에라가 비서인 루시를 데리고 왔어. 피클 씨 부부도 있었지. 피클 씨 부부는 경매에 낙찰될 정도는 아니지만 모든 경매에 비교적 큰 금액으로 입찰했어. 랜즈베리 부인이 등장했고, 아이작은 그곳에서 사진을 찍고 있었다고 말했지만 거기서 아이작을 만나지는 못했어. 매우 큰 행사였지."

"기차에서 있었던 첫 도난 사건은 리디아 피클 씨의 브로치였는데, 기차를 탄 첫날 저녁에 전망차에 있던 누군가가 브로치를 가져갔어요." 할은 스케치북을 펼쳐 그림을 가리켰다. "그 순간이 지나고 몇 분 후, 피클 부인이 브로치가 없어졌다고 소리쳤어요. 어딘가에 빠트렸거나 아니면 까치가 훔쳤거나…… 떨어졌다면 지금쯤 찾았을 텐데…… 그 말은 까치는 전망차에 있었던 사람 중의 한 명이라는 거죠."

"전망차에 누가 있었지?"

"승객 모두와 고든 아저씨, 에이미 누나 그리고 레니요."

"레니?"

"에이미 누나의 음료수 카트 아래에 레니가 숨어 있었어요."

"그랬구나. 그때 거기에 없었던 사람이 누구지?'

"로완 씨 그리고 기차의 다른 모든 직원."

"맞아." 삼촌이 메모했다.

"다음 범죄는 랜즈베리 부인의 귀걸이가 도난 사건이에요." 할이 말했다. "그날 밤 누군가 랜즈베리 부인의 방에서 귀걸이를 훔쳐 갔다는 것 말고는 다른 건 몰라요."

"아주 잘했어. 세 번째 범죄는 가장 큰 사건인 아틀라스 다이아몬드 목걸이 절도 사건이야. 경찰이 기차가 발라터역에서 출발해서 왕자비님이 객실에 들어갈 때까지 목걸이를 풀지 않았다고 말했어."

"하이드리안은 애버딘으로 가는 내내 왕자비님의 객실 문 옆에서 경비를 서고 있었어요." 할이 말했다. "제가 하이드리안을 봤어요. 왕자비님이 방을 나갈 때까지 거기에 있었어요."

삼촌은 만년필로 입술을 톡톡 두드렸다. "그렇다면, 누군지 몰라도 목걸이를 가짜로 바꾼 사람은 왕자비님이 들어가기 전부터 객실 어딘가에 내내 숨어 있었을 거야."

"승객 중 상당수가 알리바이를 가지고 있어요. 어니스트 할아버지와 남작이 당구를 치는 것을 봤어요. 루시 누나는 도서관에서 책을 읽고 있었고, 아이작 아저씨는 전망차에서 사진을 찍고 있었어요. 휴게실에서 랜즈베리 부인이 로완 씨와 이야기하는 것도 봤어요. 그때 에이미 누나가 휴게실로 스콘을 가져다줬어요. 그래서 에이미 누나도 용의자 명단에서 제외할 수 있어요."

"피클 부인의 브로치가 사라질 당시 전망차에 있었던 사람 중에 발라터에서 애버딘으로 가는 도중에 네가 본 사람을 제외하고 누가 더 있지?"

할은 발라터역에서 애버딘까지 여행하는 동안 알리바이가 있는 사람들을 마음속으로 지워 나가며 첫 번째 그림으로 되돌아갔다.

"마일로와 시에라는 공식적으로 알리바이가 없지만, 그들이 함께 있었기 때문인 것 같아요. 그러면 네 명이 남아요. 고든 굴드 씨와 피클 부부…… 그리고 삼촌."

"놀라운데! 삼촌 생각을 말해 볼까? 나는 오히려 국제적인 보석 도둑이 아닐까 생각해."

"삼촌은 객실에서 낮잠을 잔다고 했지만, 왕자비님이 승차하기 전에 전 이 방을 나갔어요. 왕실 객실까지 달려가서 어떻게든 문을 열고 옷장에 숨었을 수도 있죠."

"그럴 수도 있겠지." 삼촌이 고개를 끄덕였다. "나는 알리바이가 전혀 없어."

"삼촌은 피클 부인의 브로치가 사라졌을 때 바로 옆에 서 있었어요."

"어째 상황이 점점 내게 불리해지는데, 그렇지?" 삼촌은 빙그레 웃었다.

"그리고 다른 건 없어?"

"팔찌가……." 할이 목소리를 낮추며 말했다.

"그게 어떤데?"

"삼촌이 레니가 마일로의 방에 숨어 있다는 것을 모르고, 그곳에 침입해서 팔찌를 훔쳤을 수도 있죠. 그리고 제가 떠난 후 경찰이 레니를 체포하는 소리를 듣고, 그것을 이용해 팔찌를 탄수차에 던졌을 수도 있고요." 할은 숨을 죽이고 삼촌을 바라보았다. "삼촌이 모든 범죄를 저질렀을 수도 있어요." 할이 기어들어 가는 소리로 말했다.

"그렇다면 나의 범죄 동기가 뭐지?"

"음…… 돈? 기차에 관해 글을 쓰는 것이 삼촌의 진짜 직업이 아닐 수도 있잖아요……." 할은 머리가 어지러워 더는 탐정 놀이 따위 하고 싶지 않았다.

"훌륭해! 결론은 내가 가장 유력한 용의자네."

삼촌은 아무렇지 않은 듯 보였고, 그것이 할을 안심시켰다. 삼촌이 도둑이라면 분명 불안해했을 것이다. "이제 다른 사람들을 생각해 보자."

"음…… 아틀라스 목걸이를 훔칠 가장 강력한 동기가 있는 사람은 지금 자금난을 겪고 있는 스티븐 피클 씨예요. 하지만 피클 씨는 저와 함께 있었기 때문에 팔찌를 가져가지 않았어요." 할은 삼촌을 바라보았다.

"뭐라고?" 삼촌은 눈을 깜박였다. "네가 스티븐 피클 씨의 재정 상태를 어떻게 알아?"

"어니스트 할아버지의 녹음기에 피클 씨가 랜즈베리 부인과 남작에게 지레일락스에 투자하도록 설득하는 소리가 녹음되어 있어요. 필사적으로 매달리는 것 같던데요."

삼촌은 뒤로 앉았다. "네가 기자인 나보다 나은데?"

"하지만 저는 피클 씨가 까치라고 생각하지 않아요. 삼촌은 피클 씨가 왕자 비님의 옷장에 숨어 있는 것을 상상할 수 있어요? 옷장 안에서 조용히 밖을 훔쳐보다가 진짜를 모조품으로 바꾸는 그런 일을 할 수 있을 거 같아요?" 할 은 고개를 저었다. "피클 씨는 소시지 같은 크고 통통한 손을 흔들며 아무 데 서나 쿵쾅거리면서 걷고, 게다가 속삭인다는 게 뭔지도 모르는 사람이에요."

삼촌이 웃었다. "솔직히 말해서 옷장에 내내 숨어 있을 수 있는 사람으로 상 상할 수는 없지."

"리디아 씨도 용의자가 될 수 없어요. 왜냐하면 피클 부인이 아틀라스 다 이아몬드를 훔칠 계획이었다면, 자신의 브로치부터 훔쳐서 도둑이 있다고 그렇게 소란을 피우는 건 미친 짓일 거예요."

"그렇다면 정말로 내가 이 모든 절도를 저지를 기회와 동기가 있는 유일한 사람이네." 삼촌은 그렇게 요약했다. "그렇다면 다음 질문은…… 자, 그럼 내 가 보석을 어디에 숨겼지?"

"그건 모르겠어요." 할은 스케치북의 페이지를 휙휙 넘겼다. "경찰은 탐지 견과 함께 기차 여기저기를 뒤졌어요. 모든 곳을 다 탐색했지만 도난당한 보 석 중 어느 것도 찾지 못했어요." 할은 뒤로 앉아서 머리를 긁적였다.

"저녁 먹으면서 다시 생각해 보는 건 어때?" 삼촌은 자리에서 일어났다. "너는 어떤지 모르겠지만 이 모든 분석 과정이 나를 허기지게 만드는데 말 야. 식당으로 가자. 식사하고 다시 객실로 돌아올 때까지 하일랜드 팰컨의 도 둑에 관한 이야기는 금지!"

"삼촌이 까치가 아니라는 증거를 찾지 못하면 어떻게 해요?" 할이 초조하게 물었다. "삼촌은 걱정 안 돼요?"

"전혀!" 삼촌이 할을 일으켜 세우며 말했다. "너를 절대적으로 믿어. 자, 밥 먹으러 가자."

저녁 식사 후 할은 잠옷으로 갈아입고 스케치북을 들고 침대로 올라갔다. 아이작의 사진이 떨어졌고, 할은 하일랜드 팰컨의 사진을 흐뭇하게 미소 지으며 바라보았다. 할은 사진을 스케치북 안에 다시 밀어 넣었다. '만약 내가 이 기차에 탄 도둑이라면 보석을 어디에 숨길까?' 기차가 슈루즈버리역에서 출발하여 분기점을 덜커덩거리며 웨일스 변경(Welsh Marches) 지선을 따라 남쪽 해안으로 향하는 동안 할은 창밖을 바라보았다.

아틀라스 다이아몬드는 어디에 있을까? 할은 스케치북에 있는 그림을 넘기며 자신을 정면으로 응시하고 있는 무언가를 놓치고 있다는 느낌을 떨칠 수가 없었다. 시간은 증기 기관차의 배기음에 맞춰 손가락 사이로 미끄러져 갔다. '해리슨 벡, 해리슨 벡' 덜커덩거리는 기찻길이 할의 이름을 불렀다. 할은 레니와 레니의 아빠를 감옥에 보낼 수 없었다. 할은 수화물 보관소에서 무릎을 껴안고 웅크리고 있는 친구를 상상했다. 할은 어니스트 화이트가 마이크를 들고 증기 기관차의 배기음을 잡으려고 하는 것을 보았다. 필사적으로 사랑의 편지를 쓰는 마일로, 수갑을 찬 삼촌, 파란 눈동자의 슬픈 베일리, 페니 마우스를 가지고 노느라 정신이 팔린 클라이드 경관의 립스틱을 훔치는 시에라 나이트.

"할, 일어나." 삼촌은 할을 부드럽게 흔들어 깨웠다. 창문을 통해서 햇빛이 쏟아져 들어 왔다. "아침이야."

"안 돼! 자려고 한 것이 아니었는데." 할은 이불을 뒤로 밀고 똑바로 앉았다. 스케치북은 바닥에 떨어졌고 책장이 펼쳐져 있었다. "시간이 얼마 남지 않았어요. 오늘 런던에 도착하는데."

"진정해." 삼촌이 왼팔에 찬 손목시계 중 하나를 바라보았다. "패딩턴에 도착하려면 아직 9시간이 남았고 뉴욕은 새벽 3시야. 세상의 반은 아직 잠들어 있어."

할은 침대에서 내려와 비틀거리며 잠옷을 벗고 청바지와 티셔츠를 빠르게 입었다.

"우린 스완지에 있어. 곧 기차의 방향을 전환할 거야." 삼촌은 세면대로 가서 얼굴에 물을 뿌렸다. 수건으로 얼굴을 닦는데 문을 두드리는 소리가 났다. 삼촌이 문을 여니 에이미가 큰 은쟁반을 들고 서 있었다.

"아침 식사예요!" 에이미가 들어와 책상 위에 쟁반을 내려놓으며 밝게 말했다.

"우리는 아침 식사를 주문하지 않았어요." 삼촌이 말했다.

"해리슨 벡을 위한 삶은 달걀이에요. 그리고 나타니엘 브레드쇼 씨를 위한 훈제 청어 요리와 토스트 그리고 커피 한 잔과 오렌지주스입니다." 에이미가 그들의 접시에서 은으로 된 덮개를 들어 올리며 말했다.

"꽤 괜찮아 보이는데요." 삼촌은 쟁반에 가까이 가서 눈을 감고 냄새를 맡았다.

에이미는 큰 눈으로 할을 바라보았다. 에이미는 삶은 달걀을 응시했다가 다시 할을 바라보며 고개를 살짝 끄덕이고는 곧바로 자리를 떠났다.

"정말 이상한데." 삼촌이 토스트 한 쪽 모서리에 훈제 청어를 조금 올려서 입에 쏙 넣었다. "음, 좋은데."

할은 접시를 무릎 위에 올려놓았다. 삶은 달걀 두 개는 작은 증기 기관차 모양의 달걀 컵 두 개에 담겨 있었다. 할이 달걀 하나를 집어 모서리를 깨자 반숙 노른자가 흘러 내렸다. 두 번째 달걀을 집어 은수저로 두드리자 속이 텅 비어 있었다. 할이 인상을 찌푸리며 부서진 껍질을 들어 올렸더니 안에 둥글게 말린 종이쪽지가 있었다.

"제 달걀 안에 종이쪽지가 있어요!"

삼촌은 커피를 따르다가 멈췄다.

"뭐라고?"

할은 쪽지를 꺼내서 속으로 읽었다.

할에게

마일로는 까치가 아니야.

내가 소파 아래 서랍장에 숨어 있는 동안

누군가 방에 침입했어.

그들이 사라진 후에 나가려고 했지만,

경찰들이 복도에 있었어.

경찰들이 나를 수화물 보관소에 가두고 내 지문을 가져갔어.

경찰이 아빠가 감옥에 간다고 말했어.

도와줘. 난 점점 무서워지고 있어.

그리고 여기 뭔가 정말 고약한 냄새가 나.

레니로부터

"할? 괜찮니?"

놀이터에 있는 아이들처럼 여기저기 흩어져 있던 엉망진창의 단서들이 하나의 규칙을 가지고 한 점에 모여들고 있었다. 기적이 울렸다. 철도 지선이 십자 무늬를 만들면서 한 점에서 만나며 구체적 형태를 만들었다. 그것들 하나하나가 모두 의미가 있었다. 할은 삼촌을 바라보았다.

"누가 까치인지 알았어요."

chapter 28

자수

"**레**니를 만나야 해요." 할은 스웨터를 입고 운동화를 신으며 스케치북을 움켜잡았다. "저 막지 마세요."

"너를 막을 생각은 추호도 없어." 삼촌이 말했다. "하지만 왕실 객차와 수화물 보관소, 기관실 모두 경찰이 지키고 있어. 경찰이 너를 절대로 통과시키지 않을 거야."

"그래도 시도는 해 봐야죠."

"나도 너랑 같이 갈게." 삼촌은 커피를 내려놓고 일어섰다.

"삼촌이 가면 제 계획이 먹히지 않아요."

"알았어." 삼촌이 실망스러운 표정으로 의자에 앉았다. "그러면, 내가 도와줄 수 있는 일이 있다면⋯⋯."

하지만 할은 이미 식당차로 달려가고 있었다. 클라이드 경관이 식당차 문을 등지고 가장 가까운 쪽 끝에 앉아 있는 것이 보였다. 할은 몸을 옆으로 돌려 한 발짝씩 조심스럽게 디디며 뜨겁고 시끄러운 간이 주방의 커피 머신 옆에 있는 에이미에게 다가갔다.

"여기서 뭐 하는 거야?" 에이미가 뚜껑이 없는 은색 주전자에 우유 거품을 만들며 조용히 말했다.

"레니를 만나야 해요." 할이 말했다.

"불가능해." 에이미는 고개를 저으며 말했다.

"누나는 만났잖아요. 저에게 레니가 쓴 쪽지를 줬잖아요."

"나는 레니에게 아침, 점심, 저녁 식사를 가져다주고 있으니까." 에이미가 주전자를 들어 천으로 수증기가 나오는 주둥이를 닦으며 말했다. "그리고 경찰이 항상 나를 감시하고 있어. 오늘 아침에 레니가 종이쪽지를 넣은 달걀을 주며 나에게 윙크를 했어. 그래서 쪽지를 읽어 보고 너에게 가져다준 거야."

"누나는 좋은 사람이에요. 다른 어른들은 그렇게 하지 않을 거예요."

"누가 그런 어른이 되고 싶겠니?" 에이미는 어깨를 으쓱했다. "나는 아니야, 그건 확실해."

"레니와 레니의 아빠가 결백하다는 것을 증명할 수 있어요. 그런데, 수화물 보관소에 들어가야 해요. 다른 방법이 없을까요?"

"없어, 바깥쪽 문에서 수화물을 싣기는 하지만 여행 내내 잠겨 있어. 접근할 수 있는 유일한 문은 안쪽 문인데, 프래틀 경위가 그 문 바로 앞에 앉아 지키고 있어."

"그렇다면 다른 작전을 써야겠군요."

"다른 작전은 뭐야?"

할은 클라이드 경관이 앉아 있는 테이블로 갔다. 경관이 할을 올려다보았다.

"무슨 일이야?"

할은 두 손을 앞으로 내밀었다. "자수하러 왔어요. 제가 말린 싱의 공범이에요. 우리가 함께 아틀라스 목걸이를 훔쳤어요. 당장 저를 체포하세요."

"그래?" 클라이드 경관은 입술을 오므렸다. "그렇단 말이지, 따라와."

경관은 할의 손목을 잡고 식당차에서 끌고 나갔다. 할의 심장이 두근두근 뛰었지만 작전은 효과가 있어 보였다. 클라이드 경관이 갑자기 걸음을 멈춰 할의 객실 문을 두드렸다.

"브레드쇼 씨, 당신 조카가 바보 같은 짓을 하고 있어요." 삼촌이 문을 열자 경관이 말했다. "자신이 공범이라며 체포하라고 말도 안 되는 소리를 했습니다." 경관이 할의 손목을 놓아주었다. "저도 평소엔 농담을 좋아하지만, 당신 조카는 이 상황의 심각성을 전혀 모르는 것 같습니다." 경관은 차가운 시선으로 할을 노려봤다. "네가 정말 체포되고 싶다면, 다음 역에서 순찰차를 대기시켜 감옥으로 데려다줄게."

"아이고! 죄송합니다." 삼촌이 말했다. "이 아이가 기차에 너무 오래 갇혀 있었어요. 아마도 정서가 불안해진 것 같습니다. 다시는 그런 일이 없도록 주의시키겠습니다."

"다시는 이런 짓 못 하게 확실하게 주의시키세요." 클라이드 경관은 할을 빤히 쳐다보았다. "만약 네가 수화물 보관소 근처에서 얼씬거리는 것을 발견하면 내가 직접 너를 기차 밖으로 내쫓을 거야."

삼촌은 문을 닫고 몸을 돌렸다. "할, 정말 대담한데!"

할은 한숨을 쉬었다. "에이미 누나가 기차 안에서 수화물 보관소로 가는 것이 불가능하다고 했어요. 경비가 삼엄해서 그곳을 뚫기는 힘들다고." 할은

벽에 있는 기차 경로가 있는 지도로 갔다. "어느 역에서 석탄과 물을 다시 채워요?"

"브리스틀에서." 삼촌이 어깨너머를 가리키며 대답했다. "템플 미드역에서 연료를 채워서 서부 간선 철로를 타고 런던으로 돌아가는 거야." 삼촌은 기차의 경로를 따라 손가락을 움직였다. "우리나라에서 가장 긴 터널중의 하나인 박스 터널을 통과해서 원클리프 고가교 위를 지나갈 거야."

"브리스틀에서 얼마나 있는 거예요?"

"런던 이전의 마지막 공식 행사라 꽤 있을 거야, 왜? 무슨 계획 있어?"

할은 노선도를 보고 심호흡했다. "제가 레니와 싱 아저씨의 결백을 증명할수 있을 것 같은데 도움이 필요해요."

"물론이지, 어떻게 도와줄까?"

할의 말에 삼촌의 눈이 커졌다.

"수화물 보관소로 들어가는 유일한 방법은 외부에서 들어가는 것뿐이에요." 할이 말했다. "그리고 브리스틀에서 그 일을 해야 해요."

"하지만, 넌 기차 끝 근처에도 갈 수 없을 거야."

삼촌이 말했다. "경찰들이 매처럼 그곳을 지키고 있을 테니까."

"그렇겠죠." 할이 씩 웃으며 말했다.

"하지만 한 사람은 그 근처에 갈 수 있어요."

하일랜드 팰컨이 브리스틀 템플 미드역의 웅장한 아치 아래로 증기를 내뿜으며 위풍당당하게 들어갔다. 하일랜드 팰컨이 승강장 옆에서 멈추자 많은 구경꾼이 손을 흔들고 환호했다.

"정말 아름다운 역이군." 아이작이 전망차의 베란다에서 사진을 찍으며 말했다.

"이곳은 이삼바드 킹덤 브루넬이 설계한 최초의 역이에요." 할이 말했다. "브루넬은 영국 철도의 대부분을 건설했어요. 삼촌 책에서 읽었어요."

"삼촌 판박이네, 그렇지?" 아이작이 말했다. "자, 삼각대를 들고 따라와. 가자!"

기차가 멈추자 아이작은 승강장으로 뛰어내렸고 할이 아이작의 뒤를 따랐다. 아이작은 평소보다 과장된 몸짓으로 객차와 군중들 그리고 역의 건축물 사진을 찍었다.

"조수가 있으니 좋은데."

아이작은 할의 목에 걸린 카메라를 들어 올렸다. "저 렌즈 좀 줄래? 할, 고마워. 일하고 싶으면 언제든 삼촌을 통해서 전화해."

아이작과 할은 한 팀처럼 일했다. 그들이 승강장을 따라서 이동하면서 할은 삼각대를 설치했고, 그러는 동안 아이작은 카메라를 조정하고 사물에 초점을 맞추었다. 곧 기관차가 눈에 띄었고 8월 햇살에 반짝이는 아름다운 A4 퍼시픽을 촬영했다.

할은 보일러 옆을 걸어가며 엔진을 점검하는 조이를 발견했다.

"조이 아저씨에게 가까이 갈 수 있을까요?"

할이 속삭였다.

"당연하지." 아이작은 사진을 촬영하며 화부를 향해 성큼성큼 걸어갔다. 경찰이 앞으로 와서 그들의 길을 막았다. 아이작이 카메라를 내렸다. "유감스럽게도 왕실에선 왕실의 공식 사진에 경찰이 찍히는 것을 원하지 않습니다." 아이작은 미안해하며 미소를 지었다. "엔진에서 일하는 화부의 모습을 촬영해야 해요. 화부가 이 기차에서 하는 마지막 임무이고, 나는 그 사진이 필요해요."

여경은 옆으로 물러났고 아이작은 기관실을 성큼성큼 지나갔다. 할은 서둘러 아이작을 따라가면서 경찰에게 수갑이 채워진 레니의 아빠가 있는 기관실을 얼핏 보았다.

"브레이 씨, 당신 사진을 찍어도 괜찮겠습니까?" 아이작이 요청했다.

"그렇게 하세요." 조이가 대답했다. "당신은 당신의 일을 하세요. 저는 제 일을 할 테니."

"할, 캐논 5D 좀 줄래?"

할은 목에 걸고 있던 카메라를 풀고, 아이작 앞에 서서 조이로부터 1미터도 안 되는 곳에 간신히 자리를 잡았다.

"조이 아저씨." 할이 낮고 다급한 목소리로 말했다. "저는 누가 목걸이를 훔쳐 갔는지 알고 있어요. 증거가 필요해요."

할은 꼼짝도 하지 않은 채 입술을 거의 움직이지 않고 말했다. 아이작은 할에게 관심을 두지 않고 손에 들고 있는 장치로 빛을 확인하고 손가락으로 구도를 잡았다.

"음……." 조이가 금속 크랭크를 따라 기름때가 묻은 걸레를 문지르며 중얼거리듯 대답했다.

"싱 아저씨와 레니의 무죄를 밝힐 거예요."

조이는 할을 바라봤다. 조이는 석탄 먼지로 뒤덮인 울퉁불퉁한 얼굴에 맑고 푸른 눈을 가졌다. "어차피 하일랜드 팰컨은 더는 운행을 안 할 텐데 뭐." 조이가 쉰 목소리로 말했다.

"저에게 필요한 증거가 레니가 있는 수화물 보관소에 있어요." 할은 곁눈질로 경찰관을 봤지만 다행히 경찰관은 아이작을 바라보고 있었다. "수화물 보관소에 들어가려고 했지만 경비가 삼엄해요. 밖에서 들어가는 방법은 없나요?"

조이가 고개를 저었다.

"천창으로 들어갈 수 있지 않나요?"

"말도 안 되는 소리."

"할 수 있을 것 같은데요. 확실히 할 수 있어요."

조이가 몸을 숙이고 있어서 어떤 생각을 하는지 표정을 볼 수가 없었다.

"서비스 차량의 측면과 기차의 꼭대기에 사다리가 있어. 청소하는 사람들이 객차를 청소할 때 그것을 사용해. 탄수차 통로에서 그곳을 갈 수 있어……. 하지만 해리슨, 기차가 움직이는 동안에는 올라갈 수 없어. 너무 위험해."

"기차가 엄청나게 천천히 간다면 할 수 있지 않을까요? 배스 스파역 같은 곳을 통과할 때 말이에요."

"그렇다면야 가능할 것도 같은데……."

"그러면 싱 아저씨에게 가능한 한 천천히 그리고 최대한 오랫동안 배스 스파역을 통과해 달라고 얘기해 주세요."

할은 조이가 말을 꺼내기도 전에 몸을 돌려 아이작에게 다른 카메라를 건넸다.

"아이작 아저씨, 제가 탄수차 복도로 가야 하는데 저를 그 근처로 데려가 줄 수 있나요?"

아이작은 고개를 끄덕였다. "내가 부를 때까지 여기 있어." 그런 다음 아이작은 화부가 물탱크 위에 구불구불 구부러진 거대한 호스를 조정하는 동안 조이를 따라갔다. "이런!" 아이작이 카메라를 흔들며 외쳤다. "할!" 아이작이 어깨너머로 할을 불렀다. "배터리가 나갔어. 새것이 필요해."

할은 조용히 아이작의 팔꿈치로 달려가 검은색 상자에 들어 있는 배터리 팩을 주었다. 아이작은 할의 목에 걸려 있는 두 대의 카메라를 풀어 자기 머리 위로 그것들을 잡아당기고, 카메라 뒷면에 배터리를 장착하면서 주위를 둘러보며 탄수차에 몸을 기댔다.

"아무도 안 본다. 지금이 기회야."

아이작이 조용히 말했다.

"지금 빨리 가!"

할은 기관차와 서비스 차량 사이의 틈으로 몸을 숨기고 어두운 탄수차 복도로 재빨리 들어갔다.

chapter 29

마음의 준비

탄수차의 복도는 칠흑같이 어두웠다. 물탱크로 쏟아지는 힘찬 물소리가 들렸다. 할은 앞으로 해야 할 일을 생각하니 심장이 쿵쾅쿵쾅 뛰었다. 어제는 창밖으로 기어오르는 생각만으로도 멀미가 났지만, 오늘은 움직이는 기차의 지붕 위로 올라가야 한다.

'오늘은 달라! 레니한테는 내가 필요해!'

삼촌은 하일랜드 팰컨이 배스 스파역에 도착하는 데 약 15분이 걸릴 거라고 말했다. 할은 그동안 아무도 탄수차 복도를 지나가지 않기를 바랐다. 굉음이 멈추고 물탱크에서 호스가 뽑힐 때 쾅 하는 소리가 났다. 할은 왼쪽 다리를 위아래로 움직이면서 뛰는 심장을 진정시키려고 침을 삼켰다.

'나는 떨어지지 않을 거야!' 할은 자신에게 말했다. '레니의 아빠는 천천히 운전할 거야. 꽉 잡으면 돼.' 할의 심장이 귀에서 쿵쾅거렸다. '할 수 있어! 해낼 거야!'

어둠 속에 있으니 시간이 멈춘 것 같았다. 시계가 있다면 좋았을 텐데. 배스 스파역에 접근하고 있다는 것을 어떻게 알 수 있을까? 할은 숫자를 세어야 했다. 할은 가슴이 답답하게 느껴졌다. 하일랜드 팰컨이 증기를 뿜어내자 탄수차가 덜커덩 앞으로 흔들리는 바람에 심한 진동이 할을 덮쳤다. 기차가 브리스틀에서 출발하기 위해 기차 바퀴가 움직이며 방향을 틀 때, 할 아래에 있는 바퀴가 삐걱거리는 소리를 냈다.

기차가 속도를 내자 탄수차가 흔들렸다. 어둠 속에서 균형을 잡기가 어려워 비틀거렸다. 할은 벽에 몸을 기대고 마음을 다잡았지만 손은 땀에 흠뻑 젖어 있었다. 사다리를 잡은 손이 미끄러지지 않도록 바지에 손바닥을 닦았다.

할은 숫자를 세어 시간을 계산했다. 약 15분 정도 지났다고 생각한 곳에 도달했을 때 할은 탄수차 뒷문을 당겨서 열었다. 나무들과 선로가 휙 지나갔다. 사다리는 서비스 차량 문 오른쪽에 있었다. 에이미의 말이 맞다면 그 문 다른 쪽에 경찰관이 있을 것이다. 소리를 내지 않도록 조심하며 아무 생각도 하지 않고, 탄수차와 서비스 차량이 연결된 사이를 가볍게 뛰어넘어 오른손을 내밀어 사다리의 가로대를 잡아 끌어안았다. 할은 만족스러운 안도감으로 숨을 헐떡였고, 그러고 나서 한 가로대에서 다음 가로대로 오르기 시작했다. 올라갈 때마다 자신감이 커졌다.

객차 꼭대기에 이르러 사다리는 앞으로 구부러져 지붕을 껴안고 천창을 따라 이어져 있었다. 할은 난간 위로 머리와 어깨를 들어 올렸다. 마치 불량배들이 뒤에서 밀듯, 기차 꼭대기에서 부는 바람의 힘이 할을 앞으로 쓰러뜨려 균형을 잃게 했다. 손과 발을 더듬거리며 가로대를 발로 디디고 손으로는 다른 가로대를 꽉 잡았다. 바람이 귀에서 울부짖는 듯한 소리를 냈고, 할은 필사적으로 사다리에 매달렸다.

위에서는 기차가 느리다는 느낌이 전혀 들지 않았다. 가쁜 숨을 몰아쉬며 하얀 지붕을 바라보았다. '잘하고 있어! 진정해!' 할은 두근거리는 가슴에 대고 말했다. 사다리의 가로대 아래와 다음 가로대 위 사이로 최대한 안전하게 왼팔을 조심스럽게 밀어 넣었다. 그런 다음 오른손으로 손을 뻗어 벨트 버클을 풀어 사다리 가로대 중 하나에 묶었다. 그것이 할을 그곳에 안정적으로 고정해 주었다. 그렇게 하니 손을 쓸 수 있었다. 기차는 선로 주위로 집들이 모여 있는 도시 외곽을 조용히 지나가고 있었다.

할은 팔을 풀고 벨트가 허용하는 길이만큼 한 발로 사다리를 밀며 몸을 앞으로 조심히 움직였다. 그런 다음 팔을 단단히 고정하고, 벨트를 풀기 위해 손을 내밀고 다리를 곧게 펴고 벨트를 다음 가로대에 고정했다. 애벌레처럼 한 번에 한 가로대씩 앞으로 나아갔다. 그러면서 할은 영화 속 히어로들이 고속 열차의 지붕을 뛰어넘는 영화를 떠올리며, 그건 말도 안 된다는 사실을 깨달았다.

천창은 지붕을 따라 고르게 배치되어 있었다. 첫 번째 천창은 발전기실을 내려다보고 있었고, 두 번째는 아무것도 보이지 않았다. 팔이 너무 아파서 흐물흐물해졌다. 할의 노란색 점퍼가 바람에 사정없이 휘날렸다. 할은 그을음과 연기를 헤쳐 나가기 위해 눈을 가늘게 뜬 채로 이를 악물고 또 다른 가로대 앞으로 움직였다. 배스 스파역에 가까워지고 있는지를 확인하기 위해 주위를 둘러봤다.

선로는 지나가는 집들의 지붕과 같은 높이의 지반 위에 이어져 있었다. 나무와 전신주가 튀어 나가듯 지나갔다. 위층 침실 창문에 있던 아이가 할을 발견하고 손가락으로 가리키더니 이내 사라졌다. 또 다른 가로대 앞으로 몸을 옮겼다. 기차의 기적이 날카롭게 울리자 할은 거의 손을 놓칠 뻔했다. 한 번, 두 번, 세 번 그리고 다시 길게 울렸다. 어깨너머로 시선을 돌리니 역이 다가오는 것이 보였다. 그것은 배스 스파역이라고 하기엔 너무 작았다. 그 역 너머로 낮은 철교가 보이자 할은 머리가 쭈뼛거리고 온몸에 소름이 돋았다.

'보지 마, 그냥 보지 마!' 할은 눈을 감고 앞으로 손을 뻗으며 자신에게 말했다. 세 번째 천창은 너무 멀게만 느껴졌다. 할은 기차가 철교에 도착하기 전에 그곳에 도달해야만 했다. 안전을 포기하며 벨트를 풀고 손을 놓친다고 생각하지 않으려고 노력하며 한 가로대씩 몸을 끌고 앞으로 나아갔다. 할은 레니의 머리가 보이는 천창에 도달했다. 레니는 무릎에 팔을 감고 여행 가방 더미에 앉아 있었다. 할은 창문을 두드렸다. 머리를 들어 할을 발견하고는 레니의 눈이 화등잔만큼 커졌다. 레니는 일어나 깡총깡총 뛰었다.

"도와줘!" 할이 소리 내지 않고 입 모양으로 말했다.

레니가 방을 가로질러 뛰어다니며 여행 가방을 하나씩 쌓아 올렸다. 쌓아 올린 가방 위로 기어올라 천창에 손을 뻗었다. 레니는 최대한 높이 손을 뻗어 걸쇠를 열고 창문을 안쪽으로 당겼다.

할은 팔을 앞으로 내밀어 창문 바닥을 꼭 쥐고 몸을 일으켰다. 기적 소리에 맞춰 기차가 다리 아래를 휙 지나가는 순간 할은 수화물 보관소 바닥으로 곤두박질쳤다.

chapter **30**

수화물 보관소

"**으**윽." 할이 떨어진 충격으로 숨을 쉴 수가 없어서 신음했다. 레니가 할을 껴안았다

"왔구나! 정말로 왔어!"

할은 숨을 헐떡이며 일어서 앉으려 했다. "뭐 하는 거야?"

"너를 안아주고 있는 거지." 레니는 할을 놓아주며 말했다. "내 쪽지 받았어? 무슨 일이 있었던 거야? 고약한 냄새 안 나니? 여기 지독한 냄새가 나."

할은 기차가 기어가는 속도로 느려지는 것을 느꼈다. "아, 이제야 기차가 배스 스파역으로 들어가는구나. 그래도 잘 해냈어." 할의 입에서 신음이 새어 나왔다. 할은 시간 계산을 잘못해서 거의 죽을 뻔했다.

쾅 하는 소리와 함께 레니는 할을 세게 밀쳤다. 바닥에 넘어진 할 위로 가방이 우르르 떨어졌다.

"거기 무슨 일이야?"

할은 짐 더미의 틈 사이로 수화물 보관소 밖에 서 있는 프래틀 경위를 봤다. 할은 숨을 꾹 참았다.

"가방 몇 개가 넘어졌어요." 레니가 철망으로 다가가 얼굴을 들이밀며 대답했다. "여기서 나가게 해 주세요." 레니가 간청했다. "말 잘 듣는다고 약속할게요."

"안 돼, 경관님 명령이야." 레니는 혀를 내밀었다. 프래틀 경위는 투덜거리며 갔다.

"당신 보스는 정말 밥맛이야!" 레니가 소리쳤다.

할은 객차의 문이 닫히는 소리를 들었다.

레니가 할 위에 쌓여 있는 가방을 치웠다. "미안, 아프지?"

할은 고개를 저었다. 온몸이 아프기는 했지만 가방 때문만은 아니었다.

"너 기차 지붕까지 올라간 거야?" 레니의 눈동자엔 경외의 눈빛이 일렁였다. "영화 속에 나오는 액션 히어로들처럼? 아주 위험하고 무서웠을 텐데."

"그래, 정말 무서웠어." 할은 몸이 좀 아팠다.

"그랬을 거야. 나는 기차가 움직일 때는 그렇게 할 용기도 안 나던데."

"네 쪽지 받았어." 할은 현기증이 나서 레니가 말을 멈추기를 바랐다. "목걸이를 훔친 사람이 누군지 알 것 같아. 내가 널 여기서 나가게 하고 너의 아빠 누명도 벗게 할 수 있어."

레니는 뒤로 물러나 앉아 아랫입술을 깨물었다. "정말이야?" 레니의 눈에 눈물이 그렁그렁했다. "진짜? 그렇지 않으면 여기까지 오지도 않았겠지?"

할은 고개를 끄덕이다가 레니가 다시 할을 껴안자 뒤로 또 넘어졌다.

"윽! 저리 가!"

"고마워. 정말 고마워." 레니는 기뻐하며 할을 좌우로 흔들었다. "너는 내가 평생 사귄 친구 중에서 단연코 최고야! 진짜 너한테 큰 신세 졌어. 고마워." 레니가 뒤로 물러났다. "네 동생은 좋겠다. 너는 정말 좋은 오빠가 될 거야. 다음번에는 좀 더 빨리 와 줄 수 있지?"

할이 웃었다.

"이제 우리가 무엇을 해야 할지 말해 줘." 레니가 자리에서 일어났다.

"어디서 나는 냄새야?" 할이 물었다.

"저기." 레니가 구석 저쪽에 따로 떨어져 있는 두 개의 금색 버클이 달린 황갈색 가방을 가리켰다. "냄새가 너무 나서 가장 멀리 옮겨 놨어."

할이 그 가방 앞에 다가가 앉았다. "잠겼어."

"그래, 잠겼어." 레니가 코를 찡그리며 말했다. "정말 다행이야."

"우리 이거 열어야 해." 할이 말했다. "공구 벨트에 있는 것으로 이 가방의 잠금장치 열 수 있지?"

"그들이 내 도구를 가져갔지만……."

레니는 신고 있는 부츠를 들어 올려 첫 번째 잠금장치를 뒤꿈치로 밟았다. 금색 걸쇠가 튕겨 나갔다. 두 번째 걸쇠에도 똑같이 했다. 할이 가방의 윗부분을 들어 올리자마자 구역질이 나오려 해서 바로 닫았다. 토할 정도로 역겹고 고약한 냄새가 새어 나왔다.

"웩" 레니가 스웨터로 입과 코를 가렸다. "저게 뭐야? 토 나올 것 같아."

가방 안에는 꽉 묶인 작고 울퉁불퉁한 검은색 봉투가 가득 차 있었다. 할은 소매를 손 위로 잡아당겨 아주 조심스럽게 손가락으로 봉투 하나를 들어 올렸다. "개똥이야."

"개똥?"

"이것이 모든 것을 설명할 거야." 이름표를 읽으면서 할이 말했다. "이제 왕자비님의 목걸이가 어디에 있는지 알겠어."

"어디에 있는지 안다고?"

"서둘러! 이 똥을 모두 새 가방으로 옮겨야 해. 꼭 닫힐 새 가방이 필요한데……."

"왜?" 레니는 충격받은 표정이었다.

"그거 가지고 나갈 거야."

"너 미쳤어?" 레니가 열릴 만한 가방을 찾아 돌아다니며 말했다. "왜 똥을 가지고 가려 하는 거야?"

"잠시 후에 설명할게." 할은 작은 파란색 가방을 열고 안에 들어 있던 옷을 바닥에 흔들어 던졌다. "빨리 물건을 바꾸자."

"웩"

"어서!" 할이 소리쳤다. "우리를 여기에서 내보내 줄 것이 곧 도착할 거야."

토하지 않으려 애쓰며, 그들은 개똥이 든 봉지를 빈 파란색 가방에 재빨리 옮겨 담았다.

"이제 부츠를 벗어." 할이 말했다.

"정신 나간 거야?"

"그냥 해."

레니는 신발 끈을 풀고 부츠를 잡아당겨 벗어 바닥에 내려놓았고, 할은 여행 가방을 겹겹이 쌓았다.

"네가 부츠 뒤에 앉아 있는 것처럼 보이도록 부츠를 앞으로 튀어나오게 해 봐." 할이 말했다.

열쇠 소리가 났다. 할은 바닥에 무릎을 꿇고 앉았다. 할은 한 손에는 큰 여행 가방을, 다른 한 손에는 레니를 잡고 쌓아 놓은 가방을 수화물 보관소 문 쪽으로 끌어당겨 가방 뒤로 몸을 숨겼다.

"식사 대령이요!" 에이미가 프래틀 경위와 함께 흰색 식탁보가 덮인 은색 음식 카트를 밀고 복도로 들어왔다. 할은 형사가 바지 벨트 줄에 매달린 열쇠를 꺼내 문을 여는 것을 가방 뒤에서 살펴봤다.

"아, 이것 좀 보세요. 레니가 시무룩해 있어요!" 에이미는 레니의 부츠를 가리켰다.

프래틀 경위가 콧방귀를 뀌었다. "얼빠진 짓을 하고 있구만."

에이미는 음식 접시를 들어 올렸다. "제 걱정은 하지 마세요." 에이미가 말했다. "이 아이에게 음식을 주는 데 1분도 안 걸려요."

"당신을 그 아이와 단둘이 둘 수 없습니다." 프래틀 경위가 고개를 저었다. "경관님의 명령입니다. 그 아이는 난폭해질 수도 있어요."

"에이."

에이미는 미소를 지었다. "설마 열한 살짜리 여자아이한테서 저를 보호하려는 건가요? 경위님 참 친절하시네요."

할은 입술에 손가락을 대고 레니를 앞으로 밀어내며 네 발로 기어 나가라고 손짓했다. 할은 손가락을 들어 귀를 기울였다.

하일랜드 팰컨이 날카로운 기적을 울리며 터널 속으로 들어가자 객차는 어둠 속으로 떨어졌다.

"어서 카트로 가!" 할이 속삭였다. 할의 목소리는 굉음이 나는 어둠 속에 묻혔다. "가!"

레니는 앞으로 돌진했고 할도 레니의 뒤를 따라갔다. 할이 음식 카트를 덮고 있는 식탁보를 들어 올리자, 안으로 기어들어 간 레니가 할의 자리를 만들기 위해 무릎을 턱까지 끌어 올려 앉아 있었다. 할은 파란색 가방을 움켜쥔 채 뒤로 들어갔다. 꽉 조이지만 그들에게 딱 맞았다. 기차가 터널을 빠져나오고 빛이 객차 안으로 들어오자 할은 식탁보를 다시 아래로 당겼다. 레니는 할에게 엄지손가락을 치켜세웠다. 에이미는 음식을 레니의 부츠로 가져가 마치 레니가 웅크리고 앉아 있는 것처럼 수다를 떨었다. 에이미는 카트를 수화물 보관소 밖으로 몰았고 경찰관은 문을 잠갔다.

"거기 괜찮니?" 에이미는 서비스 차량으로 돌아와 안전한 거리에 있게 되자 속삭였다.

"에이미 언니, 정말 고마워요." 레니가 낮은 목소리로 말했다. "그리고 할, 박스 터널을 그런 식으로 이용하다니 넌 정말 천재야!"

"박스 터널이 우리나라에서 가장 긴 터널 중 하나라고 삼촌이 말했어." 할이 속삭였다. "우리에게 충분한 시간을 줄 거로 생각했지."

에이미는 부엌을 지나가면서 카트를 잠시 멈췄다.

"고든 씨, 준비됐나요?"

에이미가 물었다.

"지금?"

고든이 대답했다.

"그래요, 지금요."

에이미가 다시 카트를 밀며 말했다.

"어떻게 하려고?"

레니가 소리 나지 않게 입 모양으로 말했다.

할은 자기의 입술에 손가락을 대고 미소를 지었다.

에이미가 왕실 객차를 통해 카트를 밀면서 하이드리안을 지나 객차로 들어가는 동안 기차의 확성기 시스템을 통해 안내 방송이 나왔다.

"모든 승객은 즉시 식당차에 모여 주시기를 바랍니다." 고든의 목소리였다. "다시 한번 말씀드립니다. 모든 승객은 즉시 식당차에 모여 주시기를 바랍니다."

할은 문이 열리는 소리를 들었다.

"그 형사가 지금 우리에게 원하는 게 뭐지?" 시에라가 불평했다.

"아마도 경찰이 목걸이를 찾은 것 같은데." 루시가 넌지시 말했다.

"잘됐네, 빨리 이 기차에서 내리고 싶어."

"저리 비켜, 이 여자야!" 스티븐 피클이 소리쳤다.

"유감스럽게도 움직일 수 없을 것 같은데요, 선생님!" 에이미가 대답했다. "제 앞에도 사람들이 있어요."

레니와 할이 은색 카트 아래 숨어 있다는 사실을 모른 채 하일랜드 팰컨의 승객들이 투덜거리고 있는 동안 두 아이는 소리 없이 서로 바라보며 웃었다. 에이미가 카트를 밀어 식당차의 맨 끝으로 가져가 개인 식당 옆에 세웠다.

"클라이드 경관, 우리를 왜 소집한 거요?" 스티븐 피클이 물었다.

"저도 똑같은 질문을 하고 싶은데요." 경관이 말했다. "제가 한 게 아니에요."

"뭐라고?" 거친 호흡이 방을 채웠다. "그럼 누가 부른 거죠?"

할은 카트의 식탁보 아래에서 빠져나와 앞으로 걸어갔다. "제가 모두를 이곳에 모이도록 부탁드렸어요." 할이 말했다.

스티븐 피클이 발끈하며 자리에서 일어나려고 했지만, 삼촌이 그를 자리에 앉혔다.

"여기서 할이 하는 말을 들으세요."

"저는 진짜 도둑이 누군지 알아요." 할이 말했다. "누가 브로치, 귀걸이, 팔찌, 왕자비님의 아틀라스 다이아몬드 목걸이를 훔쳤는지 압니다."

"우리 모두도 알고 있어." 마일로 에센바흐가 말했다. "기관사와 그의 딸이잖아."

"아니요, 그들이 아니에요." 할은 고개를 저었다.

"진짜 도둑이 바로 여기에 있어요."

chapter 31

목적지를 향하여

"글쎄, 이거 정말 뜻밖이군!" 클라이드 경관이 할을 향해 싸늘하게 미소 지었다. "네가 여기 훈련받은 경찰들보다 훨씬 똑똑하구나. 꼬마야, 그렇지?" 경관은 의자에 앉았다. "자, 그럼 네가 우리 모두를 여기에 불렀으니 얘기나 들어 보자."

객차는 조용해졌고 할은 크리스토퍼 성인이 새겨진 동전을 만지작거렸다. "제가 하일랜드 팰컨을 처음 탔을 때 상류층 파티에서 보석을 훔친 도둑에 관한 신문 기사를 읽었습니다." 할은 리디아 피클을 바라보았다. "그리고 피클 부인의 브로치가 사라졌어요." 리디아 피클이 할에게 윙크했다. "이 기차에 탄 사람들은 모두 상류 사회 출신이기 때문에 이번 절도가 신문 기사에 난 도둑과 연관된 것일 수도 있다고 생각했습니다." 할이 말했다. "도둑을 찾다가 비어 있는 왕실 객차에 무임승차자가 숨어 있다는 것을 알았습니다. 그때 기관사의 딸 레니를 만났어요."

"경관님이 말한 거잖아." 스티븐 피클이 큰소리로 말했다.

"레니와 저는 친구가 되었습니다. 저는 레니에게 보석 도둑에 대해 이야기했고, 우리는 특히 아틀라스 다이아몬드가 도난당한 후에 함께 사건을 해결하려고 노력했습니다. 우리의 첫 번째 용의자는 마일로 에센바흐 씨였습니다."

놀란 마일로는 고개를 돌려 할을 바라보았다.

"우리는 마일로 씨가 왜 기차에 탔는지 이유를 알 수 없었습니다. 마일로 씨는 증기 기관차를 좋아하지도 않았고, 이 여행이 즐거워 보이지도 않았습니다. 마일로 씨는 브로치가 도난당했을 때 전망차에 있었습니다. 그리고 스티븐 피클 씨가 제 방을 수색하려고 할 때, 저는 마일로 씨가 주머니에 반짝이는 무언가를 숨기는 것을 보았습니다. 마일로 씨는 심지어 경찰에게 아틀라스 다이아몬드가 사라졌을 때 알리바이가 없다고 말했습니다." 할은 마일로를 바라보았다. "말하기 부끄럽지만, 우리는 마일로 씨 입술의 흉터 때문에 악당 같다고 생각했습니다. 죄송합니다, 그건 잘못된 생각이었어요."

"그래서, 마일로가 도둑이야?" 스티븐 피클은 마일로에게 시선을 돌렸다.

"아니요, 마일로 씨는 도둑이 아닙니다." 할은 고개를 저었다. "마일로 씨는 누군가를 보호하고 있었기 때문에 클라이드 경관님에게 알리바이를 말하지 않았습니다."

마일로는 긴장했다. "내가?"

"마일로 씨, 죄송합니다." 할은 바닥을 바라보며 계속 얘기하였다. "도서관에 있는 책에서 아저씨의 편지를 발견했어요."

"편지? 무슨 편지?"

에센바흐 남작이 물었다.

"음, 그러니깐 조만간 알게 될 거예요." 마일로는 한숨을 쉬었다. "아버지, 이 골칫거리 기차에서 내리면 말하려고 했어요."

"무슨 일인지 지금 말해 봐라."

"마일로 씨가 이 여행에 참여한 이유는 남작님이 마일로 씨에게 부탁했기 때문입니다." 할이 남작에게 말했다. "그러나 그 이유 말고, 사실은 마일로 씨는 사랑하는 여인의 곁에 가까이 있고 싶어서 이 기차에 탔습니다."

"아, 안 돼." 시에라가 속삭였다.

"발라터에서 애버딘까지 여행하는 동안 마일로 씨는 누군가와 함께 있었기 때문에 클라이드 경관님에게 거짓말을 했습니다."

"사람들이 거짓말을 하면 형사가 어떻게 수사를 할 수 있습니까?" 클라이드 경관이 소리쳤다.

"처음엔 마일로 씨가 시에라 누나를 사랑하고 있다고 생각했습니다." 할이 설명했다. "저는 시에라 누나가 마일로 씨에게 결혼하지 않은 것에 대해 놀리고, 마일로 씨의 팔짱을 끼려 하는 것을 봤지만…… 그러나 마일로 씨는 시에라 누나를 사랑하는 것이 아니었습니다." 할이 말했다. "마일로 씨가 사랑하는 사람은 바로 루시 누나죠, 그렇죠?"

"아……." 루시는 손으로 붉어진 얼굴을 감쌌다.

"시에라 누나가 루시 누나에게 마일로 씨의 사랑 편지를 가져오게 하려고 도서관에 보낸 줄 알았는데, 편지는 시에라 누나의 것이 아닌 루시 누나 자신을 위한 것이었습니다. 루시 누나는 기차가 애버딘으로 갈 때 시에라 누나와 있었던 것이 아니라 마일로 씨를 만나러 갔습니다. 알리바이가 없었던 시에라 누나는 루시 누나에게 거짓말을 하게 만들었습니다."

"당신도 거짓말을 했습니까?" 클라이드 경관은 시에라를 바라보며 물었다.

"시에라 누나는 이미 좀도둑질한 과거가 있어서 알리바이를 원했습니다." 할이 계속 말을 했다.

리디아 피클은 놀라서 헉 하는 소리를 냈다. "내가 말하지 않았어!" 리디아가 시에라 쪽으로 몸을 돌렸다. "네가 아틀라스 다이아몬드를 훔쳤다면 가십 잡지들이 네 기사를 쓰려고 혈안이 될 텐데."

"시에라가 도둑이라고?" 리디아가 심장 마비를 일으킬 것 같은 표정으로 비명을 질렀다.

"아니, 난 아니야!" 시에라가 인상을 쓰며 말했다.

"마일로 씨는 루시 누나를 보호하기 위해 거짓말을 했습니다." 할이 계속해서 말했다. "시에라 누나는 자신을 보호하기 위해 거짓말을 했고, 루시 누나에게도 거짓말을 하라고 요구했습니다." 할은 마일로를 바라보았다. "마일로 씨의 주머니에 쑤셔 넣는 것은 탄수차에서 발견한 팔찌였고, 루시 누나의 것입니다. 맞죠?" 할은 스케치북을 꺼내 전망차의 스케치로 눈을 돌렸다. "우리가 기차를 타던 날, 루시 누나의 손목에 있는 그 팔찌를 그렸지만 그것과 연결지어 생각하지는 못했습니다. 마일로 씨는 복도에서 우리와 마주쳤을 때 그것을 돌려주려고 했습니다. 그런데 돌려주지 못했어요. 그래서 마일로 씨는 그것을 자기의 객실 비누 접시 위에 놓아두었어요. 기차가 발라터역에 머무는 동안 도둑이 창문으로 그것을 보고 나중에 훔칠 계획을 세웠을 거예요."

"그 팔찌에 대해 어떻게 알았지?" 마일로가 놀라 물었다.

할은 얼굴을 붉혔다.

"레니와 저는 마일로 씨가 도둑이라고 확신했기 때문에 기차가 세틀에 도착했을 때 레니가 창문을 통해 마일로 씨의 방으로 들어갔습니다. 우리는 팔찌가 단서라고 생각했습니다. 갑자기 들리는 문소리에 놀라 레니는 소파 아래 수납장에 숨어 있었는데, 진짜 도둑이 침입해서 팔찌를 훔쳐 갔습니다. 레니가 나가려고 했을 때 프래틀 경위님이 레니를 보았고, 마일로 씨 문의 잠금장치를 비틀어 연 흔적을 발견하고 레니를 체포했습니다. 진짜 도둑은 싱 씨와 레니에게 혐의를 덮어씌우기 위해 팔찌를 탄수차에 던졌습니다." 할이 클라이드 경관을 바라봤다.

"그런데 아무도 팔찌를 자기 것이라 주장하는 사람이 없었습니다." 할은 계속해서 말했다. "왜냐하면 루시 누나의 팔찌가 마일로 씨의 방에 있었던 이유를 설명해야 하는데, 그러면 마일로 씨와 루시 누나의 관계가 드러나기 때문입니다. 그들은 비밀이 드러나는 것을 원하지 않았습니다." 할은 시에라 에게로 몸을 돌렸다. "하지만 시에라 누나가 무슨 일이 일어나고 있는지 눈치챘죠." 할은 루시에게 친근하게 미소 지었다. "그래서 루시 누나가 화장실에서 울었던 거예요, 맞죠?"

마일로가 탁자 너머로 손을 뻗어 루시의 손을 잡았다. "당신 울었나요?"

"루시는 파렴치한 거짓말쟁이야!" 시에라가 말했다. "그래서 루시를 해고했어."

"내가 한 유일한 거짓말은 네가 나에게 부탁한 거짓말뿐이야." 루시가 확실히 말했다.

"네가 나에게서 마일로를 훔쳤어!" 시에라가 신경질적으로 소리쳤다.

"시에라, 사람은 소유물이 아닙니다." 마일로가 말했다. "나는 결코 당신의 것이 아닙니다."

"아…… 제발." 시에라는 고개를 저었다. "루시는 심지어 이쁘지도 않은데 뭐가 좋은지 이해를 할 수가 없어."

"루시는 아름다운 여인이에요." 마일로는 루시의 손을 잡고 미소를 지었다. "그리고 루시만 허락한다면 루시와 결혼하고 싶습니다."

"아!" 루시는 얼굴을 붉혔다. "네, 그렇게 할게요."

에센바흐 남작이 일어섰다. "마일로! 내가 가장 먼저 네 결혼을 축하해 주고 싶구나. 너희들 정말 잘 어울리는구나." 남작은 루시를 바라보았다. "우리 가족이 된 걸 환영합니다."

시에라는 아니꼬운 표정으로 시선을 돌렸다. "이거 일이 참 재밌게 돌아가는군요. 그래서 저 여배우가 내 귀걸이를 가져갔단 말인가요?" 랜즈베리 부인이 시에라를 보며 말했다. "도난당한 보석을 하루속히 찾기를 진심으로 바랍니다."

"마일로 씨와 루시 누나는 서로가 알리바이를 증명해 줄 수 있기 때문에 용의자 명단에서 제외했습니다." 할은 앞으로 나아갔다. "피클 부인과 랜즈베리 부인은 도둑의 피해자이고 또한 부자이기 때문에 용의자 명단에서 제외했습니다. 그리고 두 분 다 도둑이 될 만한 동기를 찾을 수가 없었습니다."

"자기 보석을 훔치는 도둑이 어딨겠어!" 스티븐 피클이 거만하게 말했다.

"스티븐 피클 씨가 재정적으로 곤경에 빠져 있다는 것을 알기 전까지만 해도 그렇게 생각했습니다."

"뭐라고?"

"하일랜드 팰컨이 킹스 크로스역을 출발하면서 어니스트 화이트 씨가 식당 차에 마이크를 설치했어요." 할은 창문에 고정된 푹신한 마이크 헤드를 가리켰다. "어니스트 씨는 기차가 내는 마지막 소리를 보존하고 싶어 했어요. 그런데 스티븐 피클 씨의 테이블에서 나눈 대화가 단편적으로 녹음됐습니다."

"어니스트가 뭘 했다고?" 스티븐 피클이 눈을 부릅뜨고 마이크 장치를 봤다.

"의도하지 않았지만……." 어니스트가 당당하게 말했다. "피클 씨! 당신의 목소리가 너무 컸습니다."

"지레일락스가 재정난에 빠져 절박하게 돈이 필요했습니다." 할이 말했다. "그리고 피클 씨는 에센바흐 남작과 랜즈베리 부인에게 자신의 회사에 투자하도록 설득하기 위해 여행에 참여했습니다."

"자기야, 정말이야?" 리디아가 눈을 깜빡이며 물었다. "당신이 성을 보고 싶어 해서 이 기차 여행에 참석한 줄 알았는데."

"그건 사적인 대화였어!" 스티븐이 노발대발했다.

"보험금을 받기 위해 아내의 브로치를 훔쳤을 가능성도 있습니다." 할이 말했다. "또한 아틀라스 다이아몬드가 도난당했을 때 자신에게서 관심을 다른 데로 돌리려는 목적으로 그렇게 했을 수도 있습니다."

"절대 그럴 리 없어!" 리디아가 숨을 헐떡이며 말했다.

"어처구니없군, 이 쥐새끼 같은 녀석! 명예 훼손으로 고소하겠어." 스티븐 피클이 탁자를 손으로 내리쳤다.

"스티븐 피클 씨가 제일 유력한 용의자가 되었습니다." 할은 그 순간을 즐기며 스티븐 피클에게서 시선을 떼지 않았다. "피클 씨는 브로치가 도난당했을 때 전망차 안에 있었고 왕자비님의 목걸이가 도난당했을 시간에 진짜 알리바이가 없었습니다. 강력한 동기가 있었고 끊임없이 저를 의심했습니다." 스티븐 피클의 얼굴이 보라색으로 변하고 있었다. "하지만 이 모든 사실에도 불구하고……." 할은 결론지었다. "피클 씨는 이런 일을 하기에 적합한 사람이 아니었습니다. 범인은 목걸이를 조용히 그리고 신속하게 모조품으로 바꿔치기했습니다. 아주 영리한 사람이 치밀하게 계획한 범죄입니다. 그런 사람이 스티븐 피클 씨일 수는 없습니다."

스티븐 피클의 입이 금붕어처럼 뻐끔거리는 모습을 보고 에이미는 코웃음을 쳤다.

"저는 여기 있는 모든 사람을 용의선상에 두었습니다. 심지어 저의 삼촌도 용의자 명단에 있었습니다." 할이 주위를 돌아보며 말했다. "확실한 것은 제가 알고 있는 사람 중에 범죄를 저지르지 않은 사람은 단 한 명뿐이었습니다. 그 사람은 바로 말린 싱입니다." 할은 클라이드 경관 쪽으로 몸을 돌렸다. "발라터역에서 돌아오는 동안 저는 발전기실에서 레니와 함께 스콘을 먹고 있었기 때문입니다."

클라이드 경관이 머리를 흔들었다. "여기 있는 사람 중에 진실을 말한 사람이 있기나 한 겁니까?"

"누가 왕자비님의 옷장에 숨어들어 가서 목걸이를 바꿔치기했을까? 계속해서 생각했습니다. 그 생각이 머리에서 떠나지 않았습니다. 누가 열쇠를 가지고 있는 걸까? 누가 가능성이 있을까? 모조품은 아주 숙련된 장인이 미리 만들어 놓았습니다. 도둑은 계획대로 움직였습니다. 하지만 옷장에 숨어서 왕자비님과 경호원이 목걸이만 남겨 두는 정확한 타이밍을 기다리는 것은 어처구니없는 계획입니다. 누가 그런 범죄를 계획할까요? 그리고 깨달았습니다. 아무도 그렇게 하지 않았을 것입니다. 왜냐하면 그때가 목걸이를 바꿔치기한 때가 아니기 때문입니다."

클라이드 경관이 고개를 들었다. "뭐라고?"

"여러 사람이 있는 곳에서 몸에 부착하고 있는 브로치를 누구도 눈치채지 못하게 슬쩍 가져갈 수 있는 사람." 할이 말했다. "노련한 소매치기라는 것을 의미합니다. 사람들의 주의를 흩트려 놓고 날렵한 손으로 원하는 것을 가져가는 사람입니다." 할은 고개를 저었다. "그때 저는 아틀라스 다이아몬드 목걸이가 왕자비님이 기차에 오르기 전에 도난당한 것이라는 결론을 내렸습니다. 아틀라스 목걸이는 발모럴성에서 도난당했습니다."

"그건 불가능합니다." 왕자의 목소리에 모두 고개를 돌렸다.

"왕세자 저하!" 할은 고개를 숙여 인사를 했다.

"아내는 여러분이 발모럴성에 도착하기 전에 목걸이를 금고에서 꺼내 착용했습니다." 왕자가 말했다.

"목걸이는 저를 포함해 많은 사람이 보는 곳에서 항상 아내의 목에 걸려 있었습니다. 기차에 탈 때까지 목걸이를 빼지 않았습니다."

"맞습니다!" 할이 말했다. "그래서 모두가 아틀라스 목걸이가 도난당한 시점이 왕자비님이 발라터에서 승차한 이후라고 생각했습니다. 하지만 기차에 오르기 전에 진짜 목걸이는 이미 도난당했습니다."

"언제 도난당했죠?" 왕자비가 왕자 옆에 서서 물었다.

"그것은 모두가 보는 앞에서 왕자비님의 목에서 도난당했습니다." 할이 말했다. "수년 동안 상류 사회에서 친구들의 보석을 훔친 전문적인 범죄자에 의해 도난당한 것입니다." 할은 돌아서서 가리켰다. "랜즈베리 부인이 훔쳤습니다."

chapter 32

비상 제동 장치

랜즈베리 부인이 웃었다. "말도 안 돼, 농담이지?"

"랜즈베리 부인은 보석이 도난당한 모든 파티에 참석했습니다." 할이 말했다.

"저는 모든 사교 행사에 초대받습니다." 랜즈베리 부인이 말했다. "그렇다고 그게 내가 도둑이라는 말은 아니잖아. 게다가 나는 도둑의 피해자야. 기억 안 나니?"

"확실히 기억해요." 할은 고개를 끄덕이며 그림을 들어 올렸다. "기차에 탄 첫날 길게 늘어진 검은색 귀걸이를 차고 전망차에 오셨죠? 지금은 다이아몬드로 둘러싸인 에메랄드 귀걸이를 차셨고요." 할은 스케치북을 랜즈베리 부인의 옆모습 스케치가 있는 페이지로 넘겼다. "그리고 발모럴성에서는 거대한 사각형 귀걸이를 끼었습니다."

"내 보석함에는 귀걸이가 많이 있단다."

"바로 그거예요! 그런데 왜 도둑이 그 많은 보석을 다 가져가지 않았을까요?"

모두 어안이 벙벙한 표정으로 랜즈베리 부인을 쳐다봤다.

"당장 비싼 가격에 팔 수 있는 커다란 다이아몬드가 있는데, 왜 도둑은 진주 귀걸이 한쌍만 훔쳐 갔을까요? 저는 랜즈베리 부인의 귀걸이는 도난당한 적이 없다고 생각합니다. 의심을 피하려고 도난당한 것처럼 꾸며 낸 거죠."

"정말 어처구니없군." 랜즈베리 부인이 왕자비를 바라보았다. "내가 왕자비님의 목에서 목걸이를 잡아 뜯었다고 말하고 싶은 거니? 그랬다면 왕자비님께서 몰랐을까?"

"아니요, 그렇게 하지는 않았죠." 할이 말했다. "누군가의 도움으로 범행을 도모했습니다."

"참을 수가 없군요. 내 방으로 돌아가겠어요."

"랜즈베리 부인은 아들 테렌스 랜즈베리 씨의 도움을 받았습니다. 아니, 하일랜드 팰컨에서 알고 있는 것처럼 랜즈베리 부인의 시종인 로완 벅 씨의 도움을 받았습니다."

"테리?" 왕자는 몸을 돌려 로완 벅을 쳐다보았다. "맙소사, 너구나!"

"로완 벅 씨는 가능한 한 모든 사람을 피했습니다. 특히 왕자님을 멀리했습니다." 랜즈베리 부인의 아들은 머리를 떨구었고, 할은 계속 말을 이어 갔다. "벅 씨는 체중을 줄이고 머리를 염색했지만, 왕자님이 벅 씨를 알아볼 위험이 있었습니다. 아이작 아저씨가 저에게 하일랜드 팰컨 옆에 서 있는 랜즈베리 부인의 가족과 함께한 왕자님의 이 오래된 사진을 주었습니다." 할은 사진을 들어 올렸다. "랜즈베리 부인, 맞죠? 부인의 남편, 딸과 아들." 할은 로완 벅으로 알려진 남자를 바라보았다. "그 당시는 콧수염 없는 통통하고 웃는 얼굴이지만 지금과 똑같습니다. 그냥 더 나이가 들었을 뿐입니다. 벅 씨를 그리면서 깨달았습니다."

"그래서 뭐가 어쨌다는 건데?" 랜즈베리 부인이 당황하여 빠르게 지껄였다. "여기 있는 내 아들이 개들을 돌보고 있어. 가여운 내 아들이 감옥에서 막 나왔고 당장 직업이 필요했다고. 내 아들이 자기 이름으로 시종으로 있는 것이 몹시 난처할 거로 생각했어. 그래서 다른 사람인 척했어. 그건 범죄가 아니야."

"그런데 랜즈베리 부인, 왜 강아지를 키우십니까?" 할이 물었다. "강아지들을 좋아하지 않는 것 같고, 강아지들의 이름을 제대로 알지도 못하고 그리고 랜즈베리 부인의 아들은 강아지들을 잘 보살피지 않습니다. 강아지들이 며칠 동안 기차에 갇혀 지내야 하는데, 왜 데리고 왔습니까?" 할은 자신이 분노하고 있다는 것을 느꼈다. "범죄를 저지르는 데 필요했기 때문에 랜즈베리 부인은 강아지들을 데리고 왔습니다." 할은 머리를 저었다.

"기차에 탔을 때 강아지들이 그냥 장난꾸러기인 줄로만 알았는데, 앉으라고 했더니 바로 앉는 걸 보고 강아지들이 저를 좋아하기 때문이라고 생각했습니다. 로완 씨가 강아지들의 배변을 위해 밖으로 데려가면 강아지들은 로완 씨의 휘파람 소리에 바로 반응했는데, 왜 다른 때는 강아지들을 통제하는 것을 힘들어했을까요? 일부러 그런 척하는 게 아니라면 왜일까요?"

"그런데 그 개새끼들이 날 볼 때마다 공격했어!" 시에라가 소리쳤다.

"기차를 탄 첫날 밤, 저는 강아지들이 있는 방을 찾아가 강아지들의 그림을 그렸습니다." 할은 스케치북의 페이지를 넘겼다. "세면대 옆에서 가이에 스타라 향수병을 봤습니다."

"그거 내 향수야." 왕자비가 말했다.

"나도 저 향수 뿌려!" 시에라도 말했다.

"로완 벅 씨, 아니 테렌스 랜즈베리 씨는 사모예드가 왕자비님의 향수 냄새를 맡을 때마다 뛰어오르며 짖고 소란을 피우도록 훈련을 시켰습니다. 벅 씨는 시에라 누나가 왕자비님과 같은 향수를 쓴다는 것을 미처 알지 못했지만, 그것은 중요하지 않았습니다. 중요한 것은 강아지들이 왕자비님 주위에 몰려드는 것이었습니다." 할은 왕자비를 보았다. "발모럴성에서 사모예드를 사랑한다고 말씀하셨죠? 그렇죠?"

왕자비는 고개를 끄덕였다. "어릴 때 사모예드 한 마리를 키웠어요."

"랜즈베리 부인은 이미 그것을 알고 있었습니다. 랜즈베리 부인은 강아지들이 왕자비님께 달려들어도 왕자비님께서 도망가지 않고 강아지들을 껴안을 것이라고 확신했습니다."

"어떻게 사모예드가 목걸이를 훔치는 데 도움을 준다는 말이지요?" 왕자비가 물었다.

"자 보세요!" 할이 말했다. "삼촌?"

삼촌은 재킷 속에서 가이에스타라 향수 한 병을 꺼내 객차를 가로질러 할에게 윙크하며 던졌다. 할이 향수를 공중에 뿌리자 즉시 네 마리의 강아지들이 요란하게 짖으며 테렌스 랜즈베리가 쥐고 있는 목줄을 등지고 펄쩍펄쩍 뛰어올랐다. 베일리만이 뛰지 않고 로완의 발치에 앉아 낑낑거렸다.

"강아지들이 발모럴성에 도착해서 차에서 내리자 왕자비님의 향수 냄새를 맡고 왕자비님에게 달려갔습니다." 할이 왕자비에게 설명했다. "테렌스 랜즈베리 씨는 강아지들을 통제할 수 없는 척했지만, 강아지들은 왕자비님을 넘어뜨리도록 훈련받았습니다. 랜즈베리 부인이 달려와 왕자비님을 감싸 안았습니다. 랜즈베리 부인은 왕자비님 뒤에 있었고, 로완 씨가 왕자비님 앞에 있어서 잠깐 아무도 왕자비님을 볼 수 없었습니다."

"모두가 놀라고 걱정했습니다. 소동 속에서 랜즈베리 부인은 지갑에서 빠르게 가짜 목걸이를 꺼내서 목걸이 걸쇠를 풀어 바꿔치기한 후 아틀라스 펜던트를 클러치 백에 넣었습니다. 그들이 왕자비님이 일어서는 것을 도와주는 그 순간 왕자비님은 이미 모조품을 착용하고 있었습니다. 랜즈베리 부인은 진짜 목걸이가 들어 있는 지갑을 테렌스 랜즈베리 씨에게 주고 기차로 돌려보냈습니다. 이 모든 게 모두가 볼 때 일어난 일입니다. 하지만, 우리 중 누구도 알아차리지 못했습니다."

랜즈베리 부인은 아주 천천히 박수를 치면서 자리에서 일어나 할을 향해 다가갔다. "잘 들었어, 재밌구나." 랜즈베리 부인은 아무렇지 않은 표정으로 말했다. "하지만 이제 허튼소리는 그만두는 게 어떠니? 여왕보다 더 많은 보석을 가지고 있는데, 내가 왜 보석을 훔치지? 나는 그것들이 필요하지 않아. 이미 고인이 되신 남편인 아룬델 백작은 이 나라에서 가장 부유한 사람 중 한 명이었어."

"한때는 그랬겠죠." 할이 말했다. "그러나 아룬델 백작은 랜즈베리 부인에게 관리비가 많이 들어가는 거대한 저택과 어마어마한 빚을 남겼죠. 누가 만들었는지 모르지만, 모조품을 만든 사람은 진짜 전문가라고 말한 아이작 아저씨의 말이 머리에 떠올랐습니다. 유리로 모조품을 만든 것이 처음은 아니죠? 얼마나 많은 보석을 팔고 모조품으로 바꿨나요? 거기서 아이디어를 얻은 것 아닌가요?"

"말도 안 되는 소리 그만둬!" 랜즈베리 부인이 소리쳤다.

"하지만 매우 그럴듯합니다." 클라이드 경관이 자리에서 일어나 말했다.

"그럼 목걸이는 어디 있지?" 랜즈베리 부인이 의기양양하게 물었다. "브로치는 어디 있어? 내가 훔쳐 갔다는 그 보석들은 다 어디 있어?"

"여기요." 레니가 숨었던 곳에서 나와 파란색 가방을 들고 말했다.

"너는 수화물 보관소에 있어야 하는데." 클라이드 경관이 말했다.

"그 냄새는 뭐야?" 에센바흐 남작이 코를 찡그리며 물었다.

"랜즈베리 부인의 절도 행각에서 가장 교묘하고 잔인한 부분은 탐지견을 속인 방법입니다. 랜즈베리 부인은 보석만 훔치기 위해 강아지들을 이용한 것이 아닙니다." 할이 본능적으로 타오르는 분노를 느끼며 말했다. "강아지들을 훔친 보석을 숨기는 데 이용했습니다. 피클 부인의 브로치를 가져간 후, 테렌스 랜즈베리 씨는 브로치의 보석을 로스트비프 조각에 싸서 바이킹에게 먹였습니다. 목걸이도 똑같이 했습니다. 목걸이 줄을 분리해서 강아지들에게 먹였습니다. 그래서 테렌스 랜즈베리 씨는 강아지들이 용변을 볼 때마다 따라다니며 강아지들이 싼 똥을 모두 모아 봉지에 넣고 이름표를 붙였습니다."

레니가 파란색 가방을 열자 흰색 이름표가 붙은 물컹물컹한 검은 봉지가 드러났다. 숨을 쉴 수 없을 정도로 역겨운 냄새가 식당차에 퍼졌다.

"이름표로 어느 강아지 똥인지 알 수 있습니다. 집에 도착해서 똥을 파헤치고 훔친 걸 다 찾을 계획이었죠?"

"으윽, 독하고 역겨워!" 리디아 피클이 얼굴을 찡그렸다. "토할 것 같아."

"하지만 아틀라스 다이아몬드는 큽니다." 할이 말했다. "베일리에게 그것을 먹였죠? 그래서 베일리가 고통스러워하는 거죠? 베일리를 보세요! 그 다이아몬드가 베일리를 아프게 하고 있어요."

"오! 안 돼!" 왕자비가 베일리에게 달려가 무릎을 꿇었다. 베일리는 풀이 죽은 얼굴로 왕자비를 올려다보았다.

"클라이드 경관님, 이 가방에 든 봉지를 자세히 보시면 브로치와 목걸이 조각을 찾을 수 있을 거예요." 할은 레니로부터 가방을 받아 클라이드 경관에게 건넸다. "켄트 공작부인의 루비 반지도 찾을 수 있을 거예요."

"프래틀 경위, 이거 받아."

클라이드 경관이 시큰둥해하는 경위에게 똥을 넘겨 주며 말했다.

"지금은 브로치를 되찾고 싶지 않아." 리디아 피클이 코를 찡그리며 말했다.

"그게 얼마짜린데! 지금 당장 돌려받아야지." 피클 씨가 말했다.

"랜즈베리 부인과 테렌스 랜즈베리 씨, 두 사람 모두 체포하겠습니다." 클라이드 경관이 앞으로 나서며 말했다. "패딩턴에 도착하면 심문받게 될 겁니다. 그때까지는 객실에 구금하겠습니다."

"천만의 말씀! 그렇게는 안 되지."

랜즈베리 부인이 할에게서 가이에스타라 향수를 빼앗아 클라이드 경관의 눈에 뿌리고 바닥에 던졌다. 향수병이 산산조각 났고, 강아지들이 에너지를 얻은 듯 폭발적으로 짖으며 클라이드 경관에게 뛰어올랐다. 눈을 뜰 수 없어 앞이 보이지 않는 경관은 테이블에 부딪쳤다. 소란을 틈타 랜즈베리 부인이 손을 뻗어 비상 제동 장치 코드를 당겼다.

하일랜드 팰컨의 진공 제동 장치가 쾅 닫히고 바퀴가 잠겼다. 끼이익 하는 엄청난 소리와 함께 테이블 위에 있던 유리잔과 도자기 그릇이 바닥에 떨어졌고, 승객들은 의자 팔걸이를 움켜쥐었다. 프래틀 경위가 균형을 잃고 가방을 놓치는 바람에 가방은 앞으로 날아갔다. 개똥이 든 봉지가 빙글빙글 돌며 사방으로 튀었고, 그중 봉지 하나가 스티븐 피클의 이마에 부딪쳐 터지면서 여기저기 흩어지자 스티븐 피클은 울부짖었다.

랜즈베리 부인은 객차를 가로질러 뛰어가 왕자비를 옆으로 밀치고 바닥에서 베일리를 들어 올렸다.

"랜즈베리 부인을 잡아요!" 삼촌은 랜즈베리 부인과 베일리가 킹 에드워드 살룬 쪽으로 사라지는 것을 보고 비틀거리며 소리 질렀다.

객차가 삐걱거리는 소리를 내며 몹시 흔들거리는 중에 할은 레니를 일으켜 세워 삼촌과 함께 벽에 몸을 기댄 채 앞으로 힘겹게 나아갔다. 도서관과 오락실을 지나 백작 부인을 뒤쫓았고, 마침내 기차가 멈추자 전망차로 뛰어 올랐다.

랜즈베리 부인이 베란다의 문을 열고 있었다.

"백작 부인! 제발!" 삼촌이 소리쳤다. "포기하세요. 당신은 더 이상 갈 곳이 없습니다."

"난 감옥에 가지 않을 거야." 랜즈베리 부인은 치마를 걷어 올리고 선로 위로 뛰어내리며 단호하게 말했다. 그러곤 베일리를 땅에 내려놓고 목줄을 잡아당기며 끌고 갔다.

할과 레니, 삼촌이 뒤를 쫓아 베란다로 달려갈 때 랜즈베리 부인은 옆 선로 위에서 균형을 잡기 위해 한쪽 팔을 뻗은 채 다른 팔은 베일리를 끌고 갔다.

"우리는 지금 치펜햄과 스윈던 사이에 있어." 삼촌이 사방으로 뻗어 있는 노란 밀밭을 바라보며 말했다.

"할, 안 돼." 삼촌은 랜즈베리 부인을 쫓으려고 선로에 뛰어내리려는 할의 팔을 붙잡았다. "위험해. 기차가 160킬로미터 이상의 속도로 달려오고 있어. 경찰을 기다리자. 랜즈베리 부인은 멀리 갈 수 없어."

"여기 위에!" 레니는 흰색 사다리를 타고 지붕 위로 기어오르고 있었다. "랜즈베리 부인이 어디로 가는지 볼 수 있어."

할은 삼촌을 바라보았다.

삼촌은 고개를 끄덕였다. "여기서 경찰을 기다릴게."

할은 사다리를 타고 올라가 전망차 지붕의 중앙 철제 띠를 따라 걸어가는 레니를 따라갔다. 기차가 멈추자 밀밭의 밀이 속삭이는 소리 외에는 아무 소리도 들리지 않았다.

"저기 있다!" 레니는 어딘가를 손가락으로 가리키며 킹 에드워드 살룬의 지붕 위로 뛰어올랐다.

"랜즈베리 부인이 뭐 하는 거지?" 할은 두 개의 선로를 지나 멈춰 선 랜즈베리 부인을 쳐다보았다.

"선로에 발이 끼인 거야?" 레니가 물었다.

"아니야, 베일리야." 할이 말했다. "저기 봐!"

랜즈베리 부인은 베일리의 목줄을 미친 듯이 잡아당기고 있었지만, 베일리는 꿈쩍도 하지 않았다.

멀리서 기차 기적 소리가 들렸다.

"인터시티 125야!" 레니가 큰소리로 말했다. "곧 이리로 올 거야!"

하지만 할은 이미 전망차와 킹 에드워드 살룬 사이의 사다리를 타고 내려가고 있었다. 할은 땅으로 내려가 선로의 자갈 위를 질주했다.

"할, 안 돼!" 레니가 소리쳤다.

할은 계속 달렸다. 뒤돌아볼 시간이 없었다. 할은 랜즈베리 부인이 힘겹게 베일리의 목줄을 당기는 것을 봤다.

"선로에서 나오세요!" 선로가 진동하는 것을 느끼며 할이 소리쳤다. "기차가 오고 있어요!"

"일어나, 이 멍청한 개새끼야!" 베일리의 목줄을 잡아당기며 랜즈베리 부인이 소리쳤다. "명령이야, 일어나!"

디젤 급행열차가 고속으로 그들을 향해 달려오는 가운데 베일리는 겁에 질린 표정으로 랜즈베리 부인 앞 선로에 웅크리고 누워 꼼짝하지를 않았다. 또다시 기적이 울리자 랜즈베리 부인은 머리를 치켜들고 기차의 정면을 응시한 채 목줄을 놓지 않았다.

"자, 가자 베일리!" 할은 선로를 가로질러 랜즈베리 부인에게 뛰어들어 그녀를 뒤로 넘어뜨린 후 베일리의 목줄을 잡아 껴안고 소리쳤다. 급행열차가 돌진해서 지나갔고 모두 앞으로 꼬꾸라져서 선로 밖으로 굴러떨어졌다. 고막이 터질 듯한 충격의 여파로 선로 옆에 자라난 잡초가 일제히 쓰러졌다.

"할?" 할은 삼촌의 목소리를 들었다. "맙소사, 안 돼! 할!"

"이쪽이야, 여기." 랜즈베리 부인이 쉰 목소리로 말했다. "할은 살아 있어. 나도 마찬가지고."

베일리가 할의 얼굴을 핥자 할은 베일리를 끌어안았다.

기차에서 경찰들이 줄지어 나왔고, 프래틀 경위는 수갑을 차고 있는 테렌스 랜즈베리를 밀쳤다.

"이 바보 같은 녀석아!" 삼촌은 선로를 가로질러 달려왔다. "무엇 때문에 그런 거야?" 삼촌의 뺨에는 눈물이 흐르고 있었다. "널 잃은 줄 알았잖아." 삼촌은 무릎을 꿇고 할을 껴안았다.

"베일리가 죽는 줄 알았어요." 할이 힘없이 말했다. "경찰이 올 줄 알았어요."

"경찰들은 기차가 지나가기를 기다리고 있었어."

"어머니!" 테렌스는 랜즈베리 부인 옆에서 무릎을 꿇었다.

랜즈베리 부인은 테렌스의 뺨에 손을 대었다. 두 명의 경찰관이 백작 부인

을 일으켜 세워 수갑을 채웠다. 테렌스는 할을 바라보았다.

"고마워, 네가 나의 어머니를 구했어. 우리가 도둑에 불과하다고 생각하겠지만, 어머니는 이제껏 우리를 위해 열심히 사셨어."

할은 담요에 싸인 채 다른 승객들이 식당차 창문으로 밖을 내다보고 있는 모습을 바라봤다. 클라이드 경관이 베일리를 조심스럽게 안았고, 한 경찰이 할에게 질문을 하려고 하자 삼촌은 할을 객실로 데려가겠다고 말했다.

하일랜드 팰컨은 마지막 여정의 막바지에서 패딩턴을 향해 증기 배기음을 뿜으며 다시 움직이기 시작했다.

chapter 33

새로운 모험

패딩턴역의 높은 아치 아래에 엄청난 수의 사람들이 하일랜드 팰컨을 환영하기 위해 모였다. 노란색 점퍼를 입고 배낭을 멘 할은 식당차에서 나와 레드카펫 위를 걸었다. 승차한 지 나흘밖에 안 됐지만, 하일랜드 팰컨이 오랜 친구처럼 느껴져서 이별하는 것이 슬펐다. 삼촌은 옆구리에 우산을 끼고 한 손에는 가방을 든 채 할의 옆에 서 있었다.

레니가 기관실에서 뛰어내려 승강장을 따라 할을 향해 달렸다. "아빠가 너랑 얘기하고 싶대!" 레니가 소리쳤다.

수갑에서 벗어난 모한짓 싱이 증기구름 사이에서 나타났다. 기관사가 그들을 향해 걸어갔다. "해리슨 벡." 싱 씨가 할에게 악수를 청했다. "위험한 상황에도 불구하고 나와 나의 딸을 위해 네가 한 일에 대해 감사의 인사를 하고 싶구나, 고맙다. 네가 원한다면 언제든 내가 운전하는 증기 기관차의 기관실에 와도 좋아. 그리고 아무 때고 우리 집에 놀러 오너라. 네가 온다면 언제든 환영이야." 레니의 아빠가 할의 눈을 바라보았다. "하지만 시속 80킬로미터 달리는 기차의 지붕에 올라탔다는 소리를 듣게 된다면⋯⋯."

""뭐라고요?" 삼촌이 깜짝 놀라며 말했다.

"하하하, 기관사 아저씨가 농담하는 거예요." 할은 애원하는 눈으로 레니의 아빠를 바라보았다. "농담이죠, 아저씨?"

레니의 아빠는 할의 어깨를 두드렸다. "농담입니다. 브레드쇼 씨."

"농담이라니 다행이네요." 삼촌은 가슴에 손을 얹었다. "네 엄마가 이 모든 사실을 아는 날에는 다시는 나에게 말을 걸지 않을 거야."

"아빠가 새 직장을 나가게 되면 그때 우리 집에 놀러 와." 레니가 위아래로 껑충껑충 뛰면서 말했다. "아빠가 우리에게 기관차 운전하는 방법을 가르쳐 준다고 했어."

왕자가 기차에서 내리자 사람들 사이에서 함성이 터져 나왔다. 왕자가 왕자비에게 손을 내밀었고, 왕자비는 환호하는 사람들에게 손을 흔들며 등장했다.

"해리슨 벡과 말린 싱." 왕자가 그들을 손짓으로 불렀다.

삼촌이 그들을 살짝 밀었다.

할이 왕자 부부에게 다가가자 레니가 할의 손을 잡았다.

"제군들의 우정, 용기 그리고 추론 능력 덕분에 아틀라스 다이아몬드는 곧 안전하게 돌아와 왕가의 보석과 같이 보관될 겁니다." 왕자가 미소를 지었다. "루비 반지를 훔친 악명 높은 보석 도둑을 잡은 대가로 켄트 공작부인이 보상할 겁니다."

"우리가 보상을 받는다고요?" 레니가 비명을 질렀다.

왕자는 고개를 끄덕였다. "하지만 개인적으로 고맙다고 말하고 싶군요." 왕자는 재킷 주머니에 손을 넣어 빛나는 은색 호각을 꺼냈다. "이 기차의 호각은 한때 나의 아버지 것이었습니다." 왕자는 호각을 뒤로 살짝 뒤집었고, 할은 호각에 하일랜드 팰컨이라는 글자가 새겨져 있는 것을 보았다. 왕자는 그것을 내밀었다. "두 사람에게 주고 싶습니다."

"감사합니다. 폐하…… 전하, 왕자님." 레니가 손을 뻗어 호각을 받으며 횡설수설했다.

"소중히 간직해 주세요." 왕자가 말했다.

"이 호각이 그때 그…… 제 말은…… 왕자님의 아버님께서 아주 어렸을 때 실수로…… 어니스트 화이트 할아버지한테 들었는데…… 그때 그 호각이 맞나요?" 할은 더듬거리며 말했다.

왕자가 고개를 끄덕였다. "증조할머니께서는 아버지가 저지른 그 장난을 절대로 용서하지 않으셨습니다."

"하일랜드 팰컨이 박물관으로 가는 것이 슬프지 않으세요?" 할은 클라라레 기관차 앞에 서 있는 왕자를 바라보며 물었다.

"해리슨 군, 모든 사람이 박물관에서 하일랜드 팰컨을 언제든 즐길 수 있습니다." 왕자가 말했다. "원한다면 언제든지 박물관에 가서 하일랜드 팰컨을 볼 수 있습니다."

왕자비는 허리를 숙여 레니와 할의 뺨에 키스했다. 사람들이 사진을 찍을 때마다 플래시가 터졌다. "두 사람을 위해 우리가 할 수 있는 일이 있다면 언제든지 요청하세요." 왕자비가 말했다.

"한 가지 꼭 알고 싶은 것이 있습니다." 할이 말했다. "랜즈베리 부인의 강아지들은 어떻게 되는 건가요?"

"걱정하지 않으셔도 됩니다." 왕자비가 말했다. "우리가 모두 돌볼 생각입니다."

"혹시……." 부모님이 허락하신다면 제가 베일리를 키워도 될까요?"

"그렇게 되면 베일리가 더 좋아할 거 같군요." 왕자비는 고개를 끄덕였다. "우선 왕실 수의사가 강아지들의 건강 상태를 검사할 거예요." 왕자비가 계속 말했다. "우리는 그들이 베일리에게 먹인 것 때문에 걱정하고 있습니다. 수의사가 완벽한 건강 증명서를 주면 곧 연락할게요."

"감사합니다." 할은 왕족에게 어떻게 감사를 해야 하는지 몰라 미소 지으며 고개를 숙여 인사했다.

"잘 가요, 해리슨 벡 군." 왕자 부부가 함께 인사를 했다. 그런 다음 그들은 미소를 지으며 손을 잡고 환호하는 사람들과 텔레비전 카메라를 향해 걸어갔다.

레니는 손에 들린 호각을 내려다보았다. "우리 이 호각 같이 갖자. 네가 먼저 6개월 동안 가지고 있고, 그다음 내가 6개월 동안 가지고 있는 거야. 그렇게 하면 우리는 6개월마다 꼭 만나야 하지, 어때?"

"좋아." 할이 말했다. "하지만 나는 베일리를 데려갈 거니까 네가 먼저 가지고 있어." 할의 눈동자가 사람들 쪽을 보며 깜박였다.

"아빠만 허락한다면."

"자, 할." 삼촌이 불렀다. "네 엄마가 널 찾고 있을 거야."

"그럼, 안녕."레니가 말했다.

떠나는 레니에게 할은 고개를 끄덕이며 손을 흔들었다. "곧 또 봐!"

할은 많은 사람들 가운데 엄마를 발견하곤 달려갔다.

"할!" 할의 엄마는 저지선 너머로 할을 끌어당겨 따뜻하게 포옹했다. "보고 싶었어, 우리 똘똘이. 그새 머리카락이 더 길어졌네." 할의 엄마가 잔소리하듯 말했다. "너를 못 본 지 사흘밖에 안 됐는데."

"머리가 지저분하죠?" 할은 엄마의 야단법석을 즐기며 미소를 지었다.

"너에게 소개해 줄 사람이 있단다." 엄마가 돌아서며 말했다. "콜린?"

할의 아빠가 하얀 담요로 싸인 작은 아기를 안고 앞으로 나왔다.

"네 여동생이야." 아빠가 아기를 할에게 넘겨 주며 말했다. "엘리란다. 팔을 약간 접고 아기의 머리를 받쳐야 해…… 그래 잘했어."

엘리는 따뜻했고 우유와 베이비파우더 냄새가 났다. 엘리의 눈은 감겨 있었고, 입은 옹알거리듯 천천히 움직이고 있었다. 할이 여동생을 내려다보고 있는 동안 바쁘게 움직이는 역의 소음이 모두 사라졌다.

"안녕, 엘리." 할이 속삭였다. "나는 네 오빠야. 앞으로 내가 너를 지켜 줄 거야. 그리고 너에게 증기 기관차에 대한 모든 것을 알려 줄게."

"여행은 어땠어? 나타니엘?" 할의 아빠가 물었다.

"전혀 생각지도 못한 일이 있었어." 삼촌이 말했다. "이번 여행 이야기를 책으로 만들면 좋을 것 같아."

"할이 귀찮게 한 건 아니지?" 엄마가 덧붙여 말했다.

"천만에! 완전 정반대야." 삼촌은 할의 머리를 쓰다듬었다. "곧 할을 또 데

려가면 좋겠는데."

"정말로요?" 할이 고개를 들었다. "언제요?"

"캘리포니아 코밋을 타고 미국을 횡단하는 여행에 초대받았어." 삼촌의 눈이 반짝였다. "좋겠지? 할, 어때?"

할은 씩 웃었다. "당연하죠."

어드벤처
온 트레인 1

독자 여러분

저희는 《하일랜드 팰컨 도난 사건》에서 영국 철도를 신뢰할 수 있고 정확하게 묘사하기 위해 노력했습니다. 하지만 이야기의 재미를 위해 한두 가지는 임의로 변형하였습니다. 일부 사실과 맞지 않는 이야기에 대해서는 양해 부탁드립니다.

애버딘에서 발라터를 잇는 디사이드 노선

발모럴성을 방문하기 위해 애버딘에서 발라터로 가는 기차는 안타깝게도 더 이상 운행되고 있지 않습니다. 하지만 선로가 있었던 '디사이드 웨이'의 길 대부분을 하이킹 코스로 걸어갈 수 있습니다. 디사이드 노선(애버딘과 발라터를 잇는 노선. 역자 주)은 1966년에 폐쇄되었습니다. 그중 일부는 오늘날 왕립 디사이드 철도라고 불리는 문화유산 노선으로 운행됩니다. 현재 발라터역은 박물관으로 사용되고 있습니다.

여러분은 디사이드 노선을 제외하고는 하일랜드 팰컨의 모든 경로를 여행할 수 있습니다. 샘 세지먼은 거실에서 부모님의 도움을 받아 브리오(나무로 되어 있는 기차놀이 세트. 역자 주)로 인버네스의 까다로운 부분을 포함하여 하일랜드 팰컨의 경로를 모형으로 만들었습니다. 그곳에는 기차가 회전해야 할 곳들이 있습니다. 이야기의 속도를 늦추고 싶지 않았기 때문에 기차의 회전에 관해서는 자세히 설명하지 않았습니다.

철길 사이의 긴 수로

동해안 간선에는 더 이상 긴 수로는 없습니다. 그 간선은 현재 전기로 운행되고 있습니다. 철길 사이의 긴 수로는 오래전에 사라졌지만, 우리는 그것이 증기 기관차 여행의 놀라운 부분이라고 생각했습니다. 그래서 할이 기관실에서 놀라운 것을 목격할 수 있도록 이야기에 넣었습니다.

하일랜드 팰컨

하일랜드 팰컨은 이 소설 속에서만 존재합니다. 우리는 왕실 열차를 끌 기관차로 A4 퍼시픽을 선택했는데, 그 이유는 속도를 고려하여 설계한 독특한 유선형 모양을 가지고 있기 때문입니다(나이젤 그레슬리경이 설계. 역자 주). 가장 유명한 A4 퍼시픽은 가장 빠른 증기 기관차로서 세계 기록을 보유한 맬러드(Mallard)입니다.

많은 A4 퍼시픽 기관차의 이름은 새의 이름을 따서 명명되었습니다. 그래서 왕실 열차의 이름을 스코틀랜드 고원에서 볼 수 있는 송골매의 이름을 따서 하일랜드 팰컨('스코틀랜드 고원 지대의 매'라는 뜻. 역자 주)이라고 명명하기로 했습니다. 하일랜드 팰컨은 가장 빠른 증기 기관차보다 빠른, 시속 320킬로미터의 속도로 하강할 수 있는 지구상에서 가장 빠른 동물입니다.

우리 기관차는 허구이지만 1842년 이후 빅토리아 여왕 재임 시절에 왕실 열차가 있었고, 1961년에는 왕실 가족이 요크 민스터의 켄트 공작 결혼식에 참석했을 때 왕실 기차를 운행했습니다.

더 자세한 것을 알고 싶다면……

기차에 대해 더 자세히 알고 싶다면 요크 철도 박물관을 추천합니다. 실제 A4 퍼시픽인 맬러드의 기관차를 타 볼 수 있고 왕실 객차를 볼 수도 있습니다. 바로 그곳이 마야가 기차와 사랑에 빠진 곳입니다.

마야 G. 레너드

샘 세지먼이 다음에 무엇을 쓸 것인지 물었을 때, 기차를 배경으로 한 모험 시리즈를 쓰고 싶다고 말했습니다. 그 이유는 제 아이들이 토마스와 레고 듀플로 같은 기관차를 좋아하기 때문입니다. 특히 큰아이가 스스로 책을 고를 수 있을 만큼 커서 기차에 대한 장편 소설을 찾았지만 자신에게 맞는 책을 찾지 못했습니다. 큰아이는 자신이 알고 있고 즐겨 쓰는 단어를 사용하여 사실적이고 또한 경로 및 기관차의 세부 사항이 들어간 책을 원했습니다. 그런 책을 쓰고 싶었지만 철도에 대해 아는 것이 없어서 쓸 수 없었습니다. 샘에게 그 이야기를 하자 샘은 그 아이디어에 대한 열의가 폭발했고, 자신이 그 나이 또래라면 그런 책을 좋아했을 것이라며 즉시 써야 한다고 저를 설득했습니다. 샘은 그들이 탈 수 있는 멋진 기차와 여행할 수 있는 경로를 제안했습니다. 샘이 저와 함께 이야기를 쓰기로 동의해야만 기차에서의 모험이 가능하다는 것이 분명해졌습니다. 그래서 샘에게 글을 같이 쓰자고 요청했고, 우리는 함께 여행을 시작했습니다.

이야기를 만드는 것은 즐거운 일이었습니다. 샘은 훌륭한 글쓰기 파트너로서 환상적인 친구이자 유쾌한 공모자이며 근면하고 낙관적이며 관대한 친구입니다. 이 책들이 제 삶에 가져다준 모든 것에 감사하지만, 특히 샘과 일할 수 있는 기회가 주어진 것에 감사합니다. 샘과의 작업은 제 안에 있는 철도에 대한 평생의 열정에 불을 붙였습니다.

책의 초기 버전을 검토해 준 친구들에게도 진심으로 감사드립니다. 제 남편 샘 스파링과 가장 친한 친구 클레어 라키쉬는 첫 초안부터 이 책을 사랑했고 저의 많은 불안한 순간을 지켜보며 응원해 주었습니다.

저와 함께 일하고, 저를 지원하고, 누구보다 저를 믿어 주는 남편에게 영원히 감사합니다. 이 책은 그의 마음 안에 있는 기차를 사랑하는 한 소년을 위한 것입니다.

열정적으로 자신의 지식(및 그분 친구들의 지식)을 공유하고, 기차와 관련된 기사를 보내 주시고, 저의 오류를 수정해 주신 시아버님 존에게도 깊은 감사드립니다.

여분의 방을 제공해 주고, 글쓰기 모임을 가능하게 만들어 주고, 맛있는 음식을 제공해 준 탐 리퍼와 프란시스, 신시아 세지면 부부에게도 큰 감사 인사를 전합니다.

이 아이디어의 잠재력을 보고 저와 샘의 협업을 격려하고, 맥밀런출판사에서 《어드벤처 온 트레인》 시리즈물을 출판할 수 있게 해 준 겁 없는 에이전트 커스티 맥라클란에게 큰 감사를 드립니다.

기차를 좋아하는 유능한 편집자인 루시 피어스, 캣, 조, 알릭스, 베네티아 및 맥밀런출판사에서 일하시는 모든 분에게 깊은 감사의 인사를 전합니다. 모든 직원의 노고와 기차에 대한 사랑에 감사드립니다. 당신들에게 경의를 표합니다.

이 작업의 또 다른 멤버는 삽화가 엘리사 파가넬리입니다. 그는 할이 되어 그림을 그리며 이 이야기를 한 단계 끌어올렸으며, 제가 좋아하는 표지를 만들었습니다. 엘리사에게도 감사 인사를 드립니다. 엘리사와 계속해서 《어드 벤처 온 트레인》 시리즈물을 함께하고 싶습니다.

샘 세지먼

훌륭하신 부모님의 이야기부터 시작해야 할 것 같습니다. 부모님의 지지가 없었더라면 이 책은 세상에 나오지도 못했을 것입니다. 저의 상상력을 채워 주시려고 책, 모험, 놀이의 시간과 공간을 제공하기 위해 항상 최선을 다해 주셔서 감사합니다. 부모님은 저를 데리고 증기 철도가 있는 곳으로 가 휴가를 보냈고, 살인 미스터리를 보러 극장에 데려갔습니다. 부모님은 저를 미로가 있는 울타리로 데려갔고, 제가 만든 게임을 같이 하고, 해변에서 제공책에 있는 등장인물의 이름을 짓는 것을 도와주셨습니다. 이 책은 제가 항상 읽고 싶었던 책이고 부모님은 제가 글을 쓰는 데 필요한 모든 것을 저에게 주었습니다. 감사합니다.

또한 훌륭한 파트너인 탐 리퍼가 없었더라면 길을 잃었을 것입니다. 탐은 이해심이 많은 친구입니다. 그는 변덕스러운 저를 사랑으로 이해해 주었습니다. 항상 저를 격려해 주고 웃게 해 주고 제가 할 수 있다고 믿게 해 주어서 감사합니다. 사랑합니다.

항상 글을 썼지만, 항상 잘하지는 못했습니다. 제가 발전할 수 있도록 도와주신 모든 분께 감사드립니다. 특히 루넌 선생님께 감사 인사를 드립니다. 그분은 학급 전체 앞에서 제 이야기를 낭독할 수 있게 제 글을 검토해 주시고 영문학을 공부하도록 저를 설득해 주셨습니다.

지칠 줄 모르는 열정 가득한 우리 드림 팀의 세 번째 멤버인 엠마 라이디에게 감사 인사를 드립니다. 맛있는 음식을 제공해 주신 샘 스파링과 데이비드 삼촌께도 감사 인사를 전하고 싶습니다. 삼촌은 어른들에게도 기차는 흥미로운 것이라는 걸 일깨워 주셨고, 당신의 헛간에서 거대한 모형 철도를 만들 수 있도록 장소를 빌려주셨습니다.

저에게 책을 출판한다는 것은 낯선 세상에 발을 들여놓는 것이었는데, 에이전트 커스티 맥라클란의 지원과 도움으로 낯선 환경에 무사히 적응할 수 있었습니다. 커스티는 지칠 줄 모르는 불굴의 의지와 노력으로 이 프로젝트를 맥밀런출판사에서 출판할 수 있도록 만들었습니다. 맥밀런출판사는 그 자체로 영원한 감사를 받을 자격이 있습니다. 단연코 최고의 편집자인 루시 피어스와 우리를 위해 계속해서 많은 일을 하는 베네티아, 조, 캣, 알릭스 및 우리 팀의 나머지 분들에게도 감사 인사를 전합니다.

무엇보다도 공동 저자인 마야에게 무한한 감사 인사를 돌려야 할 것 같습니다. 마야는 도움이 간절히 필요할 때 요정처럼 나타나 저에게 첫 실제 직장을 제공하면서, 최고의 상사에서 가장 친한 친구 중 한 명이 되었습니다. 작업 과정에서 최고의 시간은 마야와 함께 일하는 것이었습니다. 그의 치열한 직업 윤리, 관대함, 통찰력은 저를 끊임없이 경외하게 했고, 이 이야기를 만들어 내는 작업의 파트너가 된 것은 하나의 특권이었습니다. 마야, 당신은 제 인생을 여러 번 바꾸어 놓았습니다. 감사합니다. 또한 엘리사 파가넬리에게 감사 인사를 전합니다. 엘리사는 마법을 걸듯 할의 그림에 생명을 불어넣어 주었습니다. 엘리사의 노고에 다시 한번 감사합니다.